ディアスポラ、高麗《こま》への道

岩下壽之

鳥影社

ディアスポラ、高麗《こま》への道　目次

ディアスポラ、高麗《こま》への道

1 韓神宮《からかみのみや》

闇の中をさまよっているわけではない。

薄明かりに包まれて辺りの様子はだいたいつかめる。どうやら森の中らしい。大小の木立が葉を茂らせてどこまでも続いている。細い小道を歩いている。けもの道ではない。人が通って自然にできた道で、傍らには熊笹なども生えている。

前方から人がやって来た。一人ではない。近づいてみると子供までいる。家族のようだ。夫婦と幼な子が三人。上の二人は男の子で五、六歳、女の子は母親に抱かれている。

「どちらへ？」

私は声をかけた。が、返事はない。無言のまま通り過ぎていく。狭い道なのでからだをよけなければすれ違えないが、よけたのは私の方で、相手は動きを変えない。私の存在を認めたのかどうかも分からない。

そのまま通り過ぎた一行を見送って、私はしばらく呆然とたたずんでいた。

——どこかで見たことがある。

再び歩き出してから頭の奥をまさぐった。が、思い当たるものはない。

ケケケケッと鋭い叫び声が聞こえてきた。鳥の鳴き声らしい。木々の梢の方から響いてくる。

やがて道の左側に小さな石の祠《ほこら》が見えてきた。朽ちた荒縄が苔の生えた石の表面に絡んでいる。みかんが二つ供えてある。ということは、放置されて顧みる者もいないというわけではなさそうだ。祠の中をのぞくと小さな石像が一体見える。摩耗して形も定かではない。

私は祠の前に立って両掌を合わせた。長年の習慣である。神仏を信じているわけではないが、敬意は払っている。

「よくぞ参ってくれた」

突然、祠の中から声がした。

おやっ、と奥の石像を凝視する。異変は見当たらない。祠の横壁に絡まる色あせた荒縄の陰にうっすらと文字が浮き出た。苔が生えているのにそこだけ真新しい。

「韓神宮《からかみのみや》」

そう読める。

するとここは鞆尾森《ともおのもり》か。昔「伊勢国員辨《いなべ》郡」にあった森で、韓神宮には三座が祀られていた。大正時代には森も消え失せ、丘の上の雑木の陰に石像二体と一個の玉石が転がっていただけだったという。今ではその丘も石像も姿をとどめず、少し離れたところに鞆尾神社があるが、これはまだ新しく、いにしえの社殿や石像とは結び付かない。

韓神に声をかけられるとは……。

私は苦笑した。

このところ神社の成り立ちに心を奪われている。遠く仏教が入ってくる以前に新羅や伽耶《かや》から渡来した人々が列島各地に移り住み、祖先伝来の神々を祀るようになった。韓神を祀る神社は日本各地にある。また新羅など朝鮮と結び付く地名も無数にある。

「鞆尾の韓神三座の……？」

私は石像に向かって言葉を返した。

「そうよ。他の二体は員弁川《いなべ》の洪水で持って行かれた」

員弁川は古来氾濫を繰り返し、洪水を恐れた村民が他郷に移り住んだという話もある。韓神宮が衰退したのもこれが一因か。

「よくぞ御身だけ御無事で……」

「仏の加護があった」

「仏ですか」

「そう。秦氏の尊崇する弥勒菩薩がそれがしを救ってくれた」

ああ、と私は合点がいった。

秦氏は同じ新羅系の渡来人。山背《やましろ》（山城）に本拠を構えていたが、古くから伊勢に交易で往来している。後に一門の秦河勝《はたのかわかつ》が聖徳太子から仏像を下賜され、蜂岡寺《はちおかでら》を建立して〝広隆寺の弥勒菩薩〟として知られるようになった。

「なんじはなぜこんなところをさまよっている」

石像の声は湿り気を帯びて霧のように私の肩に振りかかった。

「ここは私の奥津城《おくつき》です」

「何？　ここは神籬《ひもろぎ》であるぞ。なんじは神にてあるか？」

「いえ、ヒトにてございます。神などと滅相もない」

「ヒトは立ち入れぬはず。――ははあ、そうか。さっきの家族連れが誘ったな」

「家族連れ？」

「そう。すれ違ったろう、親子連れに」

「ああ、そういえば……。でも、無言でした。影のように通り過ぎて行きました」

私の脳裡にはまだ彼らの残影があった。

「あえて話しかけなかったのだ」

「なぜでしょう」

「びっくりさせないようにという配慮だ」

「びっくりさせる？」

私は食い入るように祠の奥を見つめた。

「あの親子はなんじ一家のかつての睦まじい姿だ」

あっ、と叫びそうになった。

「私の一家……」

「そう。年格好も似ているだろう。なんじらは最後の幸せを味わっていた、大連で」

そうか。

真ん中の男の子が私。母が五歳違いの妹を抱いているところを見たことはない。妹を生んでから産後の肥立ちが悪く、一家五人で外出した記憶などない。となると、これは夢の中の光景だ。こうあってほしいという願望だ。

「取り乱しているようだな。確かに事実と合わない。実際の場面はもっと悲惨だった」

「悲惨……？」

「そう。母親は間もなく病気で死んだ。今わの際に残した言葉は実家の両親に対する『私は喜んで死んでいきます』という悲痛なものだった。虚勢を張ったのだ」

「それは知っています。母の遺言を書きとめた父の手紙が残っています。しかし、虚勢とは……」

母を冒瀆していると続けそうになったが、こらえた。

「そう思いたくない気持ちは分かる。しかし、三十五歳の女性が幼い三児を残して死んでいく言葉としてはいかにも不自然ではないか。そうしなければ内地にいる実家の両親に顔向けできなかったのだ」

「顔向け？」

内地にいる両親を安心させるためにあえて本心を偽った。が、顔向けできなかったとなると、新たな意味が付け加わる。

母は両親の意に反して結婚した？

そのことを悔やんでいた？

それは私の調べた事実とは違う。むしろ両親の方が母の結婚に積極的だった。母も不承不承ではなかった。少なくとも乗って損はない縁談だと思っていたはずだ。

「父親がなぜ大連に行ったかを母親は知っていた。忌まわしい実家のもめ事にけりがつき、心機一転を期すためだった。確かに昭和十六年はまだ戦争は大陸に限定され、欧米と戦火は交えていなかった」

韓神の講釈は続く。

その通りだ。

大連航路の船の中では、一等船客としての待遇の豪華さに母は度肝を抜かれている。着いてからも、日本人がいばりくさっている植民地のいびつさに少しも違和感を感じていない。

「危険を予測できなかったのは父だけの責任ではない。日本中が神国日本を信じていました」

「しかし、名うての銀行だよ、なんじの父が勤めていたのは。将来に対する判断材料には事欠かなかったはずだ。そこまで見通す目を持っていなかった不幸を嘆くしかない」

「やはり、思慮が足りなかった、と……？」

ここまで来て父親が糾弾されるハメになるとは思ってもいなかった。「ここ」とはこの場所「鞆尾森」と、私の立ち至った「七十七歳」という年齢の両方を指す。

私にとっては母の最期のひと言は解決済みの問題だった。母は一途に実の両親への思いやりからあの遺言を口にした。それ以上の意味はなかったはずだ。昭和二十年一月。戦局は崖っぷちに追い詰められ、内地との往来は事実上不可能だった。

「いったい、なぜ、さっきの一家はあんなところで姿を現したのでしょう」

「なんじが忘れようとしていたからだ。いや、忘れられないはずなのに、あえて忘れたふりをして老後を安楽に暮らそうとしていたからだ」

「安楽になど願っても不可能なことは分かっていますよ。迷いは深まるばかりです」

「ウホ、ウホ、ウホ……そこが問題なのだ」

韓神の笑い声を初めて聞いた。あごを前後に揺すって首を伸び縮みさせるような奇妙な笑い方だ。姿はむろん見えない。見えないだけに、面貌が勝手に浮かび上がる。翁だ。あの能面などでお目にかかる白ひげの翁だ。

「何がおかしいのでしょうか」

「迷うところだ。老年に到れば迷いは消えていくものだ。が、なんじは迷いが深まるという。なぜだ？」

「こちらでお聞きしたいくらいです」

本音だった。老いるにつれて悩みは増すばかりだ。

「死を受け入れようとしないからじゃ。なんじは死に逆らっておる」

えっ？

そうなのか、やはり……。

図星を指された思いがする。自分ではいつ死んでもいいと豪語していた。が、これは擬態だ。無理やり悟ったような態度をとって周囲の安心を先取りしようとする。ここまで人におもねて、どうする？　おもねることが長年の習性になっている。他人を喜ばせないと自分が危うくなると卑屈になっているのか。

いや、他人に対してではない、自分に対して安心を強いているのだ。こうあってほしいという願望を、すでに手に入れたおのれの諦観と錯覚している。錯覚しようとしている。

最後はニヒリズムだ、と友人のＫに語りかけたことがある。文士の生き残りのようなＫはみごとに脱俗を体現している。酒を飲み、書をたしなみ、和歌まで詠む。厭世観とは無縁に見える。おのれの欲望に忠実なのだ。脱俗からくる世間との乖離を気にしないどころか楽しんでいる。ニヒリズムの入り込む余地はない。いや、ニヒリズムを屈服させて快哉を叫んでいるのだ。

「いくら逆らっても臨終はやってきます。頭ではよく分かっていますよ」

「頭ではダメだ。からだで覚えなきゃ」

「からだで覚える？」

「そうじゃ。そうしてこそ悩みは消える。一度死んでみることだな」

「そ、そんな……」

突然、辺りから霊気が消えた。声もしなくなった。祠の中の石像は朽ちかけたまま微動だにしない。

狐につままれたような思いで、私は手にしていた缶コーヒーとアンパンを祠に供えた。

「きれいだった」

友人のＴは言った。

「あれなら死ぬのも怖くない」

夏の盛りだった。生死の境をさまよったことを知らずに会って、この臨死体験を聞かされた。

「何しろ一面のお花畑だ」

「川はあった？」

「それはなかった。三途の川原は付き物らしいけど」

臨死体験はだいたい花に覆われた美しい景色が出てくる。仏教徒の場合はそこに三途の川原が出てきて、向こう岸から渡るように手招きされる。が、渡らなかったので生き返ったというケースが多い。

「うむ」

私は手を組んで考え込んだ。

「現実の記憶は？」

2
臨死体験

「全くない。人事不省で高熱にうなされていたらしい。実際にはすてきな夢を見ていたのだがね。そんな状態が三日も続いて、やがてびっしょり汗をかいて熱が一気に引いた。これが生還のしるしだった」

「今でも記憶はない？」

「お花畑の風景だけだね。他はいっさい思い出せない」

「生死を分けたものは何だろうか」

「分からない。運としか言いようがない」

熱中症の疑いで病院に担ぎ込まれたという。が、異常に高熱が続き、他の病気を疑ったがすぐには分からなかった。退院してしばらく経ってから検査結果が出て、敗血症だったと知らされた。

「一度死にかけたことは確かだ」

Tはさっぱりした顔で言った。まだ退院して一週間、からだに力は入らず、ちょっと変な感じは残っているがとつぶやいたが、言動に変わった点はない。

一度死んでみることだ、という韓神《からかみ》の言葉を思い出した。Tはそれを実践したのだ。生死の境をさまよって生還した。Tにはこんな必要はなかった。死んでみなければならないのはこの私の方である。

3 高麗《こま》王廟

「高麗《こま》王廟」は山門（雷門）のすぐ右手にあった。

ここは埼玉県日高市にある高麗《こま》山聖天《しょうてん》院勝楽寺《しょうらくじ》。高麗神社から徒歩十分、なだらかな山の斜面に築かれた寺院である。高麗王若光《じゃっこう》の侍念僧勝楽上人が奈良時代に開いたという若光の菩提寺である。「高麗」とは古代朝鮮の高句麗のこと。

王廟の内部には一メートルほどの砂岩の多重塔がある。これが若光の墓だという。小屋掛けしたような簡素な覆屋《おおいや》に守られている。高麗郡の初代郡司だったという若光の墓にしては小ぶりである。昔見た鎌倉の頼朝の墓を思い出した。あれも小型で、小暗い木立の中に苔むして立っていたが、こちらは小さなお堂の中であっけらかんと鎮座していた。何の飾りもない武骨な造りで、これが大陸風なのかもしれない。

山門から階段を上った先に中門があり、ここから内側は有料である。三百円。田舎の寺院で拝観料を徴収するのは珍しい。重要文化財の銅鐘があるが、その他にはこれといった見ものはない。ただ高麗神社との関連、というより朝鮮との結び付きで観光地化しているのかもしれない。その割に人は少なかったが、近くにある高麗神社の参拝客もわざわざここまで足を伸ばす人は少ないのだろう。

寺のたたずまいは日本風で、特に朝鮮を思い浮かべるようなものはない。本堂横の台地に建てられた高麗王若光の石像は本堂同様まだ新しかった。本堂の改築は二〇〇〇年、若光像はさらに新しいのではないか。足早に通り過ぎて西側裏手の「慰霊塔」へ向かった。階段が多い上に、十月というのに真夏のような日差しで、汗びっしょりだった。が、この日は湿度が低く、日陰に入るとひんやりした。やはり秋なのだなあと思った。

慰霊塔は「在日韓民族無縁仏慰霊塔」が正式な名称で、在日有志と親韓有力日本人によって二〇〇〇年に完成した。一〇メートルはある朝鮮式の石の仏塔で、ここにこういうものがあるとは知らなかった。異色だったのは石塔を取り巻く広場の周囲に歴代朝鮮の英雄たちを刻んだ大きな石像が山腹に置かれていたことである。広開土王あり、武烈王ありで、対立抗争を重ねた古代三国時代の朝鮮が仲良く「朝鮮」として扱われていることに好感が持てた。

無縁仏というからには、日本で亡くなった出自不明や身寄りのない朝鮮人を一括して葬ったのだろうが、私には関東大震災で虐殺された無辜《むこ》の朝鮮人のことがすぐに頭にひらめいた。建立に関係した日本人にはこの事件に対する贖罪意識もあったのではなかろうか。

私には、朝鮮は古代における日本の先達であり、政治や文化の師であったという点で中国におさおさ劣らないという思いが強い。現在の朝鮮人に対する偏見は日本人の歴史に対する無知からきている。飛鳥、奈良は知っていても、高句麗、新羅、百済にはあまり関心を示さない。飛鳥時代には瓦屋根は寺院にしか見られず、それもはるばる百済から瓦博士を招いて葺いている。瓦を焼く技術は日本にはまだなかった。

この日は異国的な古代の日本にタイムスリップした感じで、その酔いは帰宅してからもしばらく醒めなかった。

「かくばかり朝鮮に惹かれるのは、なんじの父親が北朝鮮で死んでいることと無縁ではあるまい」

突如、闇の奥から響いてくる声に、私ははっと胸を突かれた。その日、寝床に入ってうつらうつらしていた時である。昼間見た高麗王廟の若光の墓石からだった。

思ってもいなかったことである。確かに私の父は北朝鮮で死んでいる。平壌郊外の三合里《さんごうり》。ソ連軍の日本人捕虜収容所である。昭和二十一年九月二十八日。ひと冬を極寒のシベリアの収容所で過ごし、翌年、労働に耐えられない「病弱者」が「逆送」された。日本に帰れると思ったのに、送られた場所は満州と北朝鮮に点在するソ連軍収容所だった。ソ連軍はポツダム宣言に違反する捕虜の抑留と強制労働を公式には認めなかった。日本に返すわけにはいかなかったのである。船で北朝鮮に送られた人だけで約二万七千人。うち七千五百人が列車で平壌に着き、トラックで収容所に運び込まれた病人の中には自力で降りられない者、栄養失調で荷台ですでに死亡している人もいた。

迎え入れた三合里収容所の日本人捕虜たちの証言では、茣蓙《ござ》を背負い、空き缶をぶら下げ、着ている服はぼろぼろで、まさにこじきの集団だったという。夏だったので暑さに苦しめられ、秋口からはコレラが猛威を振るい、私の父もこれに感染して死亡したようだ。収容所には一応「病院」があり、ソ連軍の侵攻で満州から避難してきた陸軍病院の看護婦たちがいた。日本人女性たちに看取られて死んだことが、私にはせめてもの救いだった。享年、数えで四十二歳。まさに厄年である。昭和二十年五月の大連の〝根こそぎ動員〟では四十五歳までの男子はみな召集されたが、武器もなく、体力もなく、ただ捕虜になるために動員されたようなものだった。

寝入りばなを起こされて私は不快だったが、それよりも指摘された事柄にすっかり動転してしまった。不意を衝かれた感じ。まさかとつぶやきながらも、ひょっとするとそうかもしれないと思えてくる。

平壌は高句麗の首都である。初めはもっと北の旧満州にあったが、勢力を強めるにつれて南下して百済や新羅に近い平壌に遷都した。

三合里は平壌郊外十五キロに位置する。そこを訪ねて、父親の埋葬地に線香を手向けなければ私の戦後は終わらないと長い間思っていたが、南北に分断されて簡単には北朝鮮には行けない。いたずらに日は過ぎたが、近年その辺りの事情が明らかになってきた。特殊なルートで少数の日本人遺族が慰霊に訪れ、同行した日本のテレビ会社が撮影した映像が放映された。

何と三合里の施設は移転して、かつての収容所はおろか、病死した日本人抑留者たちを埋葬した丘も形をとどめなくなっていた。戦後七十年も過ぎればこれも致し方あるまい。父親の件はこれで幕引きだと思うしかなかった。

が、三合里と古代高句麗の首都とのあまりに近い位置関係。一三〇〇年前の高麗王若光の霊が私に乗り移って、かつての高句麗へと私の心を導いたということか。

高句麗、平壌、三合里……。

ふと、三合里は日本人の故地かもしれないと思った。古代史に「騎馬民族征服説」がある。後期古墳時代は朝鮮半島から渡って来た北方騎馬民族が弥生人たちを征服して新王朝を建てたものだという。天孫降臨も神武東征もこれら外来の騎馬民族の列島征服の伝承譚ということになる。

4 唱歌「故郷《ふるさと》」

《二階の踊り場の窓から「かの山」「かの川」が見えます》と張り紙がしてある。ここは信州中野市にある「高野辰之記念館」。

私は階段を上って踊り場に立って外を眺めた。なるほど低い山々が間近に連なっている。兎が立ち上がったように長いこぶを見せている山もある。「かの川」は見当たらない。千曲川が遠くないところを流れているはずだが、唱歌『故郷《ふるさと》』で「小鮒釣りし」と詠まれた川は大河よりも田んぼの脇を流れる小川の方がぴったりする。田んぼは稲刈りが終わったところとまだのところと半々である。水田があるということは小川も流れているということだ。

平地は思ったより狭く、高低差もあって真っ平らというわけではない。のどかな山村といった感じである。すぐ隣りは飯山市。この辺りは信越国境の高い山々を北に控えた信州最北端の田園地帯である。冬は深い雪に覆われる。

「ふるさとか」

私はひとり呟いた。

こういう山村風景が原日本人の故郷観の根底にある。遊牧民族ではなく、農耕民族である。やはり「騎馬民族征服説」は間違っているのではないか。日本人は弥生時代から稲作とともにあったと信じたくなる。

高野辰之は幸せだったな、と思う。この山村風景を終生自らの脳裡に刻み込んで生きた。これは高野辰之だけではない。多くの日本人が同じように「かの山」「かの川」をふるさととしてきた。私の父が北朝鮮で息を引き取るとき何を思い浮かべたか想像すると、やはり郷里の信州佐久の風景ではなかったかと思う。とりわけ浅間山と千曲川。父は「故郷」を持っていた。生まれ育った墳墓の地を。

すると、北朝鮮はやはり異郷だったということか。

私には故郷はない。根なし草である。浮き草同然。これがいやではなかった。少なくとも、かつては。しかし、年を取ると寂しさを覚えるようになった。足が地に着いた場所、自らのアイデンティティーが形成された場所がないことの寂しさを痛感するようになった。

この年になって足をすくわれた思いだった。

少年時代を過ごした長野県佐久には、兎は追わなかったものの「かの山」に囲まれ、小鮒を釣った「かの川」もあった。が、違和感は拭えなかった。ここが自分の居場所とは思えない。異邦人のような虚ろな思いが絶えず心の奥に巣食っていた。後年、引き揚げ者は多少とも同じような感慨に捉われていることを知ったが、私の場合は度が過ぎた。この草深い田舎を脱出したくてしょうがなかった。父親の墳墓の地ではあったものの、私にはなじめる場所ではなかった。

そのことの最大の要因は私が両親を失ってこの地に引き揚げてきたからではないか、と後年思うようになった。漠然とした孤立感と寂寥感にさいなまれ、鬱屈していた高校時代は、今でも思い出したくない。

「佐久よりもっと田舎だわねえ」

妻が眼前の『故郷』の光景に目をやりながらつぶやいた。妻は生粋の佐久生まれ、佐久育ちである。

「問題は風景ではなく、それを見て感じる詩ごころの有無だ」

私は困惑しながら、多少理屈っぽい言い方で応じた。

どんなところでも「ふるさと」になる。そこが生まれ育った地であれば、その人にとっては皆「ふるさと」だ。違いは、それを表現する言葉を持っているか否かだ。

「それにしても……」

私は口ごもった。

「作曲されなかったら『故郷《ふるさと》』もこんなには有名にはならなかったのではないか。作詞者の高野辰之よりも、作曲者の岡野貞一の方が上なのでは……？」

安易で軽率な見方だとは分かっていた。が、しばしば歌を聴いていてこう感じることがある。詩自体は完璧な出来である。が、それだけでは読者は限られる。作曲されて、しかも大勢の人々に口ずさまれて初めて国民共通の財産、「名曲」になる。作曲されない「名詩」はいくらでもあるが、それらは好事家もどきの数少ない詩の愛好者に知られているだけだ。

詩の運命はかくばかり不遇だ。が、不遇を嘆いてばかりはいられない。不遇や反骨ほど魅力的なものはないからである。しかし、これもどこか負け惜しみに近い感じもする。所詮、引かれ者の小唄ではないか、と自嘲が漏れる。

5 荒船山《あらふねやま》

佐久に住む同郷の友人Iからの電話を二度取り損なった。留守にしていたのでやむを得なかったが、代わりに電話を受けた妻が少し話をしたという。郷里で一度会っており、妻も顔見知りだ。

「何だかちょっと変だったわよ」

私は妻の顔を見た。

「生きていてもしょうがないようなこと言って。自分の病気と奥さんに死なれたことが重なって、無力感に苛《さいな》まれているみたい。車で荒船山《あらふねやま》に行ったら、吸い込まれそうな気がしたって……」

「うむ」

私は黙り込んだ。

病気はスキルス性の胃がん。手術したのは八月中旬だった。転移もなく、全摘は免れて、手術も成功したのだが、術後一週間で別居している奥さんが他界した。彼は郷里の佐久で独り暮らし、奥さんは数年前から娘さん夫婦のいる静岡で療養生活をしていた。手術前には静岡へ行って奥さんにも会っている。万一の場合を想定しての行動だったと思う。ただし、あくまで自分が胃がんで先に逝くことを考えて。奥さんの病気は急にどうこうなるという種類のものではなかった。

頑丈な体躯をした巨漢だったが、数年前には腹部大動脈瘤の手術をしている。が、回復は順調で再び体重も増加し、好きな酒も飲めるようになった。定年後に奥さんを連れて郷里の佐久に帰って来たが、奥さんの方はやがて自分の郷里の静岡に移り、Ｉだけ佐久に残って独りで暮らしていた。風貌や馬鹿丁寧な言葉づかいからどこか胡散臭げに見られ、地元ではやや変人扱いである。そこが私には魅力だった。周囲に溶け込めないところは私と同じであり、ただ私は溶け込んでいる風を装っているが、彼はそれができない。自らを偽れないのである。

「人恋しくて」と何気なくつぶやいたことがある。知り合いは多く、夜の飲み屋街ではちょっとした顔だが、自分を本当に分かっている人はいないと言う。寂しがり屋なのである。

「喪失感かしらね」

妻が付け加えた。

なるほどなと思った。自分がそうなったらやはり同じ心境に陥るだろう。

「喪失」は私にはなじみの言葉だった。自分の半生は「喪失」の連続だった。幼時における両親の死、敗戦による引き揚げ。故郷になるべき大連と入学したばかりの小学校はなくなった。成人してからは兄の自死。大学紛争がきっかけで文部省からにらまれた母校が廃校になった時は逆に快哉を叫んだ。喪失こそおのれの存在証明だという不遜な自覚があった。喪失にロマンを見出し、負の美学に酔いしれていた。それは若気がもたらした虚勢でもあった。

今や喪失は観念ではなく、実感である。目の前に起こりつつある現実である。最近、次々と訃報が舞い込む。「あいつも死んだか」という思いに感傷はない。ということは自分もいつ死んでもおかしくないと自覚しているからだ。死が日常化してしまうと感慨は薄らぐ。すべてが既定の路線を進んでいるような気になる。しかし、自分の死を考えることは恐ろしい。この恐ろしさの由来は自分でも解明し切れていない。というより解明を避けている。触れないようにしている。

留守の時の電話が二度続いて、仕方なくこちらからＩに電話した。「荒船山で吸い込まれそうになった」という電話を妻が受けてから三日後だった。すぐにかけて来ないのは用事があるわけではないからだ。ただ話をしたいだけなのである。いつもそうだ。従って、こちらから電話する義務もないのだが、何となく気になる。むろん、Ｉが死ぬという怖れがあるわけではない。私を話し相手にしたい心根がいとしいのである。

「済まなかった。留守にしていて」

「急に何もする気がなくなった」

いきなり自分のことを語り出すのはいつもの癖である。

「胃の方は心配なし？」

「一応順調らしいが相変わらず食欲はない。胃液の逆流もある。無理して食べ物を押し込むと吐いてしまう。量が多すぎるらしい」

「一回分を少なくして回数を多くするのがこの道のコツらしい。私の従兄の奥さんは全摘したが、当初はそうしていたようだ」

「分かっているんだが、めんどくさいんだよ、何度も作るのが」

「えっ？　自炊してるのか」

「たまにね。でも、大量に余っていやになって、このところはコンビニさ」

男の独り暮らしでは自炊もままなるまい。今ではコンビニという便利なものがある。

「夕べはおむすび一個とおでんのダイコンとハンペンを買ってきて食べたが、夜中に腹の調子が悪くて……」

「胃がもたれるのか。やはり量が多すぎるのでは？」

「あとでアイスクリームを食ったのがよくなかったのかもしれない」

「アイスクリーム？」

酒好きのＩには不似合いなことを言う。

「俺、好きなんだよ、アイスクリーム。要するに食い意地が張っているということさ」

「医者に症状は話してある？」

「逐一報告している。心配するほどのことではないらしい。しかし、食欲がないというのも困ったもんだ」

「食べなければ元気が出ないからなあ」

食べられなければおしまいだ。従って、無理すれば食べられるということは心配はいらないということだ。

「悟りだな、悟り」

「えっ？」

私は首筋を痙攣させた。

本をよく読む男だった。が、自らはいっさい文字は書かない。年賀状を出しても返事はよこさない。思いは口でしゃべるだけ。が、その的確さには舌を巻くことが多い。

「今になって何も悟っていないことに気が付いた」

「同じだよ。悟りたいと思っても悟れない。これが凡人の浅はかさというやつだ」

「いろいろやって来た。が、何も物になっていない」

「何度も泣いたり泣かせたり……」

「そう」

「危ない橋も渡って来た」

「そのとおり」

具体的なことには何一つ触れない。第一、互いに何があったか知らない。が、思いは通じるのだ。

「しかし、何とか修羅場をくぐり抜けてきた。だから、今、こうしてここにいる……」

「そのとおりだ。しかし、ここにこうしている意味が果たしてあるのかと思う」

だいぶやられているなと思った。老いの迷いの典型だ。自らの居場所がない。立ち位置が見つからない。

「何かをしてもやがて死ぬ。何もしなくても遠からず死ぬ」

私は唐突に言った。

「うむ」

「どちらを選んでも結果は同じだ。ならば選ぶ必要はない。あるがままでいい。自分を義務や信念で縛る必要はない。突っ張って生きることはない。のんびりでいい」

私は一気にまくしたてた。

昨日、散歩中の公園のベンチで話しかけてきた人がいた。近くの寺に住んでいるが、住職ではない、と頼みもしないのに自己紹介する。住職が嫌で××大学を出て大手の△△会社に定年まで勤めてアメリカでも勤務した。今、すぐそこの自治会館で講演をしてきた帰りだという。要するに自慢話がしたいのだ。年寄りの通弊。一方的にしゃべって、とどまるところを知らない。聞くと、私より五歳も若い。しかし七十代だから立派な老人である。

「人には、自分がしゃべりたい人と、人の話を聞きたい人の二種類がいる」

黙って聞いていたが、隙を見て私はおもむろに口を開いた。

「うっ？」

男は虚を衝かれたように目を剝いた。が、やがて視線をはずして、

「私は前の方だ。自分がしゃべりたい方だ」

一瞬、肩を落としてうなだれた。

白雲禅師が出てきた。陸游《りくゆう》も出てきた。もういいよ、と言いたくなった。この私を自慢話が通じる相手と見込んだようだった。前のめりになっているなと思った。

「この緑《みどり》を見て、池の亀に出会う。最高の癒しですね」

眼前の森に目をやりながら、私は話題を変えた。

「亀がいますか」

「いますよ。カワセミも来ますね」

池の周りに大きな突起物を付けた三脚を据えた人をよく見かける。カメラで見るより心の目で見よ、と叫びたくなる。モノは所詮モノでしかない。しかし、これも「前のめり」の一種かもしれない。要するにいらついているのだ。

Iが弱音を吐くのは、前のめりになっていない証拠だ。彼はしたいことをしてきた。今になって急に反省などしてみせてくれては困る。悟るなど、もってのほかだ。

「奥さんを愛していたんだね」

「そのことに今、気が付いた」

素直な声が響いてきた。

「死にたくなる気持ちも分かる。しかし、死んだらおしまいだ」

何がおしまいなのか、自分でも分からない。こういういい加減さが私にはある。いや、このいい加減さで世間を渡ってきた。

死にたくならなければいけないのは、この私の方だ。

「酒は飲まないだろうな」

「むろん。おかげでバーやスナックとは縁が切れた」

さばさばした口調だったが、心底から信用するわけにはいかない。寂しがり屋のIのことだ。よくなればまたぞろ酒場通いが始まるだろう。

「当分は我慢することだな。胃を三分の二も切ったわけだから、そうすぐには元通りにはならない。アルコールの刺激は胃壁に一番悪いそうだ」

スナックという社交場を失って寂しさは一層増すのでは、とよけいな心配をする。何しろ人と会って酒を飲みながら話をするのが生きがいのような男だった。

「最近は人と会うより家に一人で引きこもっている方が居心地がいいと思うことがある」

おやおや。

何たる心境の変化か。孤独を、孤愁を愛し始めたとは。

「荒船山に吸い込まれそうになった」という妻からの伝言が脳裡に浮かんだ。まさかとは思うが、私の妻には見せた異変を私には告げない。抑えている。男は弱い。Ｉも時々弱さを口にする。が、弱い人間ほど責任感が強く、神経が細やかなのだ。

6 老人ホーム

「ここにいる人たちは？」

私は傍らの男に聞いた。

「成仏できない人たちです」

「じゃあ、ここは地獄か」

「いやいや、極楽ですよ」

どうりでみな穏やかな顔をしている。脂気《あぶらけ》が抜けて、乾き切っている。男性もいるし女性もいる。私が紛れ込んだところは老人ホームらしい。

一度見学に行きたいと思っていた。が、こうやすやすと見学が叶《かな》うとは思わなかった。入所者の安全確保のため外部者の立ち入りは厳しくチェックされる。

しかし、「成仏できない人たち」とはどういうことだ。

成仏できないとは死ねないということか。

そうか、あの男は「なかなか死んでくれない」と愚痴をこぼしているのか。

分かる、分かる。

老人が多すぎるのだ。元気なのも、病んでいる者も、あちこちにうじゃうじゃいる。世の中は老人だらけだ。彼らのうち、自分で動ける老人だけをここに収容しているらしい。

「健康なら家にいればいいのに」

「炊事ができないんですよ。台所仕事がダメになれば、ここに入るより仕方がない」

男は苦り切った顔で言った。

「女性ならできそうなものだが」

「意欲がなくなるんですよ、年を取ると」

「意欲？」

「そう。食事を作る気力がなくなるんです。認知症というわけではない」

「男はもともと作れない人が多い」

「困ったものです」

男は眉根を寄せる。

おかげでこのような施設が繁盛する。困ったような素振りは見せかけにすぎない。

「話しかけてもいいですか」

「どうぞ。今は自由時間ですから､皆さん勝手にくつろいでいます。この部屋は〈なごみの部屋〉といって誰でも好きな時に使えるんです。夜遅くはダメですが」

私はテーブルの一つに近づいて白髪の女性に話しかけた。

「お元気そうで」

女性はじろりと私をにらんだ。

怒っているのか。

「今ごろのこのこやって来て」

眉間に皺を寄せて黙り込んだ。

家族の者が来たと思い込んでいるのか。

「初めてお目にかかります。○○と申します」

私は丁重に名乗った。

「分かってるよ。今さら何さ、他人行儀に」

「私は他人ですよ。身内ではありません」

女性は向き直って私を見据えた。

「死んだと思っていたが、生きておったのかね」

ご挨拶だなと思ったが、反論はしなかった。私のことを見知った男と思っているようだ。かつて懇意だった男？

「お会いしたのはだいぶ前ですね」

私は覚悟を決めて、話を合わせることにした。得意技のようなものだ。

「あれから七十年以上経っている」

「七十年？」

私はどきりとした。

「あんたは私が死んでも泣かなかった」

この女性はすでに死んでいるらしい。

「母親の死が理解できなかったにしても、あれほどはしゃぐことはなかった」

「はあ？」

ようやく事態が呑み込めてきた。

私は大連で母親が死んだとき、人が大勢我が家に集まって来るのを見て喜んだらしい。「らしい」というのは自分にその記憶はなく、同居していた従姉が後年教えてくれたからだ。私が覚えているのは大連病院の地下の霊安室で美しく装われて棺に収まった母親の死に顔だけだった。髪飾りを付けて若々しかった。三十五歳。まだ本当に若かったのだ。

どうやら私は七十一年前に死んだ母親と向き合っているようだ。傍らの男によると成仏していないことになる。

なぜだ。

なぜ成仏できないのか。

「あなたの遺骨は引き揚げの時、ちゃんと内地に持って来ました」

「ああ、白布に包んで、いつもH夫が胸に提げていたね」

私は八歳、兄のH夫は九歳だった。

「信州の佐久のお墓に眠っています。父と一緒に」

私の口調は言い訳がましくなった。

「父ちゃんの骨はない」

トウチャン？

懐かしい響きだった。耳に残っているわけではない。残された実家宛の母の手紙に出てくる父の呼称だ。

「ソ連軍に抑留されて死んだのだから仕方がない」

見ると、女性は俯いて目をしばたたいている。

泣いているのか。

「あなたが死んで四か月後に父は根こそぎ動員で召集されました。その三か月後には敗戦。極寒のシベリアでひと冬耐えて、翌年北朝鮮のソ連軍収容所に逆送されて、間もなくコレラで死んだ。昭和二十一年九月二十八日でした」

「H夫のことが不憫でのう……」

急に外見にふさわしい年寄りじみた口調で女性はすすり泣きを始めた。

この女性を母とは呼べない。「お母さん」とも呼びかけられない。ともに過ごして甘えた記憶はない。が、手紙を読むと「○○が甘えて困る」と私のことを書いている。記憶がないと、それは客観的な事実にとどまって他人事と同じである。感情を伴わない。どうして目の前の女性を「お母さん」と呼べようか。

兄は三十二歳で自ら命を絶った。深い喪失感が引き揚げ後も兄の心を苦しめ、成人してからも空虚感に苛《さいな》まれ続けた。

それに対して、私は何と能天気だったことか。

母が嘆いているのはこのことか。

「今日はこのぐらいにしておいた方がよろしいかと」

傍らの男が慇懃にささやいた。

「またいつでも来られます」

男は退室を促した。

女性は座ったまま身じろぎもしない。私はこの人に肉親の情を感じない。

私はまた罪を犯したことになるのか。

「ここはいったいどこかね」

立ち去りながら男に尋ねる。

「老人ホームですよ、初めにお知らせしたとおり。ただし、みな訳ありの方ばかりです」

「確か自炊できない人ばかりと言ったね」

「そうです。これは致命的なことです。自分の食べるものを自分で作れない……」

男はさも重大事のように言葉を濁した。

「それが訳ありということ……？」

「いえ、いえ、それとこれとは別です。訳ありの方は心の問題です。もっとも、体力はありながら炊事をしないというのも、心が関係していることは確かですがね」

母は食事を作ったのか。手紙には買い物や料理のことも出てくる。ふつうに主婦の仕事をこなしていたのだろう。昔は結婚したらみな専業主婦だった。もっとも母は兄が生まれるまで教職を続けていたが、これは大連に渡る前の話だ。

私はエプロン姿の母を見たことがない。想像すらできない。いつも私とは無縁の一人の女性として登場する。一喜一憂する胸のうちは分かっても、その時の母はすでに〝母親〟を脱した一人の若い主婦なのである。ちょっぴりわがままな。

7 三合里収容所

こじきと見紛う異様な一団が、北朝鮮の平壌《へいじょう》駅に停車した貨物列車から降りてきた。自力では動けず、仲間に腕を支えられている者もいる。一様にあちこち裂けた軍用シャツによれよれのカーキ色のズボン。背中には細長く巻いた筵《むしろ》のようなものを背負い、手や腰には雑嚢や錆びた空き缶が吊るされている。靴底の割れた軍靴は縄で縛りつけてある。全員痩せ細って目はうつろ、全く表情をなくして、あたかも生ける屍のごとき集団である。

これがシベリアから北朝鮮に逆送されてきた抑留者たちの姿だった。

私は今、彼らを目の前にしている。が、彼らから私は見えないらしい。私は外部の世界からは完全に遮断されているようだ。透明人間のように平壌駅を自由に出入りできた。

昭和二十一（一九四六）年七月の暑い日だった。

私は父の姿を探した。この中にいるはずだ。が、頽《くずお》れるように降りてくる無数の〝乗客〟はどれも複製されたように似通ったこじき姿で、個々の識別は困難だった。第一、出征した時の父の姿を私はまるきり覚えていない。あれからまだ一年と二か月しか経っていない。しかしこの間に天地はひっくり返った。

父は大連で前年五月に召集されて、八月に終戦。下旬には大連はもう全市がソ連軍に占領された。六月、父は牡丹江《ぼたんこう》で即席の新兵訓練を受け、そのあと敦化《とんか》で塹壕掘り。八月に入ると追い討ちをかけるように終戦。敦化飛行場で武装解除されて、貨車でシベリアに送られた。

その年、私は大連の嶺前《れいぜん》小学校に入学したばかりだった。父の出征姿は、同居していた母親代わりだった従姉から、ずっと後になって聞いたものだった。記憶にない父親の姿を探す手がかりは、一枚の父の写真だけだった。

昭和二十三年に父の戦病死公報が入って、引き揚げ先の長野県の佐久で葬儀が行われた。その時の遺影である。国民服姿だが肉付きのよい丸顔に丸いメガネをかけてかすかに微笑を浮かべている。私の記憶にある父はこの写真だけである。後年、これは昭和十七年十月に大連で撮った家族写真から父の顔だけを抜き出して拡大したものと分かったが、私にとっては唯一の父の〝記憶〟なのである。

この写真はその後長い間亡霊のように私の脳裡に焼き付いて私を悩ませた。写真を見るのはおろか、思い浮かべることすら自らに禁じ、父を記憶から抹殺してしまった。母も同じである。佐久での葬儀では大連から遺骨を持ち帰った母の葬儀も同時に行った。母の死は昭和二十年一月。父の出征四か月前である。まだ終戦前で、財閥系のＳ銀行勤務の父の威光もあって盛大な葬儀が大連で営まれた。が、内地から母の両親に来てもらうことは時局柄不可能だった。内地での両親の合同葬儀では、母の遺影はやはり同じ家族写真から母の顔だけ抜き出して引き伸ばしたものだった。矢絣《やがすり》の着物の襟がピンと立っている。二年三か月後の病死を予感させる不吉な影はみじんもない。

目の前で尾羽打ち枯らして下車する逆送者の群れの中に、私は一年二か月前の父の姿を探した。年月だけでなく、境遇も一変している。いわば天国から地獄へ突き落とされたようなものだ。果たして父の姿を見分けることができるのか。

「おう、来てくれたか」

不意に呼び止められて、私ははっと声のする方に目を向けた。

誰なのか分からない。声を発した男を見定めることは不可能だった。そこにはよれよれのこじき集団が彫像のようにからだを寄せ合っていた。呼びかけた男に合わせて一斉に立ち止まったとみえる。

私に声をかけた男は誰か。

私は男たちをじっと見据えた。彼らからも私の姿は見えていることは間違いなかった。

「今、声をかけた方はどなたですか」

そう問いかけた私を、相変わらず男たちは不思議そうに眺めている。

先ほど私を呼んだ声は幻聴だったのか。

とすればこちらからの呼びかけも向こうには聞こえていないのかもしれない。しかし、私の存在には気付いている。

いったい私はどんな風に彼らの目に映っているのか。

そう案じた瞬間、私は愕然とした。

私は幼い学童姿なのではないか。そうでなければこの私を認識できるはずがない。父が出征したのは、私が大連嶺前小学校（当時は国民学校）に入学した直後だった。父にとっても私はあのころの姿でしか記憶にないはずだ。

今の私は七十七歳。当時の父の年齢をはるかに越えている。今の私から見れば当時の父は私の子供のような年齢だ。今、私と父は年齢が完全に逆転している。

「心配はいらない」

また声がした。

「あなたはかつての父と会っている。こうして顔を突き合わせている。あなたには見えなくても、私どもにはあなたが見えている」

「ちょっと待ってください」

私は面食らった。

幻聴ではない。声ははっきり私の耳朶《じだ》を打った。中年男性の濁ってはいるが重みのある声だ。しかし、「あなた」とはどういうことだ。私は「あなた」の子供のはずだ。我が子を「あなた」とは……。

それだけではない。「私ども」とはどういう意味だ。「私どもにはあなたが見えている」……？

私は複数の父親を見ているのだろうか。ここにいるのは一人の特定の父親ではない。子供を家に残して出征した大勢の父親たちなのだ。若者ではない。やつれ方が違う。やつれ方に若々しさがない。くたびれた中年男たちの呆《ほう》けた姿ばかりだ。

とんでもない場面に遭遇したものだ。

目の前の現実は想像を絶する光景だった。その姿格好のためではない。外見のみすぼらしさは織り込み済みだ。意外だったのは父親が複数いることだった。父親の群像に出くわしたことだ。個人としての父ではなく、集団としての父親であり、悲惨さをことさら押し隠した哀れな父親群像だった。

私は自分が試されているのではないかと思った。私の願望があまりに「個」に偏りすぎていることへの警鐘ではないか。

私の父だけではない。大勢の父親が家族と引き離されて出征し、極寒のシベリアで瀕死のひと冬を過ごした。この年、一九四五年のシベリアはまれに見る寒波が襲来し、収容施設の不備もあって、日本人抑留者の一割、五万人が死んだ。「日本人は蟻のように死んでいく」と収容所長のソ連軍将校が舌打ちしている。それだけ労働力が減り、ノルマの達成が遅れるからだ。

目の前の男たちは初めてのマローズ（冬将軍）を迎える前に過酷な労働で体力を消耗し、病身のまま寒風吹きすさぶ粗末な収容所で冬を越し、春になってやっと〝帰国〟の知らせを聞いた。ほとんどが四十代に入った中年男たちで、いのちの残り火を燃やしながらシベリアを脱出したのだった。〝帰国〟ではないことは、船がポシェットを出航して北朝鮮に上陸するまで知らされなかった。

唖然として佇む私の前から、父親群像はのろのろと動き始めた。

どうやらここはプラットホームの先端らしい。彼らは瓦礫のように薄汚れたホームから駅舎の方へ移動を開始した。跨線橋《こせんきょう》は渡らなくてもよい。ホームからそのまま改札口に通じていた。よろよろした一団は屠所へ引かれていく牛の群れに似ていた。ただ、牛のように太っていない。みな骨と皮ばかりに痩せ細っていた。どこかで見た光景だと思ったら、写真で見たナチスの強制収容所の場面だ。貨車から降ろされたユダヤ人たちが目ばかりぎょろつかせて線路際を歩いていく。ただ着ぶくれている点が違う。目の前の日本人たちはぼろ布をまとっただけの〝夏服〟姿だった。夏でよかったのだ。

私も駅前の広場に移動した。トラックが何台か停まっている。収容所までは約十五キロ、トラックに乗せて運ぶのかと思ったら、そうではない。歩ける者は徒歩を命じられ、足腰の立たない病弱者だけがトラックに乗せられた。どうりでトラックの数が少ないわけだ。歩ける者といっても健康者ではない。みな病弱者である。が、何とか一人で歩ける者は徒歩組に入れられた。

衰弱した人たちはトラックまでの数十メートルを仲間に助けられながら夢遊病者のように進んだ。体を動かすこと自体が苦痛な人たちである。数人のソ連軍の警備兵が指揮を執っていたが、全く情け容赦はない。トラックの荷台に上るのがまたひと苦労だった。もちろん足をかけてよじ上る体力はない。木箱を地面に置いてそこから上ったが、この踏み段を上れない者もいる。他人の手や肩を借りてようやく荷台の内側に倒れ込んだ。へたり込んだまま動けず、市場のマグロのように奥に引きずられていく。幌が付いているので、何とか日差しだけは避けられた。

私は父を捜す目的をすでに放棄していた。先ほどの一団が私に下した宣告が決定的なダメージを与えていた。私は〝父〟ではなく〝父たち〟と向かい合わねばならない。大勢の父が私の眼前でのたうっていた。私に打つ手はない。何もできない。一緒に運ばれて行き、収容所で寝起きを共にするしかない。一緒に生活しながら彼らの一人一人から〝物語〟を聞き出すことが私の仕事になるのだろう。そうしているうちに、私は本物の〝父〟に出会うチャンスがあるかもしれない。

私はトラックの荷台に紛れ込んで、重病者とともに収容所へと運ばれた。徒歩組は炎天下を四時間〝行軍〟したという。トラックが鉄条網を張り巡らせただだっ広い広場に入ると、兵舎から大勢の日本人が駆け出して来た。中に女性がいて私は衝撃を受けた。収容所には女性用の宿舎もあるのだろうか。

しかし、彼女たちが看護婦であることを知って、私は感激した。病院があるのだ。単なる収容所ではない。病院を併設している〝立派な〟収容所なのだ。不思議なことに敷地内にソ連兵の姿はまばらだった。日本人ばかりが目についた。

トラックに走り寄り、荷台から新参者たちを地面に下ろした収容所の人たちは、そのみすぼらしさに言葉を失った。伸び放題の髪とひげ。ぼろぼろの衣服。うつろな目。自力で立ち上がれる者は一人としていなかった。

抱きかかえ、手渡しで男たちを荷台から下ろす。じっと動かない人の肩に触れると、すでに冷たくなっていた。

「これは人間ではない。ミイラだ」

こう小声でつぶやいたのは若い男だった。

「ソ連のやつめ！　ひどいことをしやがって」

罵声はどれも口ごもって明瞭な言葉にはならなかった。ソ連軍がすぐそばにいるわけではない。が、目の前の骨と皮ばかりに痩せ細った男たちを見て、怒りが込み上げてきたのだ。

「ロスケめ！」

口々に声にならない声を上げてソ連の暴虐を呪った。

「負けるとはこういうことか」

冷静につぶやいた男は小柄だったが、どこか知的で精悍な顔をしていた。元将校だろうか。必死に無念に耐えているのか、こめかみがかすかに痙攣している。

病人はほとんどが栄養失調だった。病室とは名ばかりの、土間に板を敷いただけの粗末なベッドに寝かされた人々を、看護婦たちは献身的に世話した。日本人の看護婦に会えて涙を流す人もいた。地獄に仏とはこのことだった。死んでシベリアの荒野で狼の餌食になるのを覚悟していた病人の中には、日本人の看護婦を見たとたん安心して全身から力が抜け、そのまま息絶えた人もいた。

これが三合里《さんごうり》収容所だった。

私の父が〝戦病死〟した場所。「戦病死公報」には「朝鮮平壌三合里病院で戦病死」とある。幸運にも日本人看護婦のいる〝病院〟で死んだのである。このことを知らせてくれた人は同じ収容所にいて、たまたま父の死の現場に居合わせたのだろう。この人が無事復員して、厚生省に死亡届を出してくれたと考えられる。が、あらん限りの方法でこの人を探し出そうとしたが、結局見つからなかった。

死亡を確認したのは三合里病院の看護婦だろう。当時、病院には四十数名の日本人看護婦がいた。私は彼女たちに直接会ったり、手紙を出したりして父の消息を尋ねたが、父の氏名を覚えている人はいなかった。戦後五十年も経っていることが致命傷だった。新聞でも「尋ね人」の形で取り上げてもらったが、やはり朗報は得られなかった。その前に厚生省にも「現認者」（死亡を確認して届け出た人）の氏名を問い合わせたが、「不明」である旨が長々としたお役所的な説明文付きで返って来ただけである。

8 姫龍神

「中国仏教入門」という十回シリーズの八王子市のカルチャーセンター講座を受講している。インドからどのように仏教が中国に入って根付いたかを詳しく解説してくれる。講師は市内にあるS大学の卒業生で、北京の人民大学大学院で学んだ若手の仏教研究家。現在「東洋哲学研究所」というところに所属しているようだ。一般向きにしては少々内容が固すぎるが、場慣れしていない素人っぽい話し方と純朴な人柄に惹かれて、私は毎週欠かさず出席している。聴講者は二十名、全員が高齢者で、ほとんどの人がメモを取りながら熱心に聴いている。週一回だが平日の午後なので、仕事を持たない老人ばかりになるのはやむを得まい。女性も二、三人いるが、これも年配者。

三時に終わると、私はあえて電車に乗らず歩いて自宅まで戻る。電車で二駅、乗れば五分だが、歩けば一時間。ちょうどよい散歩である。

その日、私は駅の西側にある中央線を跨ぐ橋を渡って駅の反対側に出た。この道はかつて直進禁止の標識に気づかず白バイに捕まったところで、今でも通るたびに腹が立つ。七千円の罰金が惜しいからではなく、標識が見にくくだまし討ちに遭ったような気がしたからだ。違反には違いないので仕方なく認めたが、文句だけは言っておいた。その後間もなく通ると、標識と同じ内容を記した掲示板を何枚も手前の道端に並べてあった。

税務署の前を通り、駅前から通じる広い道路を横切る。しばらく行くと左手に公園があり、昔ここの汚い公衆トイレで用を足したことを思い出した。広場には誰もおらず、木立の多い公園は閑散としている。子どもたちでも遊んでいる方が眺めていてもおもしろいのだが、下校時間にはまだ早いのかもしれない。

右に折れて、間もなく広い通りに出る。国道十六号線で、首都圏を取り巻く古い環状道路である。市街地にはバイパスもできたので、そう混雑はしていない。

ここを横切ってしばらく歩くと大きな消化器病院がある。ここにはかつて胃潰瘍でお世話になったことがある。中国の大学に赴任して五年目である。四年間勤めて帰国しようとしたら、別の大学から招かれて渋々応じた。内陸にあったそれまでのS大学とは違って、今度はドイツの植民地だったころの面影を残した海浜都市のQ市で、S大学のある省都のS市より日本人には有名である。第一次大戦後、日本が統治していたということもあるかもしれない。ここで一年間教えるのも悪くないと思った。が、それがいけなかった。

まず、宿舎がたった一部屋の独身寮のような狭さである。トイレとシャワー室が一緒になっていて、むろんバスタブなどない。S大学では外国人教師専用宿舎で三部屋あり、大型のバスタブの備わった広い洗面所兼トイレがあった。同じ国立大学でも月とすっぽんである。やはり大学のキャンパス内にあるが、今度の宿舎は大学の中国人職員の家族も住んでいる。これ自体は私には願ってもないチャンスだったが、いかんせん狭くて不便極まりない。ベッドもシングルで、妻が来ても泊まれない。台所はあるが、ガスではなく、IHクッキング・ヒーター。電気の方が安全なのだが、せっかくS大学から持ってきた鍋類が使えない。交渉して、プロパンのガスコンロに交換してもらった。その後、部屋も二部屋のところへ、ベッドも二人用の幅の広いのに換えてもらった。要求すればその通りになるというところがいかにも中国らしかった。中国に限らず、アメリカもそうらしい。自己主張が日常生活では不可欠で、相手の立場や気持ちを推し測って前もって事を進めるというのは日本独自のやり方であることを思い知らされた。

半年経って胃潰瘍になった。食べると吐き、食欲はゼロ。最後はふらふらの状態で講義に出たが、ついに耐え切れずに治療のため一時帰国した。現地にも大きな病院はあったが、症状から治療は長引くと判断した。出血しているらしく、黒いタール便が出る。たぶん胃がんだろうと覚悟した。食べてないので足もとがおぼつかず、成田まで妻に迎えに来てもらった。

翌日訪れて受診したのが、この消化器病院である。内視鏡検査で検査技師が「潰瘍がひどい」とつぶやいたひと言で救われた思いがした。がんではなさそうだ。検査技師に診断を下す権限はない。安心させたかったのかもしれない。薬を飲んだら翌日にはもう自覚症状はなくなり、食事も普通に摂れた。クスリだけはしばらく飲み続けた。

一か月日本で療養したが、その間の生活は全くふだん通り。ただ、このまま辞めるべきか、それとも戻って契約期間の一年は全うすべきか悩んだ。折から桜が満開になり、五年ぶりに見たソメイヨシノに異様な美しさを感じた。「桜の樹の下には屍体が埋まっている」と書いた戦前の肺を病んで若死にした作家の言葉が胸奥からよみがえった。それほど満開のソメイヨシノは無気味な美しさだった。

結局、一か月後に中国に戻り、教壇に復帰した。休んだ分は補講で埋め合わせ、忙しい一か月だったが、何とか持ちこたえた。主任教授からはもう一年続けてほしいと懇願されたが、健康への不安を理由に固辞した。大学院生たちの要望が強かったことを別の中国人同僚から聞いた。院生には「近代文学史」と「伊勢物語」を講じたが、私にとっても学部生相手の講義よりはるかに楽しかった。が、人間には潮時がある。おこがましくも「惜しまれつつ去る」は私の美学でもあった。

消化器病院の横の川沿いの細い道を進むとやがて道が二手に分かれる。そこに「姫龍神」が祀られている。像も祠も立派な銅製で、高さは二メートル、幅も一メートルはある。内部は三つに仕切られて、真ん中に「姫龍神」、右が「地蔵菩薩」左が「馬頭観世音」である。脇に粗末な説明板があり、「この小比企《こびき》村から七国《ななくに》峠を越えて……」と、ここがかつての往還だったことを知らせている。

「七国峠」の文字を見て、私の胸は高鳴った。高麗《こま》王若光に率いられた高麗人の長蛇の列。彼らは説明文とは逆に相模の国から七国峠を越え、ここを通って高麗の里まで進んだ。古代、相模の国は主に西部には高句麗人、東部には新羅人が入植していた。相模から武蔵へ、さらに下野《しもつけ》へと、渡来人が群れをなして移動する姿が瞼に浮かぶ。今の関東地方の広大な地域は、朝鮮からの渡来人が切り拓いたと言ってもよい。

「姫龍神」の分かれ道を左に折れて京王線の踏切の方へ向かう。道は狭く、ゆるい上り坂になっている。やがて右側に林に包まれた由緒ありげな一画が見えてくる。広い敷地の木の間隠れに洋風や和風の凝った建物が見え、「観自庵」という茶室風の庵《いおり》もある。庭の木立の透き間には無数の巨大な庭石が配され、石の仏塔や木製の鳥居もある。どうやら座禅道場らしいが、人影を目にしたことはない。

京王線の踏切を渡る。北野で八王子へ行く本線から分かれた高尾線である。この線はもともと「御陵線」として北野から延伸されたもので、次の山田駅を出ると右にカーブしてJR中央線を跨いで「多摩御陵」（現・武蔵陵墓地）近くまで続いていた。大正天皇の薨去《こうきょ》に伴い造られた御陵で、これによって御陵参拝ブームが起こり、それに合わせて京王線の新線ができた。近くの高尾山もこのおかげで行楽地として知られるようになり、頂上にある薬王院ともども有名になる。戦時を迎えて御陵線は廃止されるが、京王線は山田駅からJR高尾駅（以前は「浅川駅」といった）に向かう線路が新たに敷かれて、途中には「めじろ台」という新興住宅地も形成された。昭和四十二（一九六七）年には「京王高尾駅」からさらに「高尾山口駅」まで延伸され、高尾山がより身近になった。

踏切を渡ると切り通しの下り坂である。車も通れる道幅だが、勾配をゆるくするため途中で大きくカーブしている。「時田斜面緑地」とあるが、この辺り一帯は国分寺崖線《がいせん》を彷彿とさせる崖が続いている。地形的には浅川の支流である湯殿川沿いの低地が大きな谷となって東西に続く。八王子の市街地は台地にあり、私の住んでいる「みなみ野」は湯殿川を挟んで八王子市街地と向き合った高台になる。一帯は昔は里山だった。そこを大規模に開発して二十年前から募集が始まり、私の一家はその第一期の入居者である。

崖道を下って行くとき、犬を二匹つれた初老のおばさんに会った。人通りも車の通行も少ないので追い抜きざまに声をかけた。

「きょうだいですか」

白い中型犬だが、よく似ている。

「いいえ、親子です」

よく見ると、なるほど片方は毛並みが悪く、色もいくらか褪せている。

「かわいいですね」

犬に興味はなかったが、この真っ昼間にのんびり犬を散歩させている光景は一服の清涼剤である。気分がほぐれて適度の脱力感を生む。

坂を下り切ると北野街道である。狭いが交通量が多いので、手押しボタンの信号機が設置してある。青で渡ると、あとから下って来た犬を連れた例のおばさんが大きな声で「ありがとうございます」と叫んだ。一瞬、何のことかと思ったが、横断歩道より少し手前で渡っているので、はあボタンを押したタイミングのことだなと思った。もう少し遅ければ赤になっていただろう。

北野街道を二、三分歩くと細い道を左に折れる。間もなく稲荷神社に突き当たる。文字どおりの「森の鎮守の神様」で、湯殿川沿いに祀られた小比企町の氏神さまだ。杉の古木が何本もそびえて小さな森を形成している。

いつものように参拝して低い石段を下りかけると、向こうからハイキング姿の年配の女性が急ぎ足でやって来て大声で呼びかけた。

「トイレはあるでしょうか」

「ええと……」

私は返事に窮した。すぐには思いつかなかった。が、聞き流せない深刻な問いである。

「ここにはトイレは……」

「ない」と言おうとして、にわかに思い出した。社務所脇にトイレらしき小さな建物がある。

「あそこがたぶんトイレです」

女性は私に三拝九拝して、駆けるようにそちらに進んで行った。

私は冷や汗が出た。

実は散歩中に尿意を催すことは珍しくない。公衆トイレは意外と少ないものだ。公園でもないとまず見つからない。街外れではなおさらだ。つい畑の隅の草地や雑木林の陰で用を足してしまう。この稲荷神社でも本殿の裏の木立の陰で放尿したことがある。神社で立ち小便とは罰当たりもいいところだが、生理的欲求には勝てない。「お赦しください」と呪文を唱えながら実行する。

昔、子供のころ、佐久の田舎で悪餓鬼《わるがき》たちは小川の丸木橋に並んで田んぼの川の中に一斉に放尿した。その際、必ず「かーわのかみさま、ごーめんよ」と皆で唱える。佐久平は千曲川から引いた用水が四方八方に張り巡らしてあり、豊かな水田が広がっていた。今でも不思議なのは、土手や草地など場所はいくらもあったのに、なぜよりによって川に放尿したのか。行く川の流れに小便が吸い込まれていく快感が忘れられなかったのか。人家は井戸水で、田畑にまだ農薬は使われておらず、川で食器を洗う光景も見られた。

トイレらしき小屋の存在を年配の女性に教えたものの、本当にそこがトイレなのかどうか確かめたことはない。が、そのたたずまいからほぼ間違いないと思った。

女性を送り出すような形で私は鳥居から外に出た。湯殿川の橋を渡ろうとすると、不意に境内の方から叫び声がした。

「鍵がかかってまーす」

例の女性だった。斜め前方、対岸の境内の片隅にトイレはある。

「こちら側の男性用を開けてみてください」

私は大声を返して女性の動きを追った。こちら側が男性用らしい。回り込んできた女性がアルミのドアに手をかけた。私との距離はおよそ三十メートル。

すぐにまた女性の切羽詰まった大声。

「こちらも閉まってまーす」

「社務所に声をかけてみてください。誰かいるはずですから」

そう叫んでから、妙に腹立たしい気分になった。

どこまで面倒をみれば済むのだ。

自分が失禁の危機にさらされているような不快を感じた。業を煮やして振り切るようにその場を離れた。さっさと橋を渡り終え、反対側の岸辺を遡り始めた。両岸とも遊歩道になっている。

しばらく神社が視界にあったが、あえてそちらを見ないようにして歩いた。

尿漏れしそうな割には余裕がありそうだった。私の場合は我慢できなくなると体を揺すって耐える。動けばいくぶん楽になる。しかし、女性は立ち止まって、声だけは大きかったが、比較的冷静に私に訴えかけた。そこが解せなかった。初め私は、いざとなれば女性を木立の中にうずくまらせて、私が外を向いて〝壁〟になって人目を防ごうと覚悟した。切迫した尿意に耐えねばならないつらさは経験者にしか分からない。一秒一刻を争うのだ。

神社が視線から遠ざかり、冷静になってから私はこの瞬間の覚悟を思い返して、うふふと独り笑いした。西太后が義和団の乱で西安に逃げていくとき、野外で尿意を催し、女官たちが輪になって用を足す西太后のために人目を遮った場面を思い出したからだ。映画だったか。それともテレビドラマだったか。私一人では輪はできないが、木立が代役を果たしてくれるだろう。めったに人は来ないところだから私がいなくても大丈夫だろうが、小さな壁にはなれるだろう。年齢にかかわらず女性としては勇気のいる行動だろうから実現したかどうかは分からない。あきれたことにこの時の私はヨーロッパの中世の騎士気取りだったのだ。

9 高句麗

古代、高句麗は絶えず隋・唐に苦しめられてきた。

その高句麗が中国史に組み込まれそうだと韓国が騒ぎ出した。十数年前である。高句麗の版図《はんと》は確かに広かった。現在の中国東北部、かつての旧満州の南部のほとんどを含んでいた。北方ツングース系の民族が樹立した国だが、朝鮮半島南部にいた韓民族とは明らかにルーツが違う。何しろ旧満州のこの辺りには多くの民族が存在したので、一部が大きく朝鮮半島北部を巻き込んでいるとはいえ、その支配領域の広さから言えば中国が自国の歴史に組み入れたくなる気持ちは分からないわけではない。が、後に発展するにつれて首都を南に移し、ついに鴨緑江《おうりょっこう》を越えて平壌に定めたのだから、韓国としては高句麗が朝鮮の国家であることには疑いの余地はないのである。新羅、百済とともに「古代朝鮮三国」という呼び方も歴史では定着している。韓国としては許せない暴挙である。

「中国は朝鮮を自分の国の一部だと思っているんですから」

こうつぶやいたのは中国のS大学の韓国語学科のC先生である。韓国人女性で、S大学の中文科の大学院博士課程で学ぶ院生でもある。中国に留学し、中文を専攻しながら外国語学部韓国語学科の外国人教師を兼ねていた。ネイティブの先生は六つの外国語学科に各二名ずついて、私は日本語学科のネイティブ教員だった。正確な肩書は「日本語専家」。「専家」とは専門家のことで「エキスパート」の意である。

当時、C先生は独身で二十代、私は六十代前半のロートルだったが、気が合ってよく一緒に食事をしたり、カラオケに行ったりした。私は新キャンパスにある「専家楼」という外国人教師専用宿舎に住んでいたが、彼女は旧キャンパスに隣接した別の外国人教員宿舎にいた。外国語学部は旧キャンパスにあったので、私は二十分ほど街なかを歩いて通勤した。

C先生とは新年度の赴任のパーティーで知り合った。二〇〇〇年の九月だった。私がたどたどしい中国語で挨拶したら、流暢な日本語が返ってきてびっくりした。妻も一緒だったが、その日本語は外国人なまりの全くない完璧なものだった。後に、彼女は幼少期をお父さんの仕事の関係で日本で過ごしたことを聞かされて、むべなるかなと思った。お父さんの仕事というのも、日本文学専攻の学者で、東京のT大学で客員研究員をしていたことをやがて知った。

C先生の漏らしたひと言を聴いて、私はやはりそうかと思った。中国は大好きだったが、覇権を強めていく近頃の風潮は気がかりでもあった。ついに朝鮮北部にも手を伸ばしてきたかという感じだった。

「何しろ大国だからね」

私は中国に対して使われる常套句を揶揄的に口にした。

C先生は含み笑いをしながら私を見た。困った国だという思いが二人の胸に通い合った瞬間だった。

幸い、かつ賢明なことに、中国は韓国の抗議を受けてこの主張をあっさり引っ込めた。韓国が中国との経済的なつながりを深め始めた時期だった。海を挟んで向かい合う中国の海浜都市Q市の大通りなどには韓国のIT企業の旗が列をなして翻っていた。経済の面で韓中は蜜月時代に突入して、Q市はむろんのこと、同じ山東省の内陸にあった省都S市の空港からも韓国の仁川《じんせん》に直行便が飛んでいた。S大学で学ぶ留学生も二、三年前から韓国人が日本人を上回っていた。中国側から見れば、中日だけでなく中韓にも枠を広げて、経済開発を加速させようとしていた。

隋の煬帝は三回も高句麗征討を企てたが、三回とも失敗、四回目には官民双方の抵抗に遭って実行を断念、暗殺されて隋は滅びた。かくも強大な隋軍を打ち破った高句麗の軍事力には脱帽するしかないが、その後さらに強大な唐軍の侵略を防げたのは淵蓋蘇文《えんがいそぶん》という英雄がいたおかげだった。英雄といっても、神をも恐れぬ残虐な独裁者で、国王を殺して意のままに動く傀儡王を仕立てて実権を握った。民衆は道で淵蓋蘇文に会うと、恐ろしさのあまり面《おもて》を上げられず、ただ平伏するしかなかったという。これほどの〝悪人〟がいたからこそ絶対権力で国民を統率し団結させることができたわけで、淵蓋蘇文は国民を苦しめた非道な独裁者であると同時に救国の英雄でもあった。この淵蓋蘇文が死ぬと息子たちが内紛を起こして、そこを唐と新羅につけ込まれて高句麗は滅びた。

中華思想から見ると、高句麗は北方の異民族であるが、このことは実は隋や唐にも当てはまる。正当な中国王朝を異民族扱いするのは一見奇異に見えるかも知れないが、必ずしも見当外れではない。隋も唐もその王朝の創始者は異民族の鮮卑《せんぴ》である。すでに前代の北魏から北方異民族支配の中国王朝が始まっており、彼らが漢人を取り込み、混血を重ねて王朝は発展した。高句麗と隋・唐とのせめぎ合いは北方の異民族同士の戦いであり、騎馬民族間の覇権争いだった。

高句麗は新羅・百済と基本的には対立関係にあった。その原因は民族の違いにあったと私は考えている。七世紀末、統一新羅が出来上がって朝鮮半島は一つになるが、その後新羅の北方部分は新たに建てられた渤海国領になる。渤海国は旧高句麗の残党でもあった靺鞨《まっかつ》族の王国で、やがて日本とも友好関係を結ぶ。一方、統一なった新羅は同盟軍だった唐軍の居座りに我慢ならず、半島から追い出すために戦端を開き、みごとに勝利する。ここに至って新羅は完全に朝鮮半島全土を単独で支配するようになる。日本とも天武、持統両天皇の親新羅政策によって友好関係が築かれるが、八世紀に新羅が飢饉や疫病に苦しむようになると日本への亡命者が増え、処遇に困った奈良の朝廷は彼らを東国へ送って開発に従事させる。武蔵に高麗《こま》郡が置かれるのもその一環である。

新羅、百済もいいが、と私はつぶやく時がある。近来、高句麗の北方騎馬民族としての魅力に惹かれることが多くなった。騎馬民族だからといって粗野で野蛮というわけではない。朝鮮三国では一番早く仏教を取り入れ、国境を接していたので中国文化の受容も他の二国に先んじていた。聖徳太子の仏法の師となった慧慈《えじ》など多くの高僧も渡って来ている。

「高麗《こま》建郡一三〇〇年」のせいだろうか。このところ、高句麗を意味する「高麗《こま》」を耳にし、目にする機会が急に増えた。

10 七国峠

我が家から新興住宅地を南に十五分ほど歩くと七国峠《ななくに》のある里山が横たわっている。山腹を斜めに登って行く舗装道路があるが、これは真上に東京都の「大船《おおふね》給水所」があるからで、巨大なタンクが二つ斜面に鎮座している。車の通れる広い道路はそこまでで、あとは雑木林の細い尾根道が続く。これが武蔵国から相模国に抜ける鎌倉古道の一つ、七国峠越えである。今では八王子市から町田市に抜ける散策路になっている。

七国峠には、給水所脇から山道に入ってわずか五分ほどで着く。もっとも昔七か国が見渡せたという峠そのものはこの古道から少し登った所にあり、今ではそこに大日堂が建っている。江戸時代に造られたようだ。そのころは人通りも多かったらしく、旅人の休む茶屋もあったという。ここが七国峠の最高地点で、今では「七国山関七州見晴台跡」という石柱が建っている。

昔は樹木もまばらで周囲を見渡せたのだろう。小さな広場になっていていかにも里山の頂上といった感じだが、周囲は雑木が茂り放題で眺望は利かない。里山の手入れが行われなくなったせいだろう。尾根道を歩いても雑木林が荒れていることは一目瞭然である。木を切って燃料にしたり、炭を作ったりという生活が消失してしまった。里山は完全に生活から切り離され、荒れ果てたまま古道として何とか命脈を保っているのが現状である。人が通れなくなって消滅寸前の古道もある。

「七国」とは、相模、駿河、甲斐、下野、常陸、下総、上総を指す。七国峠のあるこの里山は相模の国との境界に近い武蔵の国の南端に位置する。東国でも武蔵の国は最も開発の遅れた地域で、東国に移住した渡来人たちも武蔵の国を避けて周辺諸国に住んだ。武蔵の国は当時は海沿いは広大な湿地、内陸は雑木に覆われた原野だった。

大日堂のある頂上に登る緩やかな山道を避けて峠道をやや進むと、古道が二つに分かれる。そこに「出羽三山供養塔」がある。江戸時代のもので、石塔の背面に建立の趣旨らしきものが彫り込んであるが、あまり摩耗はしていないものの、達筆すぎて読めない。横にある年号から建立は江戸時代と分かる。出羽三山は修験道の聖地である。そこまで参拝に出かけるのは当時のこの辺りの農民にとっては大事《おおごと》だったろう。代わりにここに供養塔を建てて代参したものとみえる。近くには「湯殿川」という川もあるので、出羽三山信仰が盛んだったことが分かる。

本拠の出羽三山では、今でも毎年春になると、宿坊を営む修験者が関東一円の信者宅を回って参拝勧誘の〝営業活動〟をしている。千葉県の市原《いちはら》市だけでも講の数は四十を越えるという。関東の大山《おおやま》講や御岳《みたけ》講では彼らは「御師《おし》」と呼ばれる。峠を越えた町田市の相原《あいはら》地区は〝相模色〟が強い。かつては丹沢山塊の「相模大山《おおやま》詣で」の通り道として賑わったところで、旧家の玄関先などには今でも「大山講」の講札が貼ってあったりする。

武蔵の国から相模の国へ行くには必ず里山を越えなければならない。従って峠道は七国峠だけでなく、他に東西に連なる里山の尾根や谷間《たにあい》にいくつもあった。七国峠の「出羽三山供養塔」の少し手前から東に折れる尾根道を進むと東京造形大学前を通る峠道に出る。さして広くはないが、相原駅に通じる車の通行も可能な舗装道路である。この峠道には「笛の修理をします」などという小さな看板を掲げた民家もある。さらに東には国道十六号線の御殿《ごてん》峠がある。かつては「杉山峠」とも言い追剝《おいはぎ》が出たそうだが、これは今の御殿峠ではなく山中に残る旧道での話だろう。この旧道も一部現存する。

里山の峠同士は木立に覆われた尾根道でつながっているが、七国峠から造形大前の峠道までは歩いて二十分ほどである。木の間隠れの山道だが、散策には絶好で、途中、左側には新しくできた八王子市七国の住宅地が展望できる。この尾根道を降りたところ、造形大付近は「大糠利《おおぬかり》」という所らしい。「らしい」と言うのは案内板にそう書いてあるだけで、実際の地名としてはすでに消滅しているからである。古代、須恵器を作る良質の土が取れたのでこのように名付けられたとネットにあった。なるほど〝糠のようにきめ細かい土〟の意だ。この辺には多数の古い窯跡もあったというから、渡来人も住んでいたかもしれない。良質の土器である須恵器はそもそも朝鮮発祥の焼き物だから。

相原へ出ると境川《さかいがわ》があるが、これは武蔵と相模の両国の境界に当たるところから江戸時代に名付けられたもので、古くは高座川《たかくらがわ》と呼ばれていた。「高座」という語は読み方は違うが「神奈川県高座郡《こうざぐん》」として現存するが、本来は「高」が高句麗を意味する国名、「座《くら》」は「倉」に通じ、大集落、大郡を意味する。かつて埼玉県にあった「新座郡」は古代の「新羅郡」で、今は新座市になっている。つまり「新座」は「新羅人の大郡」、「高座」は「高句麗人の大郡」という意味である。

「座」を「倉」と書くのは当て字で、「崖」や「岩」を意味する「峨《が》」「嵓《くら》」が本来の文字であるという説もある。高座郡は相模台地が相模川に、旧新座郡（現・新座市）は武蔵野台地が荒川に落ち込む地形を抱えている。ともに朝鮮からの渡来人が開発、発展させた崖のある地域なので「高句麗」や「新羅」という国名（の一部）に「座」を付けたというわけである。

私の住む八王子市みなみ野地区はもともと里山が複雑に入り組んだ丘陵地帯で、のどかな山村だったらしい。開発がひと区切りした平成九年にJR横浜線に新駅「八王子みなみ野」ができ、周辺の町名も「みなみ野」になった。「若葉町」「富士見町」の類で、味もそっけもない現代風の軽薄な町名だが、隣接して「七国」とか「宇津貫《うつぬき》」とか「兵衛《ひょうえ》」といった古い地名も町名として残したのは賢明だった。開発地区に組み込まれなかった「小比企町《こびきまち》」「寺田町《てらだまち》」「大船町《おおふねまち》」などという古い集落も周辺には存在する。これらの地域も私の散歩の圏内だが、寺田町に「榛名《はるな》神社」を見つけた時はびっくりした。なぜこんなところに「榛名神社」があるのか。調べてみて、養蚕の神様だと分かって納得した。

群馬県はかつて全国でも指折りの養蚕地帯だったが、古代は「上毛野《かみつけの》」と呼ばれ、渡来人の多く住む東国の中心地だった。新羅人が圧倒的に多く、殖産興業の先進技術を広め、養蚕もその一つだった。近代になって、八王子は近県でとれた繭の集積地として栄え、絹織物の産地としても有名だった。八王子の別名は〝桑都《さんと》〟で、郊外の農村地帯だったこの「みなみ野」辺りも養蚕が盛んだったのだろう。「絹の道」と呼ばれる横浜へ通じる道もいくつかあって、明治の終わりに横浜線が開通するまでは輸出用の生糸を横浜港まで運ぶ商業ルートとして賑わったらしい。

小比企町には郵便局前の四つ角から北へ上る急な坂道がある。自動車の往来も盛んなけっこう広い道路である。私がみなみ野に越して来た当初はこの歩道に面した民家の庭先に石灯籠があって、小さな説明板が立っていた。そこにはこの坂道が昔「大沢の坂」と呼ばれ、荷車が上る時は難渋したと書いてあった。案内板はやがて朽ちて取り外され、石灯籠だけになったが、これだけが往時を偲ばせる唯一の遺物である。石灯籠には榛名神社、石尊《せきそん》神社、秋葉《あきば》神社の三つの神社名が彫ってある。

坂の上は八王子の市街地に通じるので、坂を上って運ばれたのは生活物資だったと思われるが、繭もいったん集積地に運び込まれるので周辺の農村でとれた繭もこの坂を上ったと思われる。全身汗にまみれて大八車を押し上げる人夫たち。鞭を入れられながら四苦八苦して坂を上る荷車を引いた牛馬の姿が思い浮かぶ。案内板の消滅で、この坂の由来と名称もいつの間にか忘れ去られてしまった。今では道幅も広がり、交通量の多い何の変哲もない多摩丘陵の坂道の一つである。

『続日本紀《しょくにほんぎ》』には、七一六年に東国の七か国から高麗人《こまびと》一七九九人を武蔵国の入間郡《いるまぐん》に集めて高麗郡を置いたとある。「高麗人」とは高句麗人、または高句麗を出自とする渡来人を指す。その初代郡司と目される高麗王若光《じゃっこう》は、建郡前に大和から武蔵国に移っているようだが、伊勢から海路で相模の大磯に上陸し、しばらく滞在してから武蔵の国に赴いたらしい。その若光一行が大磯から北上する時、この七国峠を通った可能性が高いと朝日新聞に出ていた（二〇一六年十月一日付、土曜版「みちものがたり」)。

大磯に上陸した高麗人たちは「高麗《こま》山」(現存している)からほとんど一直線に「玄武」の方角である北をめざして移動したようだ。リーダー格の高麗王若光は『日本書紀』にある「玄武若光」と同一人物と思われ、「七国峠」は相模から「高麗《こま》」への北上ルートのちょうど中間地点にある。若光たちは測量技術に長《た》けた人々ではなかったかと新聞記事は推測している。

「高麗の道」とでも呼ぶべきルートが、太平洋岸の相模から武蔵の国の内陸まで縦断していたのだ。ほぼ現在のＪＲ相模線と八高線を結ぶコースに当たる。八王子はその中間で、しかも七国峠は現在は八王子市の南端だが、私の家から徒歩十五分、時々通る散歩コースである。ここがかつては相模から武蔵に抜ける主要な街道でもあったのである。

その若光だが、詳しい経歴は分からない。六六六年、高句麗が滅びる二年前に使節団が海を渡って列島に来ているが、その中に玄武若光がいた。派遣の目的は危機に瀕した高句麗救援の要請だったろうと言われている。となると王族の血を引く若光には国家使節の一員となる資格は充分あった。三年前に百済の息の根を止めた新羅と唐は、今度は宿敵の高句麗に狙いを定め、着々と攻撃の輪を縮めていた。使節団に課せられた任務は重い。が、当時の日本はまだ「倭国」で、百済に手を貸したために唐の攻撃を恐れて北九州の海陸の防備に明け暮れており、高句麗を支援する余力はなかった。二年後の六六八年、高句麗は内紛をきっかけに自滅同様に瓦解する。

祖国に帰りそびれた若光はそのまま日本にとどまり、大和朝廷から貴族である従五位下に叙せられ、やがて「高麗王《こまのこにきし》」という姓《かばね》も賜った。これが七〇三年のことである。王族であるための特別な措置とはいえ、朝廷のある大和の地にあってそれなりの功績を認められたからであろう。年齢は不明である。が、後年、初代高麗郡郡司となって当地で没したと伝えられているので、ある程度の推測はつく。

「高麗郡」の設置は七一六年である。この時まで若光が生きたとすれば、仮に七十歳として、渡来時は二十歳。叙位は六八五年と推定されるので三十九歳、賜姓《しせい》は七〇三年だから五十七歳である。七十歳の初代郡司はちょっと考えられない年齢であるが、伝承では晩年は「白髭《しろひげ》さま」と呼ばれたそうだからあり得ないことではない。何より渡来した六六六年は確実なわけだから、この時の年齢は最大限若く見積もっても二十歳を遡ることはないだろう。七十歳の初代郡司が誕生するゆえんである。ただし、あくまで「玄武若光」が「高麗王若光」と同一人物という前提での話である。

問題は若光の東国下向がいつかということである。相模の大磯には「高麗《こま》」という地名があり、高麗山や高麗神社（現・高来《たかく》神社）があり、若光伝説も残る。ということは、ここから大勢の高句麗人が武蔵の国へ移動した可能性が大きいということになる。さらに若光伝説があるということは、若光もこのルートを北上したことを補完する材料になる。おそらく叙位に加えて賜姓のあった七〇三年以降だろうから（叙位叙勲は朝廷で行われる）、すでに六十歳近かったと思われる。七一六年に東国の七か国から一七九九人の高麗人を武蔵の国に移住させて「高麗郡」を置いたという『続日本紀』の記事と、初代郡司を若光が勤めたという伝承に従えば、この時点で若光はすでに武蔵に強固な地盤を持った豪族としての地位を築いていたことを窺わせる。郡司は地方長官であり、その地の実力者、名門豪族が任命されるのがふつうだった。
どんな思いで若光たちはこの七国峠を越えたのだろう。すでに老境にあった若光は徒歩ではなく馬に乗っていたかもしれない。当時、馬は貴重品である。人間や荷物を運ぶより、軍馬としての飼育が主だった。何しろ列島に馬が入って来てからまだ三百年も経っていない。しかし、従五位下の貴族で「王《こにきし》」の姓を持つ若光の東下りに馬を使用することを想定するのは不自然ではない。高句麗王族としてのプライドは終生若光の胸奥に灯り続けたに違いない。

相原から北へ七国峠に向かう古道は両側が深くえぐられて、その分道幅も広くなっている。明治には生糸を積んだ荷車が頻繁に通ったというこの峠道を、一三〇〇年前には高句麗の渡来人が列をなして歩いたのだ。すでに祖国は失われている。「高麗王」の姓を授かったとはいえ、都を遠く離れた未開の原野に赴く一行は決して弾んだ気持ちではなかったろう。未知の大地を切り開く夢や希望はなかったとは言えまいが、危惧や不安の方が強かったのではないか。ただ一つ、心の励みになったのは、同胞たち、それも高句麗だけでなく、同じく亡国の悲哀を味わった亡命百済人たちも、東国のあちこちで鍬を振るって新天地を築いているという知らせを耳にしていたことである。

時代は平城遷都を間近に控えた八世紀の初め。律令国家へ向けて大和朝廷が大きく動き始めていた。畿内では国家発展の機運が高まっていた。が、ここ東国にはまだその余波は及ばないどころか、逆にその副作用で農民たちは苦しんでいた。
道々、若光の一行は農民の貧しさに眉をしかめ、息を呑んだ。食うや食わずの人々が道端でこじきをしている。渡来人の東国下向は珍しくなかったが、今回の行列は中央役人の視察巡行、ないしは事情あっての都落ちと思われたに違いない。おそるおそる食べ物を乞うこじきを見捨てることができずに、若光は供に命じて余り物を与えた。

「そちたちの本貫はいずこか」

「甲斐の百姓です。凶作続きで土地を捨ててきました」

老いさらばえた男がひざまずいて馬上の若光を仰ぎ見た。年恰好は自分とそう変わるまい。破れた衣服は垢と泥にまみれ、蓬髪の陰から両の眼がうつろな光を放っている。ろくに食べていないことは一目瞭然だった。幾人かの女子供もいるが、その姿格好はおとなたちと変わらぬみすぼらしさだった。

「それほど作物の出来は悪いか」

「今年は雨が多く、去年は日照り続きでした。農民はみな食い物がなくなってあえいでいます」

実りの秋というのにこの貧しさとは……。

若光は言葉がなかった。

祖国が滅びた時、万を越す将兵が捕虜として唐国に連れ去られた。残った民百姓は呆然と廃墟にたたずみ、絶望のあまり自ら命を絶つ者もいた。高句麗七百年の歴史が潰えた瞬間だった。

若光自身はその前に倭国に来たため、祖国壊滅の悲劇は直接目にしていない。が、続々と海を渡ってきた同胞たちからその惨状を聞くや、胸が潰れた。自分だけ不幸を予感して事前に脱出したようなうしろめたさを感じた。祖国を救えなかった無念は今に至るまで若光の脳髄から消えない。

「それだけではありません」

別の老人が口を開いた。首をかしげて斜め下から馬上に視線を投げ、若光にいくらか気おくれしたような表情を浮かべた。

「何なりと申せ」

安心させようと、若光は微笑を浮かべた。

「新都の造営とかで、わしら農民がむやみと駆り出されています」

「新都の造営？」

ああ、と思った。朝廷はできたばかりの藤原京を棄てて、大和の北に新しい都を建設しようとしている。多くの東国農民が徴用されて大和へ送り込まれていることは若光も知っていた。中央の繁栄は地方を疲弊させる。一家の働き手を奪われた農民の中には農地を捨てて離散する者も少なくなかった。

建都の現場も活気に満ちているだけではなかった。きつい労働が容赦なく彼ら徴用農民に課せられた。肉体を酷使させられ、病に倒れたり、蓄電するものも多かった。食事は何とか供されたが雑穀の粥同然の代物、衣服は自前だった。逃亡して帰郷しても役所の監視が厳しく、また連れ戻されるのは必定。それが分かっているだけに、郷里の妻子も捨てて浮浪人に身を落とす者も少なくなかった。

そうか。この老人たちの息子は労役のために大和に行っているのか。

この者どもを連れて、ともに武蔵の国で鍬を振るって新天地を開きたい。

そう思いながら、しかしそっと馬の首を撫でてその場を離れるしかないおのれの不甲斐なさを、若光は嘆くしかなかった。

奇しくも高句麗の滅びた六六八年、河内国大鳥郡で行基《ぎょうき》が生まれている。若光が武蔵国への移住を始めた八世紀初めにはすでに布教を始めていたが、その活動は大和を中心とした畿内に限られていた。仏教はまだまだ西日本にしか広がらず、東国ではやっと寺院らしきものがいくつか造られたばかりで、一般民衆とは無縁の存在だった。

高句麗は朝鮮半島では最も早く仏教を受け入れた国である。外国との戦闘が絶えなかっただけに国家色の強い鎮護仏教が主流で、僧侶がひそかに間諜を務めることも珍しくなかった。常に戦場で死の危険にさらされていた兵士たちには浄土信仰が唯一の心の支えになっていた。

若光は都で行基の存在を知っていた。民衆への直接布教を禁じていた朝廷にとっては、民衆の中に入り込んで魂の救済を説く行基は危険な存在だった。が、この東国下向で農民の窮状を目にした若光は、行基のような僧がここにも必要だと思った。彼らに心の拠り所を与えたい。できたら食べられるだけの仕事も。農作物の不作は農民の生死に直結する。天候による吉凶とは無縁の生業はないものか。

行基は信仰の力でそれを実行している。大勢の信徒とともに橋をかけ、堤を築き、道を開き、布施屋まで設けている。それでいて飢えを知らない。衣食を寄進する僧俗が絶えないからだ。これこそが本当の仏の道ではないだろうか。

若光はこれから赴く未開の土地で行うべきことを、啓示のように思い知らされた。

寺院を建てよう。
行基が百済からの渡来人を祖先に持っていることも励みになった。

台湾ブームだという。

日中関係悪化の裏返しで、急に台湾がクローズアップされてきたのか。独立志向派の総統の誕生も影響しているか。イギリスのEU離脱、アメリカ大統領選のトランプの勝利、欧州諸国の民族派の台頭など、このところ世界がおかしくなってきている。台湾ブームもその一環ではないか。

しばらく前、国民党時代に独立運動を支援し投獄された日本人の体験発表の講演会があった。すでに八十歳を越えていたが矍鑠《かくしゃく》としている。驚いたのは二次会で、講演者とも知り合いの独立支援派の若い日本人が何人か来ていて、異様な熱気で台湾独立をまくしたてていたことだ。偏見と独善に満ちた怪気炎に、ああ、こういう風にしてファシズムに染まっていくのか、とその単細胞ぶりに辟易した。

秋になって、台湾映画『湾生回家《わんせいかいか》』を見た。台湾に生まれ育ち、終戦で日本に強制送還された日本人の故郷再訪物語である。それを台湾人の監督が映画にして、台湾でも圧倒的な人気を博したという。登場人物は当然日本人が多く、日本語も多用される。出てくる台湾人もみな親日的で、どこか時代離れした能天気な郷愁映画である。

11 「湾生回家《わんせいかいか》」

全編に日本の文部省唱歌「故郷《ふるさと》」がBGMのように流れる。作中では実際に歌われもする。これは意図的に作られた台湾と日本の友好賛美の政治映画ではないかとさえ思った。

旧満州も含めて、かつての日本の統治下にあった外地で、台湾だけは例外的に現地人に慕われたとはよく耳にするが、この映画はこれを地で行くような内容だ。台湾の親日ぶりを聞かされるたびに本当かなと半信半疑だったが、この映画を見ても疑念は去らなかった。

経済的に豊かになったからといって外国の支配を喜ぶ人間が果たしているだろうか。たとえ無教養な庶民といえども、人間である限り、奴隷の幸福よりは貧しくても自由と独立を尊ぶのではないか。台湾に行ったことはないが、私はこの〝台湾神話〟は素直には信じられない。日本人旅行者は一様にその親日ぶりに感激して帰って来るが、親日的態度の裏側に隠された本当の台湾人の心を見逃しているのではと私は思う。

しかし、唱歌「故郷」には参った。同時に「台湾恋しや」一色の望郷の想いには圧倒された。羨望を禁じ得ず、憧憬さえ感じた。

ひるがえって、我が身を思うと、そこには完全に故郷を失った自分がいた。生まれた大阪府豊中市には二歳までしかいなかったので記憶は全くない。続く大連は八歳までいたのでここそ故郷だと思いたいのだが、その実感はない。そこで生まれたわけではないこと、小学校に入学して半年も経たずに終戦になったこと（以後、学校は閉鎖）、そこで両親を失ったこと、さらに戦後は外国の地になってしまったことなどが、その原因かもしれない。

郷愁もこれまでと知れ雲の峰

戦後五十年を間近にして、大連の大学に夏季短期留学した時に、寄宿舎の窓から街を眺めて詠んだ句である。

もともと「郷愁」などなかったのではないか。〝偽《にせ》の郷愁〟ではなかったのか。それはこの留学時に、母が残した大連で書いた手紙を手がかりにゆかりの場所を隈なく歩き回り、ようやく到達した結論、〝大連イコール偽の故郷〟に対応する私の大連観だった。

引き揚げて来て住んだ信州。ここも故郷とはほど遠かった。小学校三年から高校までの九年間を、私は一人の異邦人として生きた。中学から高校を終えるまでの多感な少年期を、完全に孤立し、自分の殻に閉じこもって過ごした。特に高校時代は今でも思い出すのさえいやな鬱屈した三年間だった。

映画『湾生回家』で聴いた唱歌「故郷」は耳に痛かった。

そんな時、たまたま関係している研究会の催しでノンフィクション作家のH氏の講演を聴いた。このところ台湾に入れあげているH氏の今回の演題は「牡丹社事件」だった。台湾の歴史に疎い私は、この事件の存在をこの時初めて知った。

明治四年に琉球民が嵐《あらし》で遭難、六十六名が台湾に漂着するが、言葉が通じないゆえの誤解から五十四名が原住民に殺され、首を切られるという事件である。生き残った十二名が客家《はっか》（大陸から移住した漢人）の手助けで清《しん》国、さらに日本本土経由で七か月後に島に帰るが、彼らの証言が明治新政府を動かし、政府は琉球民を日本国民と考え、三年後の明治七年、軍隊を派遣して台湾の原住民集落、牡丹社を二か月で殲滅した。

当時、琉球は独立した王国で、清朝と日本の双方に朝貢していた。台湾は清朝の領土だったが、東海岸は〝化外《けがい》の地〟としてその支配は及んでいなかった。明治新政府はこの事件を利用して初の海外出兵を行い、後の台湾領有の足がかりをつかんだというのがH氏の見解で、事件そのものは悲劇だったが、近代史の上では日本の対外進出の先駆けとなる重要な出来事だったというわけである。

台湾に〝首狩り族〟は事実いたのである。が、現住民側から見ると、それは決して残虐な行為というわけではなく、狩った首を大樹に掲げて死後の魂との合体を祈る宗教的な儀礼だったとのこと。片方から見るだけでなく、相手の立場からも考えてみることが歴史の客観化という点では大事であるとH氏は力説した。〝さらし首〟に遭った死者たちの遺族はやりきれない思いだったが、事件から一三〇年余経った二〇〇五年に、加害者の牡丹社住民の遺族と被害者五十四名の沖縄県の遺族の間で和解が成立して、〝美談〟として地元紙を飾ったという。

この講演を聞いて私が真っ先に思い浮かべたのは、日本軍の征台出兵や討伐された台湾原住民のことではなく、〝沖縄の悲劇〟という言葉だった。牡丹社事件を口実にして日本は〝琉球処分〟と呼ばれる琉球王国の併合を断行した。江戸時代には薩摩藩に隷属させられ、江戸幕府の崩壊でやっと真の独立を勝ち取ったかに見えた琉球王国は、この〝処分〟で今度は完全に日本国に併合された。先の第二次大戦における住民をも巻き込んだ戦闘と惨劇、さらに米軍占領下と日本への返還後も続く米軍基地を巡る問題など、沖縄は悲劇の島として今なお苛酷な試練の中にある。

歴史に美談なし、というのが私の信念である。歴史上の美談は数限りなくある。否、歴史に美談は付き物である。講談や芝居、小説や映画になって、ますます人々の感涙を誘う。庶民は美談好きである。悲劇も美談で構成されているからこそ人の心を打つ。が、そこに歴史の落とし穴がある。ひと皮むけば、美談の背後には悲惨と残虐が渦巻いている。

歴史は本質的に残酷なものである。歴史が時間の産物である限り、悲劇性は避けられない。なぜなら、人間はみな死ぬからである。絶えず時間は流れ、永遠なるものは何ひとつない。死を前にして人が等しく感じるのは生のむなしさである。〝充実した生〟などというのは所詮、錯覚にすぎない。このような錯覚で人生を肯定しなければならないほど、人生は虚無と紙一重であるということである。

12 建郡一三〇〇年

「高麗郡一三〇〇年大学・市民講座」に行ってきた。建郡一三〇〇年で日高市の高麗川周辺は沸き立っている。市民講座は十二月に二度開かれ、私は八高線を使って二度とも聴きに行った。地元の郷土史家や考古学者、元大学教授や現職の高校教員らが講師だったが、思いのほか学術的でびっくりした。どうせ地方都市のカルチャーセンターだとタカを括っていた自らを反省した。

しかし、聞き終わって感じたことは〝高麗学〟は始まったばかりで、分からないことだらけだということだった。古代史学の一部としてあまり注目されてこなかったのが、「建郡一三〇〇年」で一躍脚光を浴びるようになったのだから無理もない。まず、高麗の金看板である「高麗王若光」自体が本当にこの地にいたのかどうか、それさえ確証がないのだから、学問的には話にならない。若光は伝承だけなのである。しかし、この伝承を基にして高麗神社も聖天院《しょうてんいん》も成り立っているので、若光がいなければ困るのである。

時代がやや遅れるが、高麗福信《こまのふくしん》なる人物が活躍したことは『続日本紀』等に明記されている。しかもその生涯を追うように何度も出てくる。第一回目は七五六年だから若光はすでに亡くなっていただろう。福信の出生は武蔵国の高麗郡で、高句麗の王族と言われる「肖奈王《しょうな》」の姓を与えられているので、若光と同じく王族であることは間違いない。武蔵の守《かみ》を三度も務めている。しかし若光との繋がりは今のところ見出せない。

具体的な人物名が出て来ないというのも、高麗郡建郡の特徴である。が、古墳は無数に存在し、これは高麗地方に限らない。東国と呼ばれた今の関東地方は古墳の宝庫である。埼玉県、群馬県は特に多い。古墳からは渡来系の人物を想起させる遺物が数多く出ているが、高麗地方もまた同様である。廃寺の瓦、優れた須恵器等、渡来人の先進技術なくしては造れない文物が大量に出土している。『続日本紀』には七一六年に東国七州の高麗人《こまびと》一七九九人を武蔵国に遷《うつ》して高麗郡を設置したとあるが、これは奈良時代の初めのことである。関東地方にはこれよりはるか前の古墳時代からすでに朝鮮半島から人々が渡って来ていた。彼らは稲作だけでなく、土木、灌漑、養蚕、機織り、製陶、製鉄、馬の飼育など最新の技術を広めたことも分かっている。一七九九人というのは新たに移り住んだ人数で、独立した郡をつくる以前から大勢の高句麗系渡来人が東国には住んでいたと思われる。

初代郡司は若光だったと言われているが、これも伝承の域を出ない。そもそも六六六年の高句麗使節に名を連ねた「玄武若光」なる人物が、七〇三年に「王《こにきし》」姓を与えられた高麗若光と同一人物なのかどうかもはっきりしない。謎は謎を呼ぶが、年代的に玄武若光が高麗若光であっても不自然ではないし、神奈川県の大磯などにも若光伝承があることから、高麗人たちにとって若光はよく知られた人物だったことが窺える。高麗人のリーダーとして大磯から仲間たちを率いて武蔵国まで北上したことは十分考えられる。この北上ルートは以前に書いたとおりである。

その若光の名前が七〇三年を最後に史書から消えてしまうのはなぜか。

市民大学での講師の話では、渤海国の誕生が関係しているという。

六六八年に高句麗は滅亡するが、王族と称する安勝《あんしょう》を王に戴いた遺民たちが高句麗再興を目指すが失敗、安勝は新羅に亡命する。新羅の文武王は安勝を高句麗王に封じる。が、やがて金姓を与えられて慶州に移住した安勝は、部下の起こした反乱が災いして六八四年に失脚する。ここで高句麗王系は完全に途絶える。

一方、六九八年、旧高句麗領の遼東地方に建国された渤海国は七一三年には唐から冊封され、正式な国家として認められる。渤海国は東アジアで高句麗の後裔《こうえい》と見なされ、日本では高句麗王権を国内に存続させる必要がなくなる。以後、高句麗系王族としての重要性は弱まり、〝蕃客〟の一部として処遇されることになる。高麗王若光はこの時点で武蔵国高麗へ移住して高麗郡の創設に関わるので、この転身によって中央との縁はさらに薄れ、史書からも姿を消したのではないか、と講師は説く。

高麗福信の方は七四七年に肖奈王《しょうな》（背奈王《せな》）を賜姓され、日本国内での高句麗の王権の再復活が成るが、これは対等外交を求めてきた渤海国を臣属させるための伏線で、七五〇年には福信に「高麗朝臣《あそん》」を賜姓し、高句麗の後裔が日本にいることを渤海に知らしめる。一族からは遣渤海使を出して高句麗が日本に仕えていることを強調、渤海を新羅同様に日本の属国扱いして〝小中華思想〟をひけらかすことになる。

高麗福信は中央政界で順調に昇進し、武蔵の国守を三度も歴任、晩年には「高倉《たかくら》朝臣」への改姓を願い出て認められ、七八九年、八十一歳で郷里の高麗で亡くなっている。「高麗」を捨てて「高倉」という和姓を望んだのは、朝鮮色を薄めようとする日本の〝小中華思想〟の影響と思われる。渡来人三世の福信はすでに完全に日本人になり切っており、名実ともに日本人になりたかったのだろう。亡くなった時の位階は従三位という高位だった。政争に明け暮れた奈良時代に絶えず朝廷側について政界を渡り歩いた才知は特筆に値するが、渡来系であったことが幸いした面もあったかもしれない。中央政界で主流派の道を歩んだだけに史書にも記録が多く残り、この点が東国で半生を送ったと思われる若光とは大きく異なるところである。

考古学的な調査の結果が今回のシンポジウムでもだいぶ披露された。まだ始まったばかりだが、今の時点で見る限り、高麗郡の中心部は高麗神社のある丘陵地帯より東の、現在の川越線武蔵高萩駅周辺である。役人着用の衣服の止め金など役所の存在をうかがわせる出土物がこの辺に多いのである。高麗郡には三つの寺院があったことも分かっているが、八世紀という早い時期に新設されたばかりの東国の小さな郡に本格的な寺院が三つも並び立つというのはどう見ても異常である。平安時代にはいずれも廃寺となり、現在は往時の堂塔の瓦などが残るだけだが、瓦を焼く技術はこのころには渡来人か渡来系の人々しか持ち合わせていなかった。都の飛鳥でも瓦屋根の建物は寺院だけで、宮殿でさえ草葺き、板葺きだった。

高麗神社にとっては分《ぶ》が悪いな、と私は思った。豊富な伝承を誇るが、今の高麗神社の隆盛は近代になってからもたらされたもので、私の推測では明治以降である。おそらく日清戦争から日韓併合にかけての日本の朝鮮植民地化政策に利用されたのだろう。明治以降の名だたる政治家が何人も高麗神社に参詣して〝出世神社〟の異名をとったと宣伝しているが、そこにはどこか作為的なものが感じられる。まあ、観光資源にはいかがわしさが付き物なので、そう目くじら立てるほどのことではないが。

私の関心は、高麗人も含めた渡来人が、中央政界だけでなく、いかに我が国の国土の開発に貢献したかという点にある。正史にはすでに七世紀初めにこの列島に渡って来た朝鮮半島の人々を東国に〝安置〟したという記述が複数回出てくる。畿内には収まり切れないほど大勢の人々が海を渡って我が国に押し寄せてきたわけだが、彼らは列島の人々よりはるかに進んだ文化を身に付けていた。言ってみれば、先進国から後進国へ移住して来たのである。我が国としても彼らの進んだ技術や知識が欲しかったので喜んで厚遇したのだろう。名もなき庶民も多かったので、彼らは力仕事である原野の開発に従事することによって土地を与えられたと考えられる。

歴史は栄枯盛衰を繰り返す。かつての偉大な文明の民が今では経済的に振るわず、国際的地位が低下した例は珍しくない。ギリシャなどは一時ＥＵの〝厄介者〟扱いされたことがある。が、文明を創造した国の末裔たちが蔑まれたり侮られたりするのは歴史に対する冒瀆である。我が国にとっての中国は、漢字の発明と、それを今でも日本が正式な文字として使っているという点だけでも、頭が上がらない存在である。同様に韓国・朝鮮は中国から漢字と仏教を伝えた文化の中継者という点で、ないがしろにできない国である。中国人や韓国・朝鮮人と聞くとまず私は親しみを感じるが、それは隣国だからというよりも、文化の伝達者、送り手という意識が私の胸奥にあるからだろう。

13 井月《せいげつ》

佐久に住んでいる友人のIから電話があった。

「突然だが、静岡にいる娘夫婦のところへ身を寄せることになった」

瞬間、血の気が引いた。親しい人が身近からいなくなる切なさ。というよりどこか空虚な感じ。

それにしても、これはどうしたことか。

血の繋がらない赤の他人にこのような感情を抱いたのは初めてだ。

Iとは何者なのか。

混乱した頭の隅から響いてきたのは、次のような一句だった。

一個の巨大な違和感……。

これがIに対する私の印象である。

かつてインターハイでスピード・スケート五〇〇〇メートル優勝、全日本学生選手権と社会人大会では一五〇〇メートル優勝。その面影をとどめた巨体と風貌。やけに礼儀正しい〝やーさん〟風の言葉づかい。何から何まで私の交友仲間の中では異色である。義理堅く、義侠心が強い。当然、周囲からは警戒される。いや、敬遠される。

この風変わりなところが私は好きだった。が、最大の魅力は、Iが時折り漏らす何げない人生に対する思いだ。本をたくさん読んでいる。が、決してひけらかさない。自ら好んで話題にすることもなく、はがき一枚書くこともしない。このつつしみ深く、怠け者風の気質は私から見れば謙虚さの裏返しである。自慢は絶対にしない。他人の悪口も言わない。

伊那の乞食《こつじき》俳人・井月《せいげつ》をこよなく愛している。山頭火や放哉が好きなのは知っていたが、井月とは……。

Ｉが伊那で生まれたことは私も聞いていた。お母さんが伊那の出身なのである。佐久に嫁いだが、最初の子供であるＩは伊那の実家で産んだ。間もなく婚家の佐久に帰ったが、舅・姑との折り合いが悪く、何度か母親は幼いＩを連れて伊那に逃げ帰ったという。小海線の一番列車に乗ろうと暗いうちにこっそり家を出て中込《なかごみ》駅へ向かう。小淵沢で中央線に乗り替え、辰野で今度は飯田線を待ち、伊那に着いた時にはとっぷり日も暮れていた。

そうか、と私は納得した。

これがＩの原点だったのだ。

早朝の中込駅では、母親は婚家先からの追手を気にして幼い息子とともに跨線橋の陰に身を潜め、一番列車が白い蒸気を吐きながら到着するのを待ったという。

私の留守にＩから電話があって、妻が「井月」について喋るのを耳にしたという。恥ずかしながら私は伊那の「井月」という俳人のことを全く知らなかった。妻は一度だけ佐久でＩに会ったことがある。同郷なので、すぐに妻の素姓はＩに知られてしまい、Ｉも親近感を持ったようだ。

妻が私に電話があったことを告げた時は、「井月」という名前を妻は覚えていなかった。伊那に野垂れ死にしたすごい俳人がいたみたいと妻は言ったが、私には思い当たる人はいなかった。「井月」という人物をまるきり知らなかったので無理もない。国文学徒でありながら、まことに恥ずかしい。

Iが漂泊と放浪に惹かれていることは、これまでの付き合いでよく知っていた。むしろこれが我々二人を結び付けている紐帯《ちゅうたい》のようなところがあった。それでいながら、「井月」のことはIの口から出たことはなかった。これが彼の流儀である。教え諭すことは絶対しない。これをしがちなのは教師上がりの私の方だった。

その後、時をおかず、朝日新聞の土曜版「みちのものがたり」シリーズで、「伊那路」が取り上げられた。そこでの主人公がほかならぬ井月だった。

「無能の人」に登場した俳人
――姿は乞食、書はお公家さん

これが見出しだった。

一読して、私は打ちのめされた。

井月は一八八六（明治十九）年の師走、伊那谷の火山《ひやま》峠で「糞尿垂れ流しで行き倒れていた」のを発見された。「戸板に載せられ」て知人宅に運ばれ、そのまま床に伏し、翌春息を引き取った。六十六歳。出自は詳らかではないが、越後の長岡藩士だったという説もある。前半生は江戸、京、大坂で俳諧の修行を積んで、幕末にひょっこり伊那谷に現れてそのまま居着いてしまう。と言っても、家なし身内なしの乞食生活で、俳諧と流麗な揮毫で命をつないだ。芭蕉を神の如く崇拝したが、酒好きで無欲恬淡として、おのれを律する厳しさには欠けていた。

辞世の句は、

何処《どこ》やらに鶴《たず》の声聞く霞かな

前記新聞の見出しにある「無能の人」とは、つげ義春が一九八〇年代に著した漫画の題名で、ここに井月が登場しているそうだ。戦前すでに芥川龍之介が注目し、一九三〇（昭和五）年には『井月全集』も刊行されている。戦後は石川淳なども著書で取り上げているようだが、私は未見。そもそも「井月」なる俳人の存在すら私は知らなかったのだから。一生の不覚である。

大変な人物がいたものだ、というのが率直な感想。知ったきっかけはIだ。伊那で生まれたからというだけでは済まない。Iの中には漂泊の人生への深い思い入れがある。山頭火が井月の墓参を悲願とし、没する前年にやっと実現したという話もIから聞いた。山頭火は佐久にも来ていて、鼻顔《はなづら》稲荷の境内には句碑もあるが、Iはそのいきさつまで詳しく知っていた。

こういったIの一面は地元の友人は誰も知らない。佐久市一円に友人や知人が多いが、地方政治家や実業界の幹部とも親交があり、どこか胡散臭い奴と思われている。欲得はないが、著名人好きなことは確かで、それだけ情報通でもある。酒も強く、裏社会にも通じているが、ほどほどの付き合いにとどめて一定の距離は置いている。

そんなIが、佐久を離れるという。きっかけは夏の奥さんの他界だ。佐久で胃がんの手術をした直後で、入院中だったので、静岡にいた奥さんの死を看取れなかった。病室のカーテンの陰で人目を忍んで泣いたという。苦労をかけっ放しだったのだろう。葬式にも出られなかった。前半生を過ごした奥さんの実家のある富士宮市で、娘さん夫婦が葬儀いっさいを取り仕切ったという。

その後、退院してから、Iは再び単身で佐久で余生を送る決心を固めた。何と言っても佐久は両親の眠る墳墓の地である。長男の自分がここにいなければ、という思いは強かったに違いない。が、静岡の娘さん夫婦は「自分で自分の葬式は出せない」という名言を吐いて静岡へ来ることを強く勧めたという。七十八歳という年齢と病後の一人暮らしを案じたのだろう。

「あんたは幸せ者だよ。持つべきものは娘だなあ」

私は本心からそうつぶやいた。

Iが佐久からいなくなるのは何とも寂しい。自分が佐久に住んでいるわけでもないのに、この感情はどうしたことかと思う。よくよく考えて得た結論は、「郷里での老後の独り住まい」に惹かれるかららしい。自分の身代わりを感じるのだ。

定年退職後、妻を東京に残して郷里の佐久で独り暮らしを始めた友人がいる。実家が空家のままなのでというのは口実で、実は自らの子供時代を追体験しているのである。「ふるさと」に対する強い愛着が不便な生活を補っている。炊事も自分でする。生まれ育った土地というのはこれだけの〝魔力〟があるのだ。東京出身の奥さんは信州で田舎暮らしをする気は全くないらしい。

夫婦の愛情も夫の故郷愛には勝てないのである。

私にとっては佐久は愛憎相半ばする〝疑似故郷〟である。少年前期に突然参入して、高校卒業と同時に逃げるように佐久を離れた。故郷と縁を切る覚悟だった。それを変えさせたのは、佐久出身の女性と結婚したこと、兄が浅間山で死んだこと、の二つだった。立て続けに起こったこの〝事件〟はさらに隣りの小諸市に自宅を建てるという離れ業まで引き起こした。兄も含めた両親の位牌を安置する家が必要になったからである。生活の場である東京の公団の賃貸住宅には仏壇を置くスペースはなかった。結局、小諸の家に定住することはなかったが、別荘代わりに四十二年間使って、昨年、維持管理が難しくなってやむを得ず手放した。

Iが佐久にいてくれれば、私は心が安らぐのだ。私自身が佐久に感じる違和感が、なぜか和らぐのである。Iも決して幸せではないというシンパシーがそこにはあるのかもしれない。「不如意を耐えている」という幻想が私の励みになるのである。これは「他人の不幸は蜜の味」に通じかねない不埒な思い込みかもしれない。もしそうであるなら、私の心中にはうしろ暗いところがあると言わねばならない。が、私は「同病相憐れむ」という言葉が好きである。人間はみな病人であり、みな一様に不幸なのだ。

今日、またIから電話があった。静岡行を知らせて来てからまだ一週間と経っていない。おやっと思ったら、案の定、もう静岡に移ったという。電光石火の早業。これこそI流である。

驚いたのは病気のことである。がんらしきものがあちこちのリンパ腺にあるという。手術で胃を三分の二切り取った。が、初め、全摘になるか部分切除になるかは開いてみなければ分からないとのことだった。私は嫌な予感がした。スキルス性であるのは間違いなかろう。胃の内側に腫瘍ができるので、胃カメラでは進行具合を判断できないのだ。結果は部分切除になったが、それで安心とは言えなかった。

私の見るところ、術後の状態は必ずしもよいとは言えなかった。傷口がなかなか塞がらないのは別にしても、胃液の逆流がひどくて食べ物を受け付けない。食べたくて口に入れても、しばらくすると吐いてしまうという。胃を三分の二も切り取ったんだからな、と自嘲気味につぶやいていたが、ちょっと厳しいなと思った。退院は順調だったが、その後通院して栄養剤の点滴を受けるハメになった。食べられなければこうするしかない。

しかし、静岡へ移る前後はいくらかよくなって、点滴も週五回から三回に減ったという。よかったと思っていたところに、突然の静岡への転居話だった。そして、それはもう実行済みというわけである。

「病院の引き継ぎは、うまくいった？」

「うん。地元の市立病院だが、消化器外科の専門医がいて、持って行った紹介状やＣＴ資料などを仔細に見てくれた。女医さんで、まだ四十代かな。人間関係を築くのが先だと思って一時間以上いろいろ話をした」

「なるほど。そりゃあよかった」

「珍しい苗字だったが、心当たりがあったので、東北の岩手の方の出身ですかと聞いたら、びっくりしていた。岩手ではなかったが、秋田県の岩手寄りだそうだ。私の昔のスケート仲間に岩手の出身者がいて同じ苗字だった」

　こういうところは実に物知りだった。道路や地名にも詳しい。峠など人の知らない山奥の今では寂れたところまで知っている。静岡で名だたる製紙会社に勤めていたが、やがて転職したらしい。定年後なのかどうかは知らない。土木建築資材の納入や、宅配便をやったり、果ては東京で居酒屋まで開いたことがあるらしい。詳しく聞くのが憚られるのは、できるだけＩをベールに包んでおきたいからである。

　道路や峠に詳しいのは土木工事で資材を納入した経験がものを言っているようだ。今でも車にはヘルメットを積んでいて、山道で道路工事などに出くわすと車を止めてヘルメットをかぶり現場の工夫に話しかけるという。また、伊豆半島の付け根の函南《かんなみ》近辺をよく知っているので、聞いたら、宅急便でよく走り回ったという。私が函南の伊豆逓信病院（現・ＮＴＴ東日本伊豆病院）に高校卒業と同時に肺結核の療養で入院していたと告げた時である。大場《だいば》、畑毛《はたけ》温泉、軽井沢などという懐かしい地名が出てきて、こちらがびっくりした。「軽井沢」は路線バスに停留所名としてあり、信州を遠く離れたここにも軽井沢があるんだと驚いたものである。Ｉは函南だけでなく、近くの三島、沼津にも詳しい。沼津に遊びに行って旨いウナギを食って来たと言って、わざわざ魚の干物を送ってきたこともある。

　そのＩが、新しい主治医の女医さんから、肩甲骨の下と、胃と小腸の境のリンパ腺が異常に腫れていると言われたという。手術をした佐久の医療センターは全国でも名だたる佐久総合病院の併設病院である。執刀した医者はまだ三十八歳の若さだったが腕に自信はあるようだった。その医者がＣＴ写真のリンパ腺の異常を見逃すはずはない。ただ、血液検査で体内のどこかにまだがん細胞が潜んでいるが、どの場所か分からないとは言われたという。これとリンパ腺の腫れとは関係があるのだろうか。

妻に話すと、医療センターの医者が転移をあえて知らせなかったのではないかと言う。

「佐久医療センターで気が付かないなんて考えられないわよ。娘さんには知らせたのよ、きっと。それで静岡で面倒を見ると言ったのだと思うわ」

「うーん」

私は絶句した。

あり得ることだった。

確か説得に娘さん夫婦が佐久にやって来たと言っていた。当然、医療センターの主治医にも会って病状を聞いたろう。手術の直後にも佐久に来ていたはずだ。

うっかりしていた。私は今度の電話で口にしたＩの言葉を鵜呑みにしていた。

「医者には、この年まで生きたから何も不足はない、すべてお任せするので、何もかもざっくばらんに本当のことを言ってくれ、と頼んだ。佐久の病院でもそうだった」

がんも今は本人に告知するのが普通になった。が、後期高齢者の老人に、頼まれたからと言って何もかも率直に話すと思い込む方が甘いのかもしれない。文字どおり「言わぬが花」ということもある。

「スキルス性は進行が早いのが特徴だ。当然、転移が起こる。がんで命を落とす場合はだいたい転移でやられる。転移がなければ治る確率は高いと聞いている」
妻に向かって他人事のようにつぶやいたが、胸中は穏やかではなかった。
果たしてIはどういう気持ちでいるのか。
ひょっとすると、すべて見抜いているのではないか。

チャラになるんだ、と思った。

我ながらいい発見だった。

死んだらすべてがチャラになる。

何と気が楽なことか。死んだ人間は「楽だ」とは思わない。思う主体がすでに存在しないのだから。「楽だ」と思うのは生きている人間の方だ。生きている人間が生きていることが面倒になった時、死ねばチャラになるんだと思うと楽になる。

生きるのが面倒だと思うことがこのごろよくある。肉体の衰えが関係しているのだろう。毎日の決まりきった作業が面倒になる。体を動かすのがおっくうなのである。やってできないことはないが、やる前に気分がそっちへなかなか向いて行かない。結局やるのだが、そしてやり始めるとけっこう夢中になるのだが、やる前がいけない。エンジンのかかりが悪くなった。この調子では、いずれ風呂に入るのも、食事をするのも面倒になるのではないかと心配になる。気力の減退のせいかと思うが、それを生み出しているのは肉体の衰えであろう。

もう一つ、「死ねばチャラになる」と思うと楽になる原因は、これまで生きてきた半生が恥ずかしいことだらけだからだ。誰にも言えない事柄、骨と一緒に墓場に持って行くしかない事柄が多すぎる。とにかく思い出すのも嫌なのである。crime ではなく sin なのだから、黙っていれば他人には分からない。が、こういうものを抱えて生きているのはつらい。ふだんは忘れているが、何かの折にふと思い出してたまらなくなる。

これをなくすには死ぬのが一番いい。死ねば悔いも恥もすべて消える。これは窮極の救いである。が、死んだ時は「救われた」と思う自分自身がすでにいないわけだから、ここに唯一の難点がある。

「恥ずかしい人生でした」とうそぶいて自殺した作家がいる。自殺する勇気がない人間は生き続けるしかない。そして、時折り悪夢でも見るように嫌なこと、恥ずかしいことを思い出して苦しまねばならない。

朝の目覚めがつらくなったのは、ここ一、二年前からだ。正確に言えば目覚めではなく、起き出す時だ。布団から出るのが億劫なのである。このまま布団にもぐりこんでいたい。単なるものぐさ、怠惰ではないかと思ったが、そうではない。起きるときに何とも言えぬむなしい気分に襲われるのだ。

先年亡くなった著名な詩人に『朝の悲しみ』という小説があるが、これは最愛の奥さんを失った老主人公の朝の目覚めの気分を指した言葉だ。私の場合は身内に死なれたわけではない。少なくともここ何十年、そういうことはなかった。あるとすれば、遠く遡った幼年時代の両親の死、そして結婚したばかりの私を襲った兄の自死で、これさえもう半世紀も前のことだ。一家を構えてからはこういう不幸はなかった。

となると、このところ私が味わう〝朝の憂鬱〟は、私という存在自体が持つ不安定な資質に起因しているのかもしれない。それが肉体と精神の衰えによって意識の表面に這い出て来たということか。目覚ましが鳴って「起きなければ」と思う時のあのやり切れない気分は、たとえようがない。が、しぶしぶ起き出して布団を畳む段になると、不思議なことにこの憂鬱は消えてしまう。なくなるわけではなく、体を動かすことによって意識の底に沈んでしまうのである。

何かをする時に、ああ嫌だなあと思うことが多くなった。たとえば風呂掃除である。やる前は気が重い。やらないで済ませればどんなに楽かと思う。が、やり始めるとけっこう夢中になる。丁寧かつ念入りに、時間をかけてやる。終わると達成感がある。義務を果たしたような満足感。体を動かすというのは思考や感情を麻痺させるのかもしれない。

昔、「全体主義国家では国策としてスポーツに力を入れる」と書いた評論家がいたが、なるほどと思う。体を動かしていれば考えなくてもいいわけだから、そういう国民が増えれば為政者は楽だ。思うとおりに国を操れる。日本も最近そうなりつつあるのではと思う。スポーツで汗を流すのは懐疑や憂鬱を忘れるには格好の手段だ。一歩譲って、スポーツでなくても、することがあれば確かに気が紛れる。大きく見れば、生きるということは何かで気を紛らすことなのだ。老子の「無為にして為さざるなし」は達人の境地だが、凡人には無為は耐えられないほど苦痛なはずだ。

妙な夢を見ることがある。決まって場所は中国。出歩いていて行き先を見失うのだ。迷子になる。頭の中では定住先の大学内の宿舎の場所は分かっている。が、そこへたどり着けない。近くまで来ているのに道に迷う。不思議なことに日本の電車が走っている。首都圏の私鉄だ。その駅で電車に乗れば都心の方に行ってしまう。宿舎とは反対方向だ。しかし、逆方向に向かう電車はない。これはどうしたことか。

仕方なく、また歩く。するとまた電車の駅に出る。違う私鉄だ。今度は間違いないと思う。しかし、これに乗った覚えはない。いつの間にか大学のキャンパスが目の前に広がっている。中の一画に私の住んでいる外国人教員宿舎がある。やはり場所は中国なのだ。四年間住んだ山東省のS大学だ。ここまで来れば安心のはずが、そうではない。キャンパスに入っても見知らぬ校舎が立ちはだかって行く手を阻む。おかしいなと思う。誰かに聞いてみようと思うが、人影がない。大学なのに学生がいない。がらんどうなのだ。

S大学での四年間は充実していた。仕事も生活も順調そのものだった。公私にわたる学生たちとの交流が毎日を生き生きと彩ってくれた。それなのに、肝心の学生たちが夢の中では全く登場しない。私は異国の大学のキャンパスで途方に暮れている。それが一度だけではない。繰り返し同じ夢を見るのだ。決まって同じ場面。

喪失感か、と思う。楽しかった中国時代が思い出として定着せずに、今はなきものとして悲哀の対象と化しているのではないか。

そういえば、私は過去を懐かしむことをしない。思い出というものに浸ることができない。それどころか、過ぎ去った事柄はなるべく思い出さないようにしている。過去に執着しないと言えば聞こえはいいが、過去はどんなにすばらしい思い出に満ちていようと、過去である限り無意味なのだ。日々の時間の経過は、絶えざる何ものかの喪失である。思い出とは喪失の積み重ねであり、過去を思い出すという行為は喪失の痛みを体験することである。過去は悲しい。過去だけではない。人生そのものが悲しい。人生は悲しいと悟って一生を哲学の探求に捧げたショーペンハウエルが羨ましい。この言葉に出会ったのは大学時代だった。

俺は過去の否定者なのか。

そうとすれば、あの歴史に対する異常な執着はいったい何なのか。

奇妙なことに、私の歴史好きは古代に収斂《しゅうれん》してしまう。文字資料の少ない、真偽の程も定かではない古代の事跡がお気に入りなのである。日本がまだ形を成さず、国家という概念の希薄な時代の日本が好きなのである。これが私自身の過去への冷淡さとどう結び付くのか。私自身を古代の日本に埋没させ、揚げ句は抹消しようと図っているのか。

ふん、ふん、と思う。当たらずと言えども遠からず。私個人の抹殺は「死ねばチャラになる」という思い込みとみごとに照応している。しかし、「チャラ」で満足せずに、どこかで復活を願っているのではないか。無意識のうちに、千何百年も昔の古代によみがえろうとしているのではないか。

私はやはり生きたいのだ。ただし、今というこの現実の世にではなく、大昔の曖昧模糊とした時代に。私は区切りをつけることが好きなので、これまで今と昔をはっきり区別してきた。しかし、日常生活でこの二つを切り替えながら生きることに疲れを感じるようになった。これが「生きることが面倒になる」ということの正体のようだ。できれば、こちらからあちらへ、きれいに始末をつけてから進みたい。そのためには一度死んでみる必要がある。死ぬ時は私物を一切捨てて〝無〟の状態であの世へ行きたい。しかも、自分がいま死につつあることを自覚しながら死にたい。死んでいく自分を感じたいのだ。そうやって自分の死を確認したい。しかし、確認する自分は死につつあるわけだから、こんなことは不可能だ。

義父は亡くなるとき「俺の人生は終わった」とつぶやいたという。これはすごいなと思う。自らの生命の終焉を悟ったのだから。これなど、私から見れば理想に近い死に方だ。

眠るように息を引き取るとよく言う。が、これでは眠るのか死ぬのか分からないので、どうもすっきりしない。死ぬなら死ぬ、眠るなら眠る、とはっきり区別して認識したい。中途半端、曖昧は私の最も嫌うところである。

しかし、〝よみがえり〟は果たして可能なのか。

高麗郡の建郡には、大神朝臣狛麻呂《おおみわのあそんこままろ》をはずすわけにはいかない。建郡当時の武蔵の国守《こくしゅ》である。大神氏は大和の三輪山一帯に根を張る古い氏族であり、神社祭祀の主宰者としてつとに知られているが、代々外交官を輩出した家柄でもある。朝鮮を始め中国との外交分野ではこの一族の氏名が頻繁に記録に出てくる。「狛麻呂」の「狛」は高句麗を表す「高麗《こま》」に通じる。「高麗」は正史でもしばしば「狛」と表記され、山城国相良郡には大狛郷《ごう》、下狛郷といった郷（郡を構成する行政単位）もあった。この地は「高麗の里」とも呼ばれ、近くには「高麗寺」もあったことが『日本霊異記』から分かる。六世紀のころからすでに高句麗人が多数居住していたと考えられる。狛麻呂自身が高句麗からの渡来人であった可能性はほとんどないが、高句麗人との関係が強かったことはこの名前からも推察できる。

先に高麗王若光の武蔵国への移住を八世紀の初め、都が藤原京から平城京へ移る時期に設定したのは、藤原京跡から「□□若光」と記した木簡が出土したからである。□□の部分は判読不能だが「高麗」の可能性が高い。そして行政単位の「評」が「郡」に改まるのはこの八世紀初めの大宝年間なので、国家機構の再編に伴って新郡を建設しようという動きも出て来て不思議はない。平城遷都に伴う国内の人的、物的移動も激しく、畿内は建設ブームに沸いたが、徴用された農民以外にも田畑を棄てて都市に流入する浮浪者も増えて、世の中全体は不安定な動きを見せ始めていた。

そんな時期、若光は朝廷の上層部から武蔵国への移住を懇願された。大神朝臣狛麻呂も強力にこの計画を推し進めた一人だった。若光は倭国に来てからすでに四十余年、この時すでに六十代に入っており、当時としては老人の部類だった。が、高句麗王族として「王《こにきし》」の姓を戴く従五位下の貴族である。高句麗からの渡来人たちには絶大な信望があった。若光は悩んだ末、決断した。それは遠くない将来の「高麗郡」の建郡を見込んだ上での悲壮な決断だった。

この時の武蔵の国守は引田《ひきた》朝臣祖父《おおぢ》である。彼は中央の議政官である阿倍朝臣氏の系統に連なる人物で、この氏族は大神朝臣氏とともに三輪山周辺に本拠を構え、両者は極めて親密だった。当然、そのころ丹波の守になった大神朝臣狛麻呂とも昵懇である。彼らの提言になる「高麗郡」創設の奏上はすでに国家の政策に組み入れられていた。その布石が、高麗王若光の武蔵国への移配である。老いたとはいえ、まだ気力体力は充分で、何よりその人徳が得難いものだった。各地の高句麗人たちの間でその名は神格化され、心の拠り所となっていた。彼に将来の「高麗郡」を託すことに異論をさしはさむ者はいなかった。そのための準備として早めに武蔵の地に送り込む必要があった。

若光は都落ちを決意した。一族郎党を引き連れて藤原京を去り、紀伊と伊勢を経由して船で相模国まで行った。大磯に上陸した時は地元の高麗人たちから熱烈な歓迎を受けた。立ち去らないでくれと懇願されて、若光一行はおよそ二か月をここで過ごした。同じ高麗人である村の人々の相談に乗ったり、さまざまな生活上の知恵や技術も授けた。が、最終目的地はあくまで武蔵の国だった。出発の日になると、自分たちも同行させてくれと強硬に願い出る者たちもいた。前途の多難を言い聞かせても聞く耳を持たず、仕方なく仲間に加えたので一行の人数は百名を超えた。

これが相模と武蔵の国境である七国峠を越えた時の若光一行の姿だった。

やがて七一五年、大神朝臣狛麻呂が武蔵の守となって東国に赴任してきた。翌年には、「高麗郡」の建郡が宣せられた。初代の郡司にはひと足先に当地に移り住んで人望篤かった高麗王若光が就いた。すでに七十歳になっていたが、心身ともに衰えを知らなかった。

若光が北武蔵の入間郡に着いたのは、七〇八（和銅元）年の夏だった。後に中央政界で名を成す高麗福信《こまのふくしん》が当地で生まれる前年である。祖父の福徳は六六八年の高句麗滅亡で倭国に亡命し、この武蔵国入間郡に住み着いたのである。若光とは直接繋がりはないが、同じ高麗氏を名乗る王族の末裔である。福信は奈良時代に何と三回も武蔵の守を歴任しているが、これも高麗出身という出自が関係していたと思われる。日本生まれの渡来系三世である福信はすでに完全な日本人と言ってよかった。

若光が当地に来て驚いたのは、ここの風景が驚くほど故地の大和に似ていることだった。雑木林と原野の打ち続く丘陵地帯だったが、西方は低い山に遮られ、裾の方は入り江のようにゆったりと湾曲している。平地を穏やかに包み込む曲線は飛鳥の地形を思い出させた。高台なので水利はあまりよくなく、水田を造るには困難を伴いそうだが、小さな川は何本か流れているのでひと工夫すれば大丈夫と踏んだ。同行した高麗人の中には土木や灌漑に熟達した才伎《てひと》(専門家)もいた。

若光は手をかざして原野の彼方を見つめた。季節は夏の始め。雑木林は強い日差しを柔らかな緑で受け止め、内部に無数の生命を宿していた。

ああ、これは幸せを約束してくれる土地だ、と思った。ここで高句麗人たちが新しい故郷をつくる。

一人でうなずきながら、若光は馬にまたがり、用意されていた屋敷に向かった。すでにあちこちに開拓の手が入っており、小さな集落も散見された。馬を止めて話しかけると、半島からの渡来人が多かった。高句麗以外の渡来人もいた。高麗郡建郡の際には彼らもその仲間に加わるのだろうか。正式な勅命が下されれば高句麗からの渡来人が一気に増えるはずだ。そのことを彼らはまだ知らず、建郡の噂だけ聞いて心を弾ませているような気がした。

「決してご不便はおかけしません」

出発前に議政官の中納言・阿倍宿奈麻呂《すくなまろ》からこう言われた。数年前に引田朝臣から阿倍朝臣に改姓していたが、もとをただせば同じ大神《おおみわ》氏の一族である。阿倍氏は殊のほか北武蔵への関心が強く、宿奈麻呂は若光に同地への移住を懇願した中心人物だった。自らは造平城京司長官という多忙な役職にあったが、北武蔵への関心は先祖譲りで、高麗郡の創設はこの時すでに約束されていたようなものだった。

住居は予想以上に広かった。板葺きの掘立柱造りだが、これは都でも同じだった。瓦葺きは寺院に限られ、建造はすべて渡来人が担った。瓦の製造も塔の露盤工事も倭国には専門の技術者がいなかった。宮殿でさえ檜皮葺きで、貴族の邸宅も板葺きだった。庶民の住居は掘立柱もない竪穴式で、縄文時代からたいして変化していなかった。

若光はこれは個人の住居というより、将来の役所を想定しているなと思った。太い柱が整然と並んだ広間が造られていて、居住部分と廊下で繋がっていた。

ここに俺を住まわせるということは建郡の暁には郡司を務めよということか。

荷が重かった。年齢的にもきつそうだった。すでに六十代半ば。高句麗人の紐帯となって彼らをまとめられればそれで十分だった。「高麗王」という姓が役に立てば、それ以上の栄誉は望まなかった。建郡までは生き永らえたいと思いつつ、若光は最近めっきり白さを増した髭を撫でながら家の中を見て回った。

総勢百名におよぶ同行者も家族ごとに住居を与えられ、翌日からもう開墾作業が開始された。真夏を控えた農繁期である。耕すはしから野菜などの種まきが行われ、秋には収穫が期待できそうだった。原野は大鎌で草をなぎ倒し、鍬で木の根を掘り起こして畑にするが、意外と地味が肥えているらしく、土は黒々とした輝きを放っていた。数本の川が低地を流れているが、氾濫のたびに肥沃な土壌を上流から押し流してきたと見える。灌漑と同時に氾濫防止の手立てを講じておかねばならないが、当面は開墾に全力で打ち込まねばならない。

水田の造成工事は難渋を極めた。高台に水を引くには草木を取り払い、地面を掘削しなければならない。わずかな湿原を選んで流れを作り、高低差を生かして水路を開く。どれも体力を要する作業で、若者と働き盛りの中年男総出の共同作業だった。老人は若光のほかにはほんの数人で、もちろん彼らは戦力外、孫の子守りなどに従事した。

若光の心は晴れやかだった。都では庶民の労働の上前を撥ねる優雅な暮らしだったが、ここでは労働そのものが自分たちの手に取り戻され、日々変わりゆく大地のうねりに生きている証しが鋤き込まれていった。開墾や農作業を見回りに行くと、野良着姿の百姓たちから決まって挨拶された。すでに労働に手を貸すだけの体力はなかったが、自分がいるだけで彼らの気持ちが安らいでいることを知って、彼らのためにも長生きせねばと心に誓った。

数日経ってから、若光は武蔵の国府へ挨拶に出向いた。国守の引田朝臣祖父《おおぢ》とは都で顔なじみだったので気は楽だった。ただ、国府までの距離が遠い。出来たばかりの東山道武蔵路《むさしみち》をまっすぐ南下すればいいのだが、遠いだけでなく、武蔵の国特有の雑木の茂る横山が途中で何箇所も延びていた。武蔵路は約三十五キロメートル（高麗尺で約六十六里）、幅十二メートルの立派な官道である。一日で行けない距離ではなかったが、お付きの者が老体を気遣って途中で一泊した。都から武蔵下向の折はこの道は通らず、やや西寄りの相模からの間道を抜けたので、初めて通る道だった。

道中の風景を眺めて、若光は意外な気がした。集落が至る所で目に付き、それらは農民常用の竪穴住居だったが、住んでいる人間がほとんど渡来人なのである。高句麗よりも百済や新羅から海を渡って来た人々が多い。大和朝廷は東国の開発を半島からの渡来人に頼っている感じだった。なぜだろうと思った。若光は四十年の都暮らしで、渡来人に対する朝廷の待遇に、ある特徴が見られることに気づいていた。渡来してくる人々があまりに多いので畿内に収容し切れず東国に「安置」するというのが表向きの理由だが、それだけではなさそうだった。渡来人の進んだ技術や技能に期待しているふしがある。この傾向はすでに畿内でも顕著だったが、大勢やって来たことで地方へも人数の振り向けが可能になったのではないか。

東国の開発では特に灌漑や河川の氾濫に備える土木工事が必須だった。これらの技術を身に付けた渡来人が特に新羅人には多かった。ゆるやかに流れる河川と低湿地を多く抱えた新羅の国では伝統的にこれらの技術が発達し、農民といえどもひと通りの灌漑土木技術を身に付けていた。若光は今度移住してきた入間郡《いるま》でも、新羅人の手を借りざるを得ないと思っていた。彼らは養蚕や機織り、登り窯を使った須恵器造りの才にも恵まれていた。

武蔵路はよく整備されていた。宿駅には駅馬も用意され、役人の往来が予想以上に多い。武蔵国だけでなく、常陸国にも高麗人が移り住み、近年は新羅人の下野国への移住も盛んだった。六九〇年には新羅の官人・韓奈末許満《からなのみこま》ら十二名が武蔵国へ移住しており、新たに武蔵国が注目され出した。東国は時ならぬ渡来人ブームに沸いていた。東国各地の国府間の役人の交流も盛んになり、武蔵国の国府との連絡も頻繁になった。東国の中心地は上野、下野から武蔵へと移りつつあった。

武蔵の国府で若光は歓待された。

「要請を受けて、老いに鞭打って武蔵の国までやって参りました」

若光は慇懃に国守の引田祖父《おおぢ》に頭を下げた。昵懇の間柄であり、自分よりはるかに年下だったが、国守である限り無官の若光としては礼を尽くさざるを得ない。

「ご苦労でござった。さぞお疲れであろう。ごゆるりとなさってください」

自分も若光を東国にと勧めた中央政界の一人であってみれば、祖父も粗略には扱えなかった。

今回の用向きは到着の挨拶が主とはいえ、若光の腹の中は手に取るように分かっていた。原野の開拓が苦労の連続であろうことは目に見えている。そのための用具だけでなく、生活用品一切を支給せねばならない。彼ら渡来人の手を借りなければ東国の新興地である武蔵国の開発は不可能だった。

「何なりと要望があれば申し出てほしい。出来るだけのお世話は致す所存である」

多少の威厳をもって臨んだのは職掌柄やむを得なかった。

祖父は若光の実年齢とその外見の開きに戸惑っていた。六十代半ばといえば立派な老人だが、眼前の若光は髪と髯《ひげ》に白いものが目立つとはいえ、顔にはほとんど皺がなく、頬も若者のような色艶を帯びていた。食い物が違うんじゃないか、と祖父は勝手な想像をした。が、長年倭国に住んですでに倭人同様の暮らしをしている若光に特別な食事が用意されているはずはなかった。

年齢に危惧を抱いていた祖父は、目の前の若光を見てほっと胸をなでおろした。安心していいんだ、と思わず微笑が漏れた。

高麗郡の出来るまでは生きてもらわねば——。

滞在は三日間に及んだ。武蔵国府はまだ建設途上にあった。これまでの東国の中心地は上野、下野地方だった。東山道も信濃を抜けると上野から下野へと東進しており、南へ延びる官道はなかった。六四五年の〈乙未《いっし》の変〉以降、大陸の戦乱に伴って渡来人が急速に増加して、朝廷は対応に追われた。東国にも移住させて生活と生業を保障した。上野や下野、さらにその先の常陸、海路から入りやすい上総や下総がそれまでの移配地だったが、新たに武蔵国が入植地として注目され始めた。湿地や原野の多い武蔵国は開発では一歩遅れを取っていた。それがにわかに脚光を浴び始めて「武蔵路」の建設につながった。事実、若光がやって来た八世紀初頭はこの武蔵国は開発の波に洗われていた。

「ところで……」

ややあってから、祖父の温顔がやや締まって、こう切り出した。

「何でございましょうか」

若光はさして気にせず、軽く受け止めて先を促した。懇意な間柄ゆえのざっくばらんな打ち明け話だろうと見当をつけた。

「御存知のとおり、遠からぬ将来、入間郡に新しい郡をつくる。東国各地から高麗人の入植者を集めて高麗人主体の……」

「都で伺っております。そのために力を貸してほしい、と」

「そのとおりじゃ。だが、移って来るのは単なる高麗人の集団とは違う」

「と申しますと……？」

若光は不審そうに祖父の顔をのぞき込んだ。

「朝廷は上野の国にも新しく渡来人の郡を創ろうとしている。郡名は「多胡《たご》」とすでに決まっている。が、こちらは高麗人だけでなく百済人、新羅人もいて、前から住んでいる在地の人々をも一部含んでいる。いわば異民族の集合体だが、こちらはうまくやっていけそうだ」

「うまくやっていけそう……？」

若光の顔が薄く曇った。何かいわくがありそうだった。

「そう。仲良くやっていけそうだ。が、このたび武蔵につくろうとしている新郡は各地の不満分子の寄せ集めだ」

「不満分子？」

初めて聞く言葉だった。

これまで聞いたことのない話だった。故国の滅亡で異国へ移り住んだのだ。辛苦や不便はあって当然だ。それが不満につながるとしたら、身勝手なわがままというものだろう。東国の事情に疎かったと言われればそれまでだが、その種の同胞の存在を知らなかった自分が一瞬なさけなく思えた。

「入植地になじめず、在地の先住者ともめごとの絶えない頑《かたく》なな連中だ。小集団で完全に孤立してしまっている。そういう輩《やから》が東国の各地にいる」

「みな高麗人なのでしょうか」

「そう。困ったものだ」

祖父は髯をひねって思案投げ首を装って見せた。が、彼の腹中にはすでに一計が案じられていた。有徳者への心服策。冒険とも言える試みで、果たして実現できるかどうかも見通せない。

が、これの実行のためには、高麗王若光の威光がどうしても必要だったのである。

「甲斐の国にはすでに巨麻《こま》郡ができているはずですが」

突然、若光は都で宮仕えをしていたころ手に入れた知識を披露した。

おやっという目つきで、祖父は若光を見返した。

「よくご存知で。——しかし、あそこは特別だ」

何が特別なのか、若光は次の説明を待った。

「あそこは特異な集団の郡だ。八つの郷があるが、彼らは在地の住民の協力も干渉も受けずに自分たちの力で自治組織をつくり上げた。優れたリーダーがいたわけでもないのに、合議で事を運ぶというやり方が自然発生的に根付いていった。合わせて六千人という大所帯が逆に団結を強めたのだ」

「八つの郷で六千人。たいした人数だ。むしろまとめにくかったと思うのですが、よほどの知恵者がいたのでしょうか」

信じられない気がした。

「そのような事実は都には伝わっていない。全員、高句麗が滅んでからの渡来者だが、それがよかったのかもしれない。甲斐の国にも祖国の滅亡以前から高句麗からの移住者がいたが、彼らはすでに地域に溶け込んでいたので、あえて動かす必要はなかった。新参者たちは滅亡後に一緒に渡来しただけに境遇も気持ちも似通っており、共同歩調を取りやすかったのではないか。新郡の建設には前から住み着いていた高麗人や在地の住民はいっさい見て見ぬふりで、これがかえってよかったのかもしれない」

甲斐の巨麻郡はすでにできてから二十五年経っている。この時点で再び高麗人を束ねようとはいかなる魂胆なのか。

若光は分からなくなった。新たな郡が、少なくとも自分が想い描いていた新生の気あふれる高麗人の新天地とは大分異なった様相を呈することだけは確かなようだった。

「人数はどれくらいになりますか、新しい高麗郡は」

あえて「高麗郡」という仮の郡名を名乗ったのは、早くも芽生えた逆境にあるという高麗人たちへの思い入れのなせる業だった。

「まだ判然としないんですよ。千名とも二千名とも」

祖父は困惑したような表情を浮かべた。

「東国の各地からということですが、どのあたりが中心で？」

「かなり広範囲にわたりそうです。七か国か八か国……」

東国下向の折に通った七国峠を思い出した。頂上から七か国が見渡せるという触れ込みだったが、あいにくの曇り空で遠くの山は霞んでいた。峠は相模の国から武蔵の国へ入ったところにあった。南に駿河、相模、西に甲斐、東に上総、下総、常陸、北に上野、下野と八か国になるが、七国峠から見えないのはこの中のどこなのか。足元の武蔵を入れれば九か国になる。

「武蔵の周辺だけでも八か国ありますね」

指折り数えるようにしながら若光は唇を舐めた。

「上野は含まないでしょう。多胡郡ができますから」

「なるほど。すると、地元の武蔵の国は……？」

「これは勘定に入らないのではないかな。自明のことですから。人数的にも武蔵の高麗人は少ないはずじゃ」

「そうすると七か国から……」

「たぶんね。しかし、まだ最終決定ではない。現地に住みあぐねている高麗人の正確な人数が把握できていない。どの程度いるか。移住を望まない連中もいる。そうかと思うと充分やっていけそうなのに移りたがっている者もいる。線引きが難しい」

思ったより事態は複雑で、しかも問題を抱えたまま進展しているようだった。

一瞬、若光は何だか自分だけが埒外に置かれているような寂しさを感じた。「王《こにきし》」の姓を持つとはいえ、自分は中央政界では決して出世コースを歩んで来たわけではなかった。藤原京では出仕先は宮内省の被官で、従五位下という貴族の下っ端にすぎなかった。が、これは必ずしも若光が非才であったということではなく、王姓を与えたがゆえに逆に処遇に苦慮した結果でもあった。百済王《くだらのこにきし》も含めて、渡来系の王族を大和朝廷の中枢部に組み入れることは国家の面子からもできなかった。王姓を賜与したのは、あくまでかつての王国が亡命政権の形で倭国に存在することを海外に誇示する小中華思想の反映であり、国内統治に彼らを用いる意図は初めからなかった。

若光はすでに目にしている入間郡の居住地近辺の農民たちの精励ぶりを思い出して、少々複雑な気持ちになった。高句麗からの渡来人だけでなく、新羅人や百済人も多そうだった。以前から住む在地の人々もいる。他国から移り住んで来る〝不満分子〟の高麗人たちが、この人たちと手を携えてうまくやっていけるだろうか。未開拓の原野はまだ十分ある。山林も湿地帯もほとんどが手付かずだ。生活条件は悪くないはずだが、人的融和が一番厄介だ。要は仲よく暮らしてくれれば問題はないわけだが、国守の引田朝臣祖父の話では、ひと癖ある連中がそれぞれ勝手な思いを抱いてこの地に参集してくるようだ。ひと悶着起きるのではないかという懸念を払拭できなかった。

しかし、覚悟を決めるしかなかった。

そのために私は来たのだ、彼らの紐帯となるために……。

武者震いするように肩を揺すって、若光は首を起こした。

「分かりました。時機の到来をじっくり待ちましょう」

そう宣言した若光を祖父は愁眉を開いて見守った。口もとにはうっすらと安堵の薄皺が刻まれていた。

生命力の減退のせいか、どうでもいいやと思うことが多くなった。事がうまく運ばなくても腹が立たない。その代わり、妙な空虚感が押し寄せてくる。ああ、例のニヒリズムだなと思う。

何かやってもやらなくても、むなしい。やったところでどうなるわけでもない。やらなければ、それはそれで後悔に似た思いが付きまとう。さる民俗学者が、これをジェンダーから解き明かして、男性のニヒリズムは自らが子供を産み出せないところからくる宿命的なものだと断じている。なるほどと思った。男は地に足が着いていない。いつも浮遊している。何かに夢中になっていないと不安になる。この不安こそが男性が抱え込む生のむなしさであり、ニヒリズムの根源なのである。

確かに女性は大地に足を踏ん張っている。何があっても揺るがない。正々堂々としている。変な小細工を弄しない。羨ましいのはあの不動の鈍感さだ。男は絶えず右顧左眄《うこさべん》し、回りをキョロキョロ窺い、小さな出来事にも恐れおののき、ハラハラドキドキしながら生きている。自転車操業である。絶えずペダルを踏み続けなければ倒れてしまう。つまるところ、永遠に休まることのない輪廻の地獄をさまようハメになる。

件《くだん》の民俗学者は二年前に九十歳で逝った。亡くなる時、ニヒリズムはどうなったのか聞いてみたかった。死とともに雲散霧消したなら、これほど大きな幸せはない。やはり、死は大いなる救いということになる。死ねば楽になるというのは本当なのか。

人間が永遠に体験できないものは、死と、他人になること、の二つである。

他人を体験できないのは仕方ないが、死を意識できないとは何と不条理なことか。いま死につつあるなと自覚しながら死にたいと私は思うのだが、ひょっとするとこれは可能かもしれない。「つつある」段階ではまだ意識はあると思えるから。しかし、事が終わって死んでしまった時に、ああ、ついに死んだ、とはどうしても思えないだろう。これが怖いのである。

この方がいい、という人もいる。その人にとっては死は眠りと全く同じなのだから。しかし、死んだのか、眠っているのか、分からないというのは落ち着かないものだ。宙吊りにされているような不安がある。どちらかひとつに決めてほしい。そうしてこそ本当に心は安らぐ。その安らぐ自分を意識することはもはやできないにしても。

この想念のばかばかしさは自分でもよく分かっている。想念というよりは妄想だ。そしてこの妄想こそが実は遊びの本質らしい。

「遊び半分にやっているのだ」と、私は友人のIに言った。

昨日、Iから電話があって、一時間半ほど話して、切る間際である。

「そう、それが一番いい」

Iもまた同調した。

「何もムキになってやることはない」

電話の後半、思い付いてIの出自は群馬県の渡来系ではないか、と話題を振った。

「どうしてまたそんなことに興味が……？」

怪訝そうな顔が受話器の向こうに映っている。

「文化の起源を探ろうと思って、深入りしてしまった。関東では古代の渡来人に行きつく。群馬県は特に古墳が多い」

「聞いている。大きな前方後円墳がたくさんあるらしい」

「そうなんだ。去年の春、わざわざ見に行ってきた。驚いたのは古墳の大きさだけでなく、その古墳の近くの町名がIなんだ。I神社まである。思わずバスの中できみの顔を思い浮かべたよ」

「知らなかった。群馬にI町か。地名と人名は密接につながっているというから、そこにはIという苗字も多いのかな」

「そこまで調べる余裕はなかったが、ひょっとするとそうかもしれない」

「うーん」

唸ったところで長い電話を切った。昼食の時間だ。

郷里の長野県佐久市には「I」という苗字が多い。が、地名、町名はない。管見では地名が先にあって、そこから苗字が出てくる。群馬県高崎市にある「I」という町名は同じ名前の神社まであるので、古いことは確かだろう。そこからI姓が生まれて来ても不思議はない。

別に、Iという苗字は秦《はた》氏の傍流だという説がある、秦氏から「秦I」が出てI氏になったという。これと群馬県の「I町」とは繋がるのか。いずれにしても、大きな前方後円墳が連なる高崎市の古墳の里はI町のすぐ近くだ。古墳はこの地の豪族で首長でもあった「上毛野氏《かみつけのし》」の墓で、I氏がいたとしたら上毛野氏に従属した小氏族だったのだろう。

秦氏の足跡は畿内から西日本が中心だが東国にまで及んでいる。信州の佐久にも秦姓の多い集落がある。秦氏は新羅系の渡来人で、養蚕、機織り、製鉄、土木灌漑、酒造などの殖産興業に秀でていた。佐久市にはI氏が営む酒造屋もある。友人のIとは別系統だが、元は同じかもしれない。

佐久から東へ内山峠を越えて群馬県に出ると、旧多胡郡《たご》である下仁田、富岡、藤岡などといった集落がある。多胡郡は七一一年の建郡、文字どおり渡来人を中心とした郡である。が、「胡」が百済、新羅、高句麗のどの国の人々かは分からない。おそらく三国が混じり合っていたものと思われる。だから「多胡」なのだという説もある。

ことほどさように群馬県には渡来人の痕跡が多い。加えて、近年、榛名山の噴火で泥流に覆われた遺跡の中から鎧《よろい》姿の武人が現れた。「金井東浦遺跡」である。榛名山《はるなさん》の大爆発は六世紀の半ば。古墳時代としては後期だが、東国では畿内よりやや遅れて前方後円墳もまだ造られていた。鎧を着た古代人の発見は初めてだが、火山爆発に伴う泥流のおかげで人物や家屋の形状が当時のまま残された。鑑定の結果、その鎧姿の人物は渡来人の骨格をしており、同時に発見された武具や馬具なども新羅、高句麗系のものであることが判明した。

群馬県は渡来人の開発した地域といっても過言ではない。上毛野氏《かみつけの》のような在地の大豪族に朝鮮半島から渡って来た先進技術を持った人々が臣服して、水田開発や養蚕、機織り、馬の飼育などに携わっていた。「上毛野」は渡来王国だったのである。そして、これは群馬県だけではない。隣の栃木県は「下毛野《しもつけの》」として同じ文化圏に属していた。というより、「毛野国《けのこく》」が上下二つに分かれたのだ。ともに古代の官道、東山道沿いである。律令時代になると東山道から南下する南武蔵に国府ができて、新しく武蔵路《むさしみち》も整備され、やっと武蔵南部も栄えはじめる。北武蔵の高麗郡の創設もこれに絡んでいる。

「東国」の発展過程を見直さねばならない。弥生以来の在地の土着人はむろん大勢いたろうが、古墳時代に入って次々と押し寄せて来る渡来人の進んだ技術に圧倒されて次第に力を失っていく。渡来人に従属する形で生き延びていくしかなかった。渡来人には祖国の滅亡で「倭国」に亡命して来て朝廷によって東国に移配された人々だけではなく、それ以前から独自に日本海を渡って越《こし》、信濃を経由して東国にやって来た人々もいた。人数から言えば、後者の方がはるかに多かったのではないか。朝鮮半島や大陸での戦乱を避けて海を渡って来たのだが、列島には古墳時代に大きな争乱があったという記録はないので、未開とはいえ平穏な土地だったのだろう。現地人と渡来人の間に多少の衝突や行き違いはあったとしても、すぐに打ち解けて融和、協調していったと考えてよい。古代の東アジアは官民ともにボーダーレスだったというのが私の見方である。

そんな中で、七一一年に「多胡郡」、七一六年には「高麗郡」が創設されるのだが、我が国も含めた東アジアが激動する七世紀を終えて、ある種の落ち着きが生まれてきた時期である。日本では平城京への遷都が行われ、律令制が地方にも浸透していく。いわば古代国家の幕開けである。こんな時期に東国で二つも建郡がなされるというのは、新国家の発展、伸張を象徴する明るい出来事と受け取られても仕方がない。

しかし、私はあえて、楽観的な見方を退けて、少なくとも「高麗郡」の建郡は新国土になじめない高句麗人たちの不満解消策として実行されたと思いたい。奈良の朝廷は東国の支配にはてこずっていた。新たに国郡制を採用して地方豪族の臣従を図ったものの、一部の郡司は旧身分の国造に執着して朝廷の政策に異議を唱えた。東国の各地に居住していた渡来人はおおむね現地に溶け込んでいたが、一部の高句麗人だけが融和できずにいた。彼らは旧王族につながる高句麗の遺臣たちの末裔が多く、誇りも高く、難民同様の扱いに不満を抱いていた。自分たちだけの独立王国をひそかに夢みていた。

ここに目を付けたのが、朝廷の〝高句麗派〟の氏族たちである。実は高句麗の王朝は六六八年の国家滅亡で完全に終わったわけではない。前にも触れたが、戦勝国の新羅は最後の宝蔵王の嗣子と言われる安勝《あんしょう》を受け入れ、高句麗王として冊封し、六七四年には報国王に任命している。翌々年の六七六年には唐軍を半島から駆逐して新羅統一を完成させると、六八〇年には文武王の妹を報国王に嫁がせ、新羅王族と同じ金姓を授けている。

高句麗は新羅国内で細々《ほそぼそ》ながら命脈を保っていたのだが、六八四年には国内の〝小高句麗国〟も身内の反乱の失敗で遺民たちは旧百済領地に移住させられ、その地位は不安定になっていく。それまでの十年間、毎年、〝小高句麗〟は大和朝廷に使節を派遣していたが、これといった外交問題があったわけでもないので、おそらく高句麗から亡命した遺臣たちの処遇やさらなる日本への移住の推進が主たる任務だったと思われる。事実、六八五年には化来《けらい》した高句麗人に大和朝廷は禄を与えている。
〝小高句麗〟が衰退の危機に瀕しているとき、天武の大和朝廷からは三輪引田君難波麻呂《みわのひきたのきみなにわまろ》が大使として〝小高句麗〟に派遣されている。三輪引田君氏は大神《おおみわ》朝臣氏と深い関係があり、後に一族は大神朝臣に改姓している。高麗郡建郡時の武蔵の国守だった大神朝臣狛麻呂《こまろ》は大神朝臣氏の本宗家だが、幼時におそらく難波麻呂の〝小高句麗〟派遣の手柄話を耳にしていたことだろう。狛麻呂の「狛」は「高麗」に通じる。難波麻呂の〝小高句麗〟派遣がどのような意図を持ってなされたかは明らかではないが、一説には高句麗移民の引き受けが任務だったと言われ、確かに高句麗人の集団を引き連れて帰国している。

倭国に亡命、移住した高句麗人たちはすんなりと新天地に溶け込んだわけではない。百済と新羅からの移住者は倭国の自然や風土になじむのが比較的早かった。気候、風土も似ていただけでなく、生活習慣も共通するところが多かったからである。旧伽耶《かや》の地を中心に半島の南岸には倭人も大勢住んでいた。また古くから日本列島に渡って来る半島の住人たちは南部沿岸の人々が多かった。日本海を挟んで南北両岸は一つの文化圏を形成していたのである。

それに比べると、高句麗人はやや趣を異にしていた。民族的にも韓族とは異なっていて、北方のツングース系に属していた。地理的にも列島からは遠く、中国と地続きなために中国文明にも早くから接してきた。国家の形成も仏教の受容も百済や新羅よりはるかに早い。漢文化は半島南部の韓民族よりひと足早く、しかも違和感なく高句麗人に浸透していた。隋唐の対高句麗戦争はいわば近親憎悪に似た特異性を秘めていた。それだけに負けた側の高句麗人の心境は複雑だった。

遺臣や民衆たちも、その去就は、新羅占領下の故地にとどまる者、唐国に移住する者、海を渡って倭国に行く者と、三つに大きく分かれた。

新羅国内で〝小高句麗〟を建てた一派は高句麗の伝統を最も強く受け継いでいた人々だった。彼らは新羅がダメなら倭国に新天地を築くほかなかった。天武帝から禄を賜る前には爵位も授けられている。この動きに陰に陽に力を貸したのが大神、引田といった高句麗と繋がりのあった氏族たちである。彼らは早くから山城に住んでいた高句麗系の渡来人と結び付きがあり。後に山城から大和の桜井に移住して来たのも、そこに高句麗からの渡来人たちが大勢住んでいたからである。

17 高麗王若光

しばらくぶりで、また高麗川に行った。

もっとも最後に行ったのが暮れの十八日だったので、まだ一か月とちょっとだ。しばらくぶりと思ったのは前は高麗川駅とシンポジウムの会場を往復しただけだったので、高麗川へ行ったという実感が湧かなかったせいかもしれない。

今回は徒歩で高麗神社へ行き、鳥居から奥をのぞいただけで通り過ぎ、聖天院へ行った。まず手前のレストランで昼食。前にも入ったことがある。その時はカレーにコーヒーだったが、今度はそばにした。小さなレストランだが、ちょっと凝っている。夫婦で経営しているらしく落ち着いた雰囲気で清潔だが、客に対する愛想は全くない。この放任主義がかえって心地よく、一人で入っても気がねなく過ごせる。

聖天院のことは前にも書いたが、高麗王若光の侍僧勝楽《しょうらく》が主人の冥福を祈って建てたという寺で、勝楽寺が正しい名称。若光の菩提寺であり、山門脇には若光を祀る「高麗王廟」がある、祠の中に高さ一丈ほどの多重石塔があり、若光の墓と伝える。また、かなり急な斜面の境内を上って行くと重文の鐘楼の脇に高麗王若光の石像が立っている。新しいものだが、いにしえの高句麗武人の面影が窺える。高麗神社より聖天院の方に惹かれるのは、若光が祭神で、代々高麗氏が宮司を務める神社があまりに俗化してしまったせいかもしれない。〝出世神社〟と異名を取るところなど、まさに観光地化そのものである。聖天院より由緒は正しそうだが、その隆盛ぶりにかえって抵抗を感じる。

今回、冬の最中にわざわざ訪れたのは、地勢を調べるのが主だった。冬だと農作物が少ないので地勢が露出して目に入る。高麗川の左岸の小高い山懐の神社と寺院は大和の三輪神社（正式名は大神《おおみわ》神社）一帯を思わせ、古代への憧憬をかきたてるが、水田が少ないところが大和とは違う。高麗郡は丘陵地を開削して築かれたという伝承が正しいことを示している。問題はやはり建郡を担った人々がどういう人たちだったかという点である。

『続日本紀』には「駿河、甲斐、相模、上総、下総、常陸、下野の高麗人一七九九人を武蔵の国に移して高麗郡を設置した」とある。関東一円を網羅しているが、「上野《こうずけ》」が入っていないのは五年前の七一一年に「多胡郡」ができたためと言われている。それはいいのだが、この一七九九人が七か国からの寄せ集めというのが気になる。その場所に高句麗人が大勢住み着いていたので郡として独立させたというのなら話は分かるが、わざわざ関東一円から連れて来たというのが不自然である。駿河や相模、甲斐、上総などはかなりの遠方だ。

どこから何人来たかの記述もないが、総計一七九九人というのもそれだけで一郡を構成するには少なすぎる。高麗郡には高麗郷と上総郷の二郷が出来たが、当時の決まりでは一郷は五十戸で一戸平均二十五人だったから一郷だけで一二五〇人はいたはず。二郷で一郡を構成するには二五〇〇人は必要である。しかし移住者は一七九九人。先住者がかなりいたと思われる。これには倭人も渡来人も含まれる。渡来人の東国への移住、移配は飛鳥時代から続いている。あえて「高麗郡」と命名したのは集められた高麗人が主体だったからで、その地が全く未開の原野だったということではないだろう。

問題は移住させられた一七九九人がどのような人たちだったのかということだが、これに関して最近、興味深い学説があることを発見した。各地の入植不適合者を糾合したという説である。いわば大和朝廷の〝高句麗難民問題解決策〟である。たまたま目にした河野通明《こうのみちあき》という人の書いた「民具から見た百済・高句麗難民の動向」という論文（神奈川大学「商経論叢」第４５巻第４号所収、二〇一〇年三月三十一日刊）で知ったのだが、まさに目から鱗の衝撃だった。先に本稿で高麗王若光が建郡に先だって武蔵の守である引田《ひきた》朝臣祖父《おおぢ》に会いに行く場面を想定して書いたが、その時、若光が祖父から聞かされた新情報は、この河野氏の〝高句麗難民問題解決策〟説に拠っている。話は前後するが、ここでその概略を氏の論文も一部引用しながら説明しておく。

『埼玉県史』の最新版（一九八七年刊）では高麗郡建郡の狙いとして、①時の政府は国郡設置に熱心、②北武蔵とつながりの深い中央官僚阿倍氏の影響力、③阿倍氏と縁の深い足立郡の丈部《はせつかべの》直《あたい》、比企郡の壬生吉志《みぶのきし》の高麗人誘致運動、④東国各地に分散していた高麗人の集住願望、の四点を挙げている。②と③の「阿倍氏」は引田氏と同族。④では、宮都近くにいた若光ら亡命高句麗人貴族らの意向も取り入れた、とある。ここでは埼玉県も若光の東国下向の時期を高麗郡設置の前と想定している。

河野氏はこの四点のうちの④に注目して、「高句麗滅亡から四十八年後の時点でなお高麗人の集住をねがった人々とは、入植地の自然的・社会的環境にうまく適応できなかった人々」と規定し、「地域社会からの孤立感を深め、疎外感のなかで不遇をかこちながら同国出身の高位者のもとでの再配置に最後の望みを託した人々」と考える。ここから「高句麗滅亡から四十八年後の再配置は難民問題の深刻さを物語っており、半世紀を経てもなおくすぶり続ける難民問題を、この機会に一挙に解決すべく、彼らの願いを認めた結果が武蔵高麗郡の建郡なのではないか」と結論付けている。

まことに注目すべき説で、前述の私の抱いた疑問もおおかたはこれで解消する。河野氏は犂《すき》や鍬《くわ》などの農耕具史の専門家であるが、その研究対象から民俗学との繋がりも強い人である。高麗郡と同じように高句麗滅亡後に設置された甲斐の巨麻《こま》郡では高麗人たちが朝鮮系の農具を周辺にも伝え広げつつ二十世紀まで使っていたのに、高麗郡で出土する農具は埼玉県西部の在地住民とほとんど同じであることからも、彼らがすでに祖国の伝統農具を継承する機会を失った二世三世の高句麗人たちであったことを立証している。不思議なのは、甲斐の国に巨麻郡が設置されたにもかかわらず、北武蔵に高麗郡を建郡する折には、甲斐の国からも高麗人たちが移って来ていることである。彼らは巨麻郡内の同族の高句麗人たちともなじめなかったか、あるいは巨麻郡以外の地でひたすら「孤立感」と「疎外感」を深めていた別の甲斐国在住の高句麗人たちだったということになる。

この河野説は二〇一〇年に発表されているが、学界からは無視されたようだ。地元の埼玉県や

料金受取人払

諏訪支店承認

2

差出有効期間
平成31年11月
末日まで有効

郵便はがき

392-8790

〔受取人〕

長野県諏訪市四賀229-1

鳥影社編集室

愛読者係　行

ご住所　〒□□□-□□□□	
(フリガナ) お名前	
お電話番号　(　　　)　　-	
ご職業・勤務先・学校名	
eメールアドレス	
お買い上げになった書店名	

鳥影社出版案内

2018

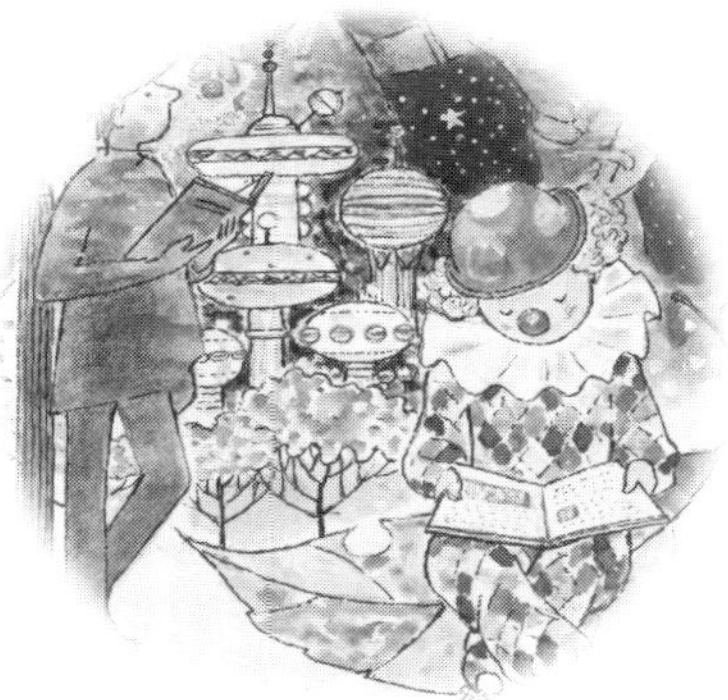

イラスト／奥村かよこ

choeisha
文藝・学術出版 鳥影社
〒160-0023 東京都新宿区西新宿 3-5-12 トーカン新宿 7F
TEL 03-5948-6470 FAX 03-5948-6471（東京営業所）
〒392-0012 長野県諏訪市四賀 229-1（本社・編集室）
TEL 0266-53-2903 FAX 0266-58-6771 郵便振替 00190-6-88230
ホームページ www.choeisha.com メール order@choeisha.com

＊新刊・話題作

地蔵千年、花百年

柴田 翔（読売新聞・サンデー毎日で紹介）

芥川賞受賞『されど われらが日々──』から約半世紀。約30年ぶりの新作長編小説。戦後からの時空と永遠を描く。1800円

老兵は死なず マッカーサーの生涯

ジェフリー・ペレット／林 義勝他訳

かつて日本に君臨した唯一のアメリカ人、生まれから大統領選挑戦にいたる知られざる全貌の決定版・1200頁。5800円

新訳金瓶梅（全三巻予定）

田中智行訳（二〇一八年上巻発売予定）

三国志・水滸伝・西遊記と並び四大奇書の一つとされる金瓶梅。そのイメージを刷新する翻訳に挑んだ意欲作。詳細な訳註も。

スマホ汚染 新型複合汚染の真実

古庄弘枝

射線（スマホの電波）、神経を狂わすネオニコチノイド系農薬、遺伝子組み換え食品等から身を守るために。1600円

東西を繋ぐ白い道

森 和朗（元NHKチーフプロデューサー）

原始仏教からトランプ・カオスまで。宗教も政治も一筋の道に流れ込む壮大な歴史のドラマ。世界が直面する二河白道。2200円

低線量放射線の脅威

J・グールド、B・ゴールドマン／今井清一・今井良一訳

低線量放射線と心疾患、ガン、感染症による死亡率がどのようにかかわるのかを膨大なデータをもとに明らかにする。1900円

シングルトン

エリック・クライネンバーグ／白川貴子訳

一人で暮らす「シングルトン」が世界中で急上昇。このセンセーショナルな現実を検証する欧米有力誌で絶賛された衝撃の書。1800円

詩に映るゲーテの生涯（復刻版）（二〇一八年発売予定）

柴田 翔

ゲーテの人生をその詩から読み解いた幻の名著の復活。ゲーテ研究・翻訳の第一人者柴田翔によるゲーテ論の集大成的作品。

改訂版 **文明のサスティナビリティ** 野田正治

枯渇する化石燃料に頼らず、社会を動かすエネルギーを生み出すことの出来る社会を考える。1800円

自然と共同体に開かれた学び ──もうひとつの教育・もうひとつの社会── 荻原 彰

高度成長期と比べ大きく変容した社会、自我。自然と共同体の繋りを取り戻す教育が重要と説く。1800円

インディアンにならなイカ!? 太田幸昌

先住民の島に住みついて、倒壊寸前のホステルで孤軍奮闘。自然と人間の仰天エピソード。1300円

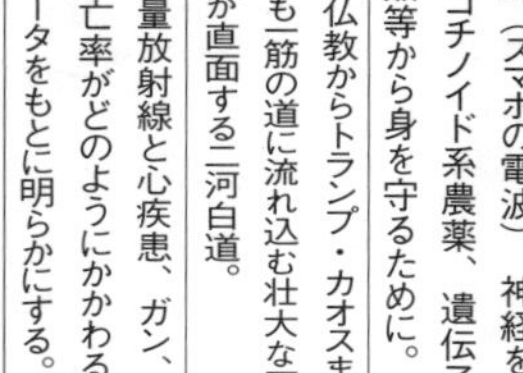

愛知ふるさと素描 河村アキラ

『名古屋ふるさと素描』に、新たに40枚を追加。愛知県内各地に残されたニッポンの消えゆく庶民の原風景を描く。1800円

純文学宣言

季刊文科25〜75（61より各1500円）

〈編集委員〉青木健、伊藤氏貴、勝又浩、佐藤洋二郎 富岡幸一郎、中沢けい、松本徹、津村節子

【文学の本質を次世代に伝え、かつ純文学の孤塁を守りつつ、文学の復権を目指す文芸誌】

＊価格はすべて税別、本体価格です。

アルザスワイン街道
―お気に入りの蔵をめぐる旅―

森本育子（2刷）

アルザスを知らないなんて！ フランスの魅力はなんといっても豊かな地方のバリエーションにつきる。 1800円

ヨーロピアンアンティーク大百科

英国・リージェント美術アカデミー 編／白須賀元樹 訳

英国オークションハウスの老舗サザビーズのエキスパートたちがアンティークのノウハウをすべて公開。 5715円

環境教育論
―現代社会と生活環境―

今井清一／今井良一

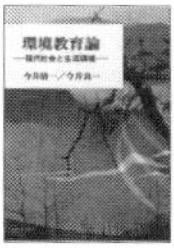

環境教育は消費者教育。日本の食品添加物1894種に対し英国は14種。原発輸出も事故負担は日本持ち。 2200円

心のエコロジー
交流分析・ストローク　エコノミー法則の打破

クロード・スタイナー（物語）／小林雅美 著／奥村かよこ 絵

世界中で人気の心理童話に、心理カウンセラーが解説を加え、今の社会に欠けている豊かな人間関係のあり方を伝授。 1200円

中世ラテン語動物叙事詩 イセングリムス
―狼と狐の物語―

丑田弘忍 訳

封建制とキリスト教との桎梏のもとで中世ヨーロッパ人を活写、聖職者をはじめ支配階級を鋭く諷刺。本邦初訳。 2800円

ディドロ 自然と藝術

冨田和男

ディドロの思想を自然哲学的分野と美学的分野に分けて考察を進め、二つの分野の複合性を明らかにしてその融合をめざす。 3800円

ダークサイド・オブ・ザ・ムーン

マルティン・ズーター／相田かずき 訳

世界を熱狂させたピンク・フロイドの魂がここに甦る。ドイツ人気No.1俳優M・ブライプトロイ主演映画原作小説。 1600円

フランス・イタリア紀行

トバイアス・スモレット／根岸 彰 訳

十八世紀欧州社会と当時のグランドツアーの実態を描き、米国旅行誌が史上最良の旅行書の一冊に選定。発刊から250年、待望の完訳。 2800円

ヨーゼフ・ロート小説集

平田達治
佐藤康彦 訳

第一巻　優等生、バルバラ、立身出世
　サヴォイホテル、曇った鏡 他
第二巻　ヨブ・ある平凡な男のロマン
　タラバス・この世の客
第三巻　殺人者の告白、偽りの分銅・計
　量検査官の物語、美の勝利
第四巻　皇帝廟、千二夜物語、レヴィア
　タン（珊瑚商人譚）
別　巻　ラデツキー行進曲（2600円）

四六判・上製／平均480頁　3700円

カフカ、ベンヤミン、ムージルから現代作家にいたるまで大きな影響をあたえる。

ローベルト・ヴァルザー作品集

新本史斉／若林恵／F・ヒンターエーダー＝エムデ 訳

1　タンナー兄弟姉妹
2　助手
3　長編小説と散文集
4　散文小品集Ⅰ
5　盗賊／散文小品集Ⅱ

四六判、上製／各巻2600円

*歴史

千少庵茶室大図解
長尾 晃（美術研究・建築家）

利休・織部・遠州好みの真相とは？　国宝茶室「待庵」は、本当に千利休作なのか？　不遇の天才茶人の実像に迫る。　2200円

飛鳥の暗号
野田正治（建築家）

三輪山などの神山・宮殿・仏教寺院・古墳をむすぶ軸線の物理的事実により明らかになる飛鳥時代の実像。　1800円

桃山の美濃古陶　古田織部の美
西村克也／久野 治

古田織部の指導で誕生した美濃古陶の未発表の伝世作品の逸品約90点をカラーで紹介。桃山茶陶歴史年表、茶人列伝も収録。　3600円

剣客斎藤弥九郎伝
木村紀八郎（二刷）

幕末激動の世を最後の剣客が奔る。その知られざる生涯を描く、はじめての本格評伝！　1900円

和歌と王朝　勅撰集のドラマを追う
松林尚志（全国各紙書評で紹介）

「新古今和歌集」「風雅和歌集」など、南北朝前後に成立した勅撰集の背後に隠された波瀾の歴史を読む。　1800円

秀吉の忠臣　田中吉政とその時代
田中建彦・充恵

優れた行政官として秀吉を支え続けた田中吉政の生涯を掘りおこす。カバー肖像は著者の田中家に伝わる。　1600円

西行　わが心の行方
松本 徹

季刊文科で物語のトポス西行随歩として十五回にわたり連載された西行ゆかりの地を巡り論じた評論的随筆作品。　予価1600円

加治時次郎の生涯とその時代
大牟田太朗

明治大正期、セーフティーネットのない時代に、窮民済生に命をかけた医師の本格的人物伝！　2800円

浦賀与力中島三郎助伝　木村紀八郎
幕末という岐路に先見と至誠をもって生き抜いた最後の武士の初の本格評伝。　2200円

軍艦奉行木村摂津守伝　木村紀八郎
若くして名利を求めず隠居、福沢諭吉が終生敬愛したというサムライの生涯。　2200円

南の悪魔フェリッペ二世　伊東 章
スペインの世紀といわれる百年が世界のすべてを変えた。　黄金世紀の虚実1　1900円

不滅の帝王カルロス五世　伊東 章
世界のグローバル化に警鐘。平和を望んだ偉大な帝王が続けた戦争。　黄金世紀の虚実2　1900円

フランク人の事蹟　第一回十字軍年代記
丑田弘忍訳　第一次十字軍に実際に参加した三人の年代記作家による異なる視点の記録。　2800円

大村益次郎伝　木村紀八郎
長州征討、戊辰戦争で長州軍を率いて幕府軍を撃破した天才軍略家の生涯を描く。　2200円

新版　日蓮の思想と生涯　須田晴夫
日蓮が生きた時代状況と、思想の展開を総合的に考察。日蓮仏法の案内書！　3500円

古事記新解釈　南九州方言で読み解く神代
飯野武夫／飯野布志夫 編　『古事記』上巻は南九州の方言で読み解ける。　4800円

＊小説・文芸評論・精神世界

夏目漱石『猫』から『明暗』まで

平岡敏夫（週刊読書人他で紹介）

漱石文学は時代とのたたかいの所産であるゆえに、作品には微かな〈哀傷〉が漂う。新たな漱石を描き出す論集。2800円

赤彦とアララギ—中原静子と太田喜志子をめぐって

福田はるか（読売新聞書評）

悩み苦しみながら伴走した妻不二子、畏敬と思慕で生き通した中原静子、門に入らず自力で成長した太田喜志子。2800円

ドストエフスキーの作家像

木下豊房（東京新聞で紹介）

二葉亭四迷から小林秀雄・椎名麟三、武田泰淳、埴谷雄高などにいたる正統的な受容を跡づけ、この古典作家の文学の本質に迫る。3800円

ピエールとリュス

ロマン・ロラン／三木原浩史 訳

1918年パリ。ドイツ軍の空爆の下でめぐりあった二人。ロラン作品のなかでも、今なお、愛され続ける名作の新訳と解説。1600円

中上健次論（全三巻）

（第一巻 死者の声から、声なき死者へ）（第二巻 父の名の否〈ノン〉、あるいは資本の到来）（第三巻 幻想の村から）

戦死者の声が支配する戦後民主主義を描く大江健三郎に対し声なき死者と格闘し自己の世界を確立していった初期作品を読む。各3200円

季刊文科セレクション

季刊文科編集部 編著

八人のベテラン同人雑誌作家たちによる至極の八作品を収録した作品集。巻末に勝又浩氏による解説を収録。1800円

釈尊の悟り—自己と世界の真実のすがた

吉野 博

最古の仏教聖典「スッタニパータ」の詩句、悟りを開いた日本・中国の禅師、インドの聖者の言葉を中心にすべての真相を明らかにする。1500円

呉越春秋 戦場の花影

藤生純一

中国古代の四大美人の一人たる西施。彼女を呉国の宮廷に送り込んだ越の范蠡。二人の愛と運命を描いた壮大なロマン。2800円

「へうげもの」で話題の〝古田織部三部作〟

久野 治（NHK、BS11など歴史番組に出演）

新訂 古田織部の世界 2800円

千利休から古田織部へ 2200円

改訂 古田織部とその周辺 2800円

ドイツ詩を読む愉しみ

森泉朋子編訳

ゲーテからブレヒトまで 時代を経てなお輝き続ける珠玉の五〇編とエッセイ。1600円

ドイツ文化を担った女性たち

その活躍の軌跡 ゲルマニスティネンの会編

（光末紀子、奈倉洋子、宮本絢子）2800円

芸術に関する幻想

W・H・ヴァッケンローダー

毛利真実 訳 デューラーに対する敬虔、ラファエロ、ミケランジェロ、そして音楽。1500円

＊ドイツ語圏関係他

ニーベルンゲンの歌
岡﨑忠弘 訳 （週刊読書人で紹介）

『ファウスト』とともにドイツ文学の双璧をなす英雄叙事詩を綿密な翻訳により待望の完全新訳。詳細な訳註と解説付。 5800円

ペーター・フーヘルの世界
—その人生と作品
斉藤寿雄 （週刊読書人で紹介）

旧東ドイツの代表的詩人の困難に満ちたその生涯を紹介し、作品解釈をつけ、主要な詩の翻訳をまとめた画期的書。 2800円

エロスの系譜—古代の神話から魔女信仰まで
A・ライプブラント＝ヴェトライ W・ライプブラント
鎌田道生 孟真理 訳

男と女、この二つの性の出会いと戦いの歴史。西洋の文化と精神における愛を多岐に亘る文献を駆使し文化史的に語る。 6500円

生きられた言葉
—ラインホルト・シュナイダーの生涯と作品—
下村喜八

シュヴァイツァーと共に20世紀の良心と称えられた、その生涯と思想をはじめて本格的に紹介する。 2500円

ヘルダーのビルドゥング思想
濱田 真

ドイツ語のビルドゥングは「教養」「教育」という訳語を超えた奥行きを持つ。これを手がかりに思想の核心に迫る。 3600円

ゲーテ『悲劇ファウスト』を読みなおす 新妻 篤

ゲーテが約六〇年をかけて完成。すべて原文に即して内部から理解しようと研究してきた著者が明かすファウスト論。 2800円

黄金の星（ツァラトゥストラ）はこう語った ニーチェ／小山修一 訳

邦訳から百年、分かりやすい日本語で真にニーチェをつたえ、その詩魂が味わえる新訳。 上下各1800円

『ドイツ伝説集』のコスモロジー
植 朗子

ドイツ民俗学の基底であり民間伝承蒐集の先がけとなったグリム兄弟『ドイツ伝説集』の内面的実像を明らかにする。 1800円

ハンブルク演劇論 G・E・レッシング 南大路振一 訳
アリストテレス以降の欧州演劇の本質を探る代表作。6800円

ギュンター・グラスの世界 依岡隆児
つねに実験的方法に挑み、政治と社会から関心を失わなかったノーベル賞作家を正面から論ずる。2800円

グリムにおける魔女とユダヤ人 奈倉洋子
—メルヒェン・伝説・神話—
グリムのメルヒェン集と伝説集を中心にその変化の実態と意味を探る。1500円

フリードリヒ・シラー美学＝倫理学用語辞典 序説
ヴェルンリ／馬上徳 訳 難解なシラーの基本的用語を網羅し体系化をはかり明快な解釈をほどこし全思想を概観。2400円

新ロビンソン物語 カンペ／田尻三千夫 訳
18世紀後半、教育の世紀に生まれた「ロビンソン・クルーソー」を上回るベストセラー。2400円

東方ユダヤ人の歴史 ハウマン／平田達治 荒島浩雅 訳
その実態と成立の歴史的背景をこれほど見事に解き明かしている本はこれまでになかった。2600円

ポーランド旅行 デーブリーン／岸本雅之 訳
長年にわたる他国の支配を脱し、独立国家の夢を果したポーランドのありのままの姿を探る。2400円

東ドイツ文学小史 W・エメリヒ／津村正樹 監訳
神話化から歴史へ。一つの国家の終焉はその文学の終りを意味しない。6900円

モリエール傑作戯曲選集1

柴田耕太郎訳

（女房学校、スカパンの悪だくみ、守銭奴、タルチュフ）

画期的新訳の完成。「読み物か台詞か。その一方だけでは駄目。文語の気品と口語の平易さのベストマッチ」岡田壮平氏　２８００円

イタリア映画史入門　１９５０〜２００３

J・P・ブルネッタ／川本英明訳（読売新聞書評）

映画の誕生からヴィスコンティ、フェリーニ等の巨匠、それ以降の動向まで世界映画史をふまえた決定版。　５８００円

フェデリコ・フェリーニ

川本英明

イタリア文学者がフェリーニの生い立ち、青春時代、監督デビューまでの足跡、各作品の思想的背景など、巨匠のすべてを追う。　１８００円

ある投票立会人の一日

イタロ・カルヴィーノ／柘植由紀美訳

奇想天外な物語を魔法のごとく生み出した作家の、二十世紀イタリア戦後社会を背景にした知られざる先駆的小説。　１８００円

魂の詩人　パゾリーニ

ニコ・ナルディーニ／川本英明訳（朝日新聞書評）

常にセンセーショナルとゴシップを巻きおこした異端の天才の生涯と、詩人としての素顔に迫る決定版！　１９００円

ドイツ映画

ザビーネ・ハーケ／山本佳樹訳

ドイツ映画の黎明期からの歴史に、欧州映画やハリウッドとの関係、政治経済や社会文化からその位置づけを見る。　３９００円

つげ義春を読め

清水　正（読売新聞書評で紹介）

つげマンガ完全読本！　五〇編の謎をコマごとに解き明かす鮮烈批評。読売新聞書評で紹介。　４７００円

雪が降るまえに

A・タルコフスキー／坂庭淳史訳（二刷出来）

詩人アルセニーの言葉の延長線上に拡がっていた世界こそ、息子アンドレイの映像作品の原風景そのものだった。　１９００円

宮崎駿の時代　１９４１〜２００８

久美　薫

宮崎アニメの物語構造と主題分析、マンガ史からアニメ技術史まで宮崎駿論一千枚。　１６００円

ヴィスコンティ

若菜　薫

「郵便配達は二度ベルを鳴らす」から「イノセント」まで巨匠の映像美学に迫る。　２２００円

ヴィスコンティⅡ

若菜　薫

高貴なる錯乱のイマージュ。「ベリッシマ」「白夜」「前金」「熊座の淡き星影」　２２００円

アンゲロプロスの瞳

若菜　薫

『旅芸人の記録』の巨匠への壮麗なるオマージュ。（二刷出来）　２８００円

ジャン・ルノワールの誘惑

若菜　薫

多彩多様な映像表現とその官能的で豊饒な映像世界を踏破する。　２２００円

聖タルコフスキー

若菜　薫

「映像の詩人」アンドレイ・タルコフスキー。その全容に迫る。　２０００円

銀座並木座　日本映画とともに歩んだ四十五年

嵩元友子

ようこそ並木座へ、ちいさな映画館をめぐるとっておきの物語　１８００円

フィルムノワールの時代

新井達夫

人の心の闇を描いた娯楽映画の数々暗い情熱に衝き動かされる人間のドラマ。　２２００円

AutoCAD LT 標準教科書
2015／2016／2017 2018対応（オールカラー）
中森隆道

25年以上にわたる企業講習と職業訓練校での教育実績に基づく決定版。初心者から実務者まで対応の520頁。　3400円

AutoLISP with Dialog
（AutoCAD2013 対応版）
中森隆道

即効性を明快に証明したAutoCADプログラミングの決定版。本格的解説書。　3400円

開運虎の巻　街頭易者の独り言
天童春樹（人相学などテレビ出演多数・増刷出来）

三十余年のべ六万人の鑑定実績。問答無用！黙って座ればあなたの身内の運命と開運法をお話しします。　1500円

腹話術入門
花丘奈果（4刷）

大好評！　発声方法、台本づくり、手軽な人形作りまで、一人で楽しく習得出来る。台本も満載。　1800円

南京玉すだれ入門
花丘奈果（2刷）

いつでも、どこでも、誰にでも、見て楽しく演じて楽しい元祖・大道芸。伝統芸の良さと現代的アレンジが可能。　1600円

新訂版 交流分析エゴグラムの読み方と行動処方
植木清直／佐藤寛 編

精神分析の口語版として現在多くの企業の研修に使われている交流分析の読み方をやさしく解説。　1500円

現代アラビア語辞典
——アラビア語日本語
田中博一／スバイハット レイス 監修

本邦初1000頁を超える本格的かつ、実用的アラビア語日本語辞典。見出し語1万語以上で例文・熟語多数。　10000円

現代日本語アラビア語辞典
田中博一／スバイハット レイス 監修

見出し語約1万語、例文1万2千以上収録。日本人のみならず、アラビア人の使用にも配慮し、初級者から上級者まで対応のB5判。　8000円

リーダーの人間行動学　佐藤直暁
人間分析の方法を身につけ、相手の性格を素早く的確につかむ訓練法を紹介。　1500円

成果主義人事制度をつくる　松本順一
30日でつくれる人事制度だから、業績向上が実現できる。（第10刷出来）　1600円

管理職のための『心理的ゲーム』入門　佐藤 寛
こじれる対人関係を防ぐ職場づくりの達人となるために。　1500円

ロバスト　渡部慶二
ロバストとは障害にぶつかって壊れない、変動に強い社会へ七つのポイント。　1500円

A型とB型—二つの世界　前川輝光
「A型の宗教」仏教と「B型の宗教」キリスト教を比較するなど刺激的1冊。　1500円

決定版 真・報連相読本　糸藤正士
五段階のレベル表による新次元のビジネス展開情報によるマネジメント。（3刷）　1500円

楽しく子育て44の急所　川上由美
これだけは伝えておきたいこと、感じたこと、考えたこと。基本的なコツ！　1200円

初心者のための蒸気タービン　山岡勝己
原理から応用、保守点検、今後へのヒントなどベテランにも役立つ。技術者必携。　2800円

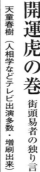

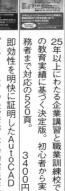

郷土史研究会「高麗浪漫学会」からも黙殺され、「高麗郡建郡一三〇〇年」を記念したシンポジウムでも全く話題に上らなかった。私がこの問題で多くの示唆を与えられた最新の論文、鈴木正信氏の「武蔵国高麗郡の建郡と大神朝臣狛麻呂」(『衝突と融合の東アジア文化史』所収、勉誠出版二〇一六年八月一〇日刊)にもこの河野説への言及は一切ない。文献一辺倒の歴史学者への河野氏の批判は厳しく、民俗学的色合いも濃いせいか、歴史学会では河野氏は異端視されている感じがする。

河野氏は自説について、「これまでのいわばバラ色に扱われてきた武蔵高麗郡設置のイメージを大きく変えるもので、埼玉県民の皆さんを失望させるようで、何か悪いような気がしないでもないが、『埼玉県史』の結論に従えなかったのは、武蔵高麗郡の特徴である、a高句麗滅亡の四十八年後で、b東国七国の寄せ集めであるという基本的な特質の分析を経ないで導かれた結論だったからである」とわざわざ付記している。aに関しては、渡来人による東国開発説、蝦夷政策の後方兵站説、地方行政機構のモデル説、日本型の小中華思想説、八世紀前半の全国的な国郡再編の一環説、等々が学会でも議論されているが、いまだ定説を見ていない。bに関しては手付かずであり、河野説の特異性だけが際立っている。

聖天院勝楽寺の「高麗王廟」の前に立って、私はしばし想いに耽った。境内の別の場所にある石像の高麗若光像はあまりに新しく、一点の曇りもない冬の青空の下で白く輝いており、まるで雰囲気ぶち壊しである。武人の面影を知るには参考になるが、当時を思い出させる陰影にはすこぶる乏しい。作り物という感を否めない。そこへ行くと王廟の中の五重の石塔はいかにも古そうで、いわくありげである。これが本当に若光の墓なのかはむろん分からないが、この風化した砂岩の傷み具合がありがたみを感じさせる。

高麗王若光が高麗に来て、高麗郡の初代郡司になったという言い伝えは高麗神社の古文書に記されているそうだが確証はない。そもそも『日本書紀』にある六六六年に倭国に派遣された使節団の一員である「玄武若光」なる人物が、本当に高麗若光だったのかも定かではない。後世、何となく同一人物として扱われ、若光伝説が出来上がってしまったという感じである。高麗建郡を扱った学術研究では、決まって若光に触れた部分は〃推測〃であることを明記している。が、高麗神社と聖天院を抱える日高市の〃高麗の里〃では、これは事実でなければ困るのである。また見学に訪れた観光客、参拝客も若光がこの地に実在したという前提で神社と寺院、更に風景を眺めている。私もこの点では全く同じ〃野次馬〃である。若光がいて初めて物語が動き出す。

諸国からの寄せ集めである高句麗人の集団を統率するには強力なリーダーシップを持った人物が必要である。その点では〃王〃姓を賜与された若光は適任だったと思われる。藤原京の遺跡から「若光」の木簡が見つかったのはまことに幸運だった。少なくとも中央の宮都に「若光」がいたという事実がこれで明らかになったからである。藤原京は六九四年から七一〇年までのわずか十五年しか存在しなかった短命の都城である。そこから「若光」の木簡が出たということは、この時期に彼が宮都にいたことの確証になる。しかし。この「若光」が「高麗王若光」と同一人物だという証拠は、残念ながら全くないのである。

高麗郡の建郡は七一六年である。すでに藤原京は見捨てられて宮都は平城京に移っている。

七一六年建郡は実際に郡として機能し始めた時を指すので、当然準備に数年は要したろう。『埼玉県史』は宮都近くにいた高麗王若光が東国各地の高句麗人集住の願望を担って東国に下向したとあるから、その時期は平城遷都の数年前としている。私もこれに異存はない。前に、七国峠越えで若光が新都造営に伴う農民の疲弊を聞かされる場面を想定したのもこのためで、平城京の造営は七〇八年に始まるので、このころが最適と判断した。

高麗王若光の存在はおそらく全国の高句麗移民たちの間では知れ渡っていただろう。従五位下の位階を持っていた若光がさらに〝王〟号を賜与されたのは七〇三年である。このニュースは各地の高句麗人を奮い立たせたはずだ。朝廷の思惑（小中華思想の国外への誇示）とは別に、移住してきた高句麗の臣民たちはこれで自分たちのアイデンティティーが保障されたように感じたに違いない。若光様に従っていれば間違いないという雰囲気が醸成されていた。

「苦労したろうな」

思わず私は風化した多重塔に語りかけた。覆屋《おおいや》に収まっているだけまだいい。きっと風化を食い止めるために後から作られたものだろう。この石塔は鎌倉時代の作と言われている。むろん真偽の程は疑わしい。高麗神社の裏山にも若光の墓がある。三つある円墳の左端に「伝若光之墓」と刻まれた黒御影石がある。これも眉つばものである。神社の案内図にも全く記されていない。そもそも祭神が若光なのだから、境内に墓があるというのもおかしい。

「ははは。困惑しておるな、わしの墓を見つけあぐねて」

石塔の奥から野太い声が聞こえてきた。

「ジャ、ジャッコウ殿……」

耳元に響く自分の声が上ずっているのが分かった。

「よくぞここへおいでなさった。おぬしが来るのを待っておったぞ」

「待っていた……？」

狐につままれたように私はポカンとした。若光が私を待っているなど想像したこともない。こちらからの一方的なストーカー行為だった。

「そう。待っていた。わしだってあいまいな形でこの高麗の地をさまよっているのは居心地のいいものではない。なるべく早く決着をつけたいというのが本音だ」

「謎が多すぎます」

「無理もない。事実ははっきりとは残らんからな。歴史とはそういうものだ。聞くがよい、何なりと。本当のところを聞かせて進ぜよう」

私は身震いした。これは冬の白昼夢ではないか。この高麗の里を照らす陽《ひ》は明るく澄み渡っている。寒さを感じない。小春日和のせいか。辺りを見回したが人影は皆無だった。

私は独り異界に紛れ込んだような錯覚に陥った。そう、確かに異界だ。高麗王若光が突然眼前に姿を現すなどふつうは考えられない。いや、姿ではない、声だ。声だけが明瞭に一三〇〇年の時を隔てて現代によみがえった。

「貴殿は本当にこの地に来られたのですか」

まず、第一の質問である。若光がいて初めてこの高麗の里は意味を持つ。

「むろん来た。間違いなく来たぞよ」

「いつですか」

「和銅元年。西暦で言うと七〇八年。元明天皇から平城遷都の詔が出された年だ。もっとも、遷都の動きはその前からあったがね」

私の想像は当たっていた。すでに新都造営のために農民を使役に駆り出していた。苦役に耐えかねて逃亡、浮浪する農民も出始めるのはこのすぐあとだ。

「おいくつでしたか」

「六十二歳。もう老人じゃった。倭国に来た時が二十歳」

「都から武蔵への道中は大変だったのでは……？」

「船と馬だから存外疲れはしなかった。むしろ道中のさまざまな風景、人々の営みが目に焼き付いて、いい勉強になった」

老境に入ってのこの好奇心。体力だけでなく知力にも恵まれていたのだろう。

「船の旅はどこからどこまでですか」

「伊勢から相模までじゃ。内海のように静かじゃった」

相模となると、やはり大磯だなと思った。

「上陸したのは大磯ですか」

「そう。よくご存知だ」

声は陰に籠もっているようでいて歯切れがよかった。聞きづらいことは全くなかった。

「大磯にあれほど大勢の高麗人がいるとは知らなかった。持ち上げられて、困った。中には定住まで迫る人がいて」

「大磯には高麗山もあるし、高麗神社もありますね。高麗神社は今では高来《たかく》神社と改名していますが」

「困ったものだ。どうして日本は歴史を踏みにじろうとするのかね。古代、律令制が整うと、急に朝鮮色を薄めようとする動きが出てくる」

「ああ、それは……」

私は言いよどんだ。その通りなのだが、ためらいがある。というより、恥ずかしさだ。

朝鮮を属国扱いする風潮はすでに奈良時代からあった。鑑真招聘に尽力した遣唐副使の大伴古《おおともこ》麻呂《まろ》は長安での朝賀の席で新羅が日本より上席なのに腹を立て、強引に席次を替えさせている。これには唐の役人も驚き呆れている。例の小中華思想だ。古麻呂は帰国後この話を朝廷で得々と披露して喝采を浴びている。

「お国に世話になっているので、あまり悪口は言いたくないが……」

若光の声はやや沈みがちで、自嘲がにじんでいた。

「いや、おっしゃる通りで。まことに汗顔の至りです」

これ以上は言わないことにしたが、大磯の高来神社だけではない。全国至る所、特に西日本では神社の発祥に朝鮮の神が多く関わっているのに、いつの間にか祭神が日本の神々に入れ替わり、神社名も日本風に変わったところが多い。

「高麗郡建郡のいきさつについてお尋ねしたいのですが」

「構わぬ。何なりと」

「東国各地で逼塞《ひっそく》していた高麗人を呼び集めて一郡を創設し、生活の安定を図ったというお話を聞いたことがありますが」

顔が見えていれば、じろりと視線が光ったかもしれない。やや間をおいてから声が発せられた。

「どこぞでお聞きになったか存ぜぬが、そういう一面は確かにござった」

何やら口調が急に重々しくなった。

あまり明かしたくない事柄なのかもしれない。が、事実である以上、否定するわけにもいかないといった口ぶりだ。

「貴殿は朝廷からの依頼で統率者に抜擢された……？」

「抜擢は大げさだが、確かに請われた一面はある。わしは藤原京では一介の小役人にすぎなかった」

「しかし、従五位下の王姓《こにきし》、適任だったと思います」

「優遇はされていた、確かに。しかし、朝廷は少々わしを買いかぶっておった」

「と申しますと……？」

話題が核心に入ってきたことで私は緊張した。が、たまたま声をかけられて打ち解けただけの、いわば挨拶付き合いだ。いつ会話が打ち止めになってもおかしくない。そうなれば二度とチャンスがないような気がして、内心焦りを感じた。

「こうなると話がややこしくなって時間が長引く。おぬしの予定に差し障りが生じるのでは？」

細やかな心遣いに恐縮したが、話したくない気持ちを遠回しに吐露したのではないかと勘ぐった。何しろ身分違いだ。相手は一三〇〇年前の従五位下の貴族、都を遠く離れたこの武蔵の僻遠の地を文明国に変えた功労者である。私を相手にする義務はない。通りすがりの旅人のようなものだ。

「いえ、特に予定などありません。気の向くままの高麗川散歩です」

「ふむ、言いよるわい。じゃが、下心がないとは言わせぬぞ」

「下心……？」

「おぬしはわしを探りに来た。そうじゃろう？　わしが何者だったのか気になって仕方がない。図星じゃろう？」

私は絶句した。

どうやって私の心を見抜いたのか。

この高麗王廟の前で手を合わせる御仁は珍しくはあるまい。彼らがみな歴史愛好家とは限らない。大部分は物珍しさと好奇心からこの伝説的な人物の〝墓とされているもの〟に目を凝らし、何となく畏怖心をかきたてられて賽銭をあげていく。ご利益があるとは思っていない。故人を疎かにしてはいけないという死者への礼節が主である。地元の人なら、この高麗の地を開いた先達への感謝の念からでもある。

「わしは確かにいろいろ誤解されておる。間違いが多く後世に伝わっておる。が、これはわしに責任があるわけではない。時代が悪かったのじゃ」

「時代ですか」

私は異様なものを見せられたような気がした。〝時代が悪い〟とは、どういうことなのか。

「わしを英雄豪傑のように言い触らす輩《やから》が増えた。たぐい稀な統率力で高麗人を束ね、一大楽園を北武蔵に築いた、などとな。そんな神や仏のような力はこのわしにはない。たまたま人縁に恵まれたにすぎない」

「と申しますと、やはり理想郷は実現したわけですね」

妙に謙遜するところが怪しい。高麗王若光が謙遜とは似つかわしくない。威風堂々としていてこそ高麗王なのである。しかし、実質は「王」ではない。「こにきし」というひとつの姓《かばね》にすぎない。問題はあの時期になぜ「王」という姓が必要だったのかということだ。若光が望んだのではなく、強力に推進する者がいて、朝廷もその申し出に折れたのだ。「王」が必要だということは、それを権威として利用しようとする人物がいたことを意味する。それは誰なのか。そして、何が目的だったのか。

「王」には百済王もいた。が、こちらは最後の百済王・義慈《ぎじ》王の直系で、「王」という姓はそのまま旧百済国王につながる由緒正しさがある。が、「高麗王若光」の場合は出身が王族であるという確証はない。高句麗滅亡直前に来日した使節の一員に「玄武若光」がいたことは『日本書紀』から分かるが、出自は不明である。この人物が「高麗王若光」であるという前提ですべての〝高麗王伝説〟は成り立っている。

問題は若光が王姓を賜与《しよ》された時期といきさつである。七〇三（大宝三）年の王姓賜与は朝廷がある意図をもって画策したものであろう。この渡来人を「高句麗王」にしておけば万事うまく運ぶという判断。その意図とは、東国各地でくすぶっていた高句麗人の不満と疑心を一挙に解消させることである。高句麗滅亡によってわが国には大勢の亡命者が押し寄せて来た。朝廷は彼らを主に東国各地に送って安住の地を与えたが、必ずしもうまくいったわけではなかった。

朝鮮半島からわが国への渡来は律令制の準備段階とも言える七世紀以前からすでに始まっており、全国各地に渡来人の居住地があった。地理的な関係から日本海沿いの百済、新羅、伽耶《かや》地方から渡って来た移民が多かったが、北方の高句麗からも来た。律令時代に入ると朝廷が積極的に渡来人を東国に〝安置〟して、未開の原野の開拓に当たらせた。高句麗滅亡後に甲斐の国に安置された高句麗人たちは「巨麻《こま》郡」の建郡によってその定住が図られた。が、以前から住んでいた人々と折り合いがつかなかったり、地域になじめずに不満を募らせていく人々もいた。朝廷はすでに高句麗滅亡から四十年も経つというのに彼らを懐柔させることができずにいた。このままでは在地の不満分子も巻き込んで不穏な動きに出る恐れもあった。

先に触れた歴史民俗学者の河野通明氏によると、彼らは「入植地の自然的・社会的環境にうまく適応できなかった人々であり、（中略）適応者に顔を合わせたくない、相手からすれば声を掛けづらいという微妙な関係のなかで孤立感を強め、疎外感のなかで不遇をかこちながら同国出身の高位者のもとでの再配置に最後の望みを託した人々」だった（前掲論文「民具から見た百済・高句麗難民の動向」）。その「同国出身の高位者」に高麗王若光はぴったりだった。すでに従五位下の位階を持つ若光に対するさらなる「高麗王」の賜姓はそのための下準備で、この時点ですでに朝廷は若光の下で東国の不満分子を糾合して新たな郡を設置して〝高句麗難民問題〟の一挙解決を図っていたと考えられる。

これを主導したのはおそらく先にも触れた大神《おおみわ》朝臣狛麻呂であろう。彼は高麗郡が設置される前年の七一五年に武蔵の守に任命されている。大和国城上郡大神郷を本拠とする中央氏族大神朝臣氏の出で、兄には中納言に上った高市麻呂や兵部卿を歴任した安麻呂がいる。自身、七〇六年正六位上から従五位下になり、七〇八年には従五位上で丹波の守になっている。

おもしろいのは七〇三年に王姓を賜与された時の若光は従五位下で、この時点では大神朝臣狛麻呂より上位である。本当に王族だったかは明らかではない若光に高位の従五位下が与えられて、貴族の仲間入りをさせている。しかし、この時期、藤原京で若光が任官されたという記録はない。五位以上は勅授である。同時に何らかの官職に任じられるのがふつうである。散官のままだったとすれば、藤原宮跡から出土した「〇〇若光」の木簡が気になる。鈴木正信氏によれば(前掲論文「武蔵国高麗郡の建郡と大神朝臣狛麻呂」)、同じ遺構から出土した木簡は「宮内省・中務省とその被官、王家、門の警護などに関わるものが多」く、時期も六九八(文武二)年以降七〇九(和銅二)年までに集中している。

私の推測では、若光が従五位下を叙位されたのは『日本書紀』にある天武十四(六八五)年の「大唐人、百済人、高麗人ら一四七人に爵位を賜う」という褒賞の一環だったと思うが、これは形式的なもので、役職は七〇三年までは中央官庁の被官、あるいは警護の役を務める下級官僚にすぎなかったのだろう。ところが、東国の高麗人の不穏な動きに対処するかのように七〇三年に突如高麗王姓の賜与がなされた。この時点で将来の高麗郡建郡が想定されていたかどうかは分からないが、結果的にはそのための布石になったことは間違いない。

賜姓に関しては大神朝臣狛麻呂ら〝高句麗派〟の議政官たちの働きかけがあり、朝廷も若光という渡来貴族の存在価値に気付いた結果である。大神朝臣狛麻呂が、七世紀末に高句麗との外交で活躍した三輪引田君氏とは同族であることはすでに触れたが、朝廷には他にも石上氏、大伴氏、阿倍氏のように高句麗（人）にゆかりのある高級官僚が何人もいた。

石塔の陰から響く声が「確かに請われた一面はある」と述べたことは、この推理を裏付けるものだった。若光は利用されたのだ。一介の被官が抜擢されて統率者の地位に就いたからには、それなりの資質を見込まれたに違いない。忘れてならないのは、高句麗からの正式な使節団の中に「玄武若光」がいたという事実である。

この「玄武」が何を意味するかは不明である。すぐ思い浮かぶのは四神の北にいるという水神の名である。亀に蛇が巻き付いた姿をしている。飛鳥のキトラ古墳には四神を描いた壁画があるが、この種の壁画は高句麗系のものであることが確かめられている。若光が「玄武」を名乗るからには王族ではないかと想像したくなるが、この時の使節団の中で枢要の地位を占めていたという証拠はない。大使と副使は別にいる。家柄はよくても若輩だったせいかもしれない。その後の活躍状況から推して二十歳前後が適当と私は判断した。

「時代が悪かったとおっしゃいましたが、これはどういうことでしょうか」

引っかかっていた疑問を私は遠慮がちに口にした。

石塔は五段に重なって不安定ながら揺るぎもしない。もはや声の主は消え去ったかと心配したが、ややあって返答が流れてきた。

「事績を書きとめた時期が悪かったという意味じゃ。あの高麗郡の創設にかかわる大事業は、むしろいい時代に行われた。あの時期を逃せば二度と実現できなかったろう。何しろ朝廷が熱心で、都のお偉方も総力を挙げて尽くしてくれた」

「それを書きとめたのは事業が完成してから七、八十年も経ってからですね」

「そこが問題なのじゃ。一つの時代が終わってから次の王朝が編纂に着手するのが歴史書の決まりだということは、わしも承知しておる。しかし、奈良時代を記した『続日本紀』の書き方を見よ。いつ、どこから、どういった人を何人、どこに移して高麗郡をつくったかという最少の事実だけだ。七一六年に高麗郡はできた。すでに平城京に都は移っていた。折から開始された『日本書紀』の編纂は持統天皇までの記述だから仕方がないが、移住と建郡にまつわる詳細は完全に消されてしまった。木で鼻をくくったような事実だけが『続日本紀』に残った」

「正史では資料の改竄《かいざん》は当たり前でした」

「それにしても、あの東国各地の高麗人たちの怨嗟の声……」

若光の声は絶句したように一瞬途絶えた。

ややあって、また低い声が地を這いながら呪いのように聞こえてきた。

「不平や不満は頂点に達しておった。不穏な動きさえあった。それで朝廷も高麗郡の建郡に踏み切って、何とか窮地を乗り切ろうとしたのだ」

「それらはいっさい忘れ去られてしまった……？」

「そのとおり。消し去ったのじゃ。そういった事実は朝廷にとっては都合が悪い。権威と栄光にひびが入る。後世、高麗の地を訪れる人々は皆、あのとき嬉々として七か国から高麗人たちが集い寄って、汗水たらして建郡作業に勤《いそ》しんだと思い込んでいる」

「………」

今度は私が沈黙した。

要するに若光は、これまで「バラ色に扱われてきた武蔵高麗郡設置のイメージ」（河野通明氏の前掲論文）は間違いで、自分は〝高句麗難民問題〟解決の切り札として投入された現地執政官代理のような者だったと言いたいのだろう。苦難は推して知るべしである。

新規の入植地は丘陵で、水田耕作には不向きの水利の悪い原野である。加えて、高麗人とはいえ、移住後の日本で生まれた二世三世たちである。実質的には〝大和民族〟化して、地方豪族の豪奢も目にしている。しかも祖国を滅ぼした新羅人には伝統的に反感を抱いており、東国各地からの寄せ集めという俘囚《ふしゅう》同然の身である。何かとひがみっぽく、争いが絶えず、〝汗水たらして仲良く開墾に励んだ〟といった美談とは縁遠かったに違いない。若光はもめ事の仲裁や貧困に苦しむ人たちの救済、さらには理不尽な言いがかりや愚痴の聞き役まで引き受けて、文字どおり老骨に鞭打つ毎日だったろう。

私は聞きたいことは山ほどあったが、今日はこれでお暇《いとま》しようと思った。一人になって頭の整理をする必要がある。作戦を変えねばならない。若光の証言は貴重だが、これでお見限りということはないだろう。また声での面会は可能なはずだ。ひょっとするとこの「高麗霊廟」はそのためのパワー・スポットになるかもしれない。

聖天院を辞して、十分ほど歩いて高麗神社へ足を運んだ。一応参拝だけはしておこうと思った。いやしくも若光が祭神の神社だ。素通りするわけにはいかない。代々高麗氏を名乗る六十代目の現宮司の姿は昨秋ちらっと見かけた。参観者を引き連れて境内を案内しているのに出会ったのだ。風貌も立派だったが、自らが高句麗人の末裔であることを誇りにしているようで、見ていて気持ちがよかった。高麗神社の存在意義は現在にあってはすこぶる大きい。「韓国」や「朝鮮」を声高らかに宣揚できる数少ない場所だ。ここでは主役は韓国人であり、朝鮮人なのだ。とりわけ高句麗が旧満州から今の北朝鮮にかけて栄えた大国だったことに、私は特別な親近感を覚えた。

駅に戻る途中で高麗川の川原に降りた。冬日を浴びて川面がキラキラ光っていた。まだ寒の内で枯草が石の間を覆っていたが、日差しだけが妙に明るかった。川の名も「高麗川」というのがよかった。「高麗郡」が消滅して日高市や飯能市などになったのは何とも残念だ。川の名称には「高麗」を残すぐらいなのだから市制施行の時にどうして「高麗市」ができなかったのか。

しかし、地元の人々が「高麗」の名を大事にしており、高麗神社を誇りに思っていることは種々の場面から窺えた。それだけでも私の心は慰められる。川原から上がって、田舎道を駅に向かって歩いた。畑にはところどころに冬野菜が緑の葉を茂らせ、かつての北武蔵が雑木林と原野に覆われた未開の丘陵地であったことを改めて思い浮かべた。

18 卒寿

九十歳の大台に乗った人が私の周辺でも珍しくなくなった。

まず、大学の恩師であるT先生。今年の年賀状にこの文字を見つけ、驚いた。というのは、去年の二月、クラス会を開いた時には出席の返事があったものの当日現れず、その後も音信不通だったからだ。心配していたが、無事に卒寿を迎えたのだ。

T先生は私が入学した時は助手で、講義は持っていなかった。学生の相談相手も任務の一つだったのか、私は転科の希望を告げて三年時にそれが実現するという幸運を授かった。親身に世話をしてくれたのである。恩師というより面倒見のよい先輩といった感じだった。

この数年、毎年開かれているクラス会は、私は途中で転科したので実際は会員の資格はないのだが、世話役のS君が忘れず知らせてくれる。総勢十五名の小所帯なので打ち解けた話ができる。少なくとも十名は出席する。中には私も同じ科を卒業したと思っている人もいてびっくりしたが、当時の大学にはそれほど他人には干渉しない自由な雰囲気があった。専攻別に少人数を募集する国立の中でもユニークな大学だった。私の入ったクラスは社会科学系専攻だったので卒業生はほとんどが一流企業に就職、中には在学時に弁護士試験に合格して弁護士になった人もいる。私は途中で文学系の学科に移ったので、学生時代後半は彼らとはほとんど交流はなかった。

T先生は八十代後半になっても何度かクラス会に出てくれた。助手だったので教えを受けた人はいなかったが、少人数学科の特権で学生たちはT先生とも昵懇だった。T先生は学問研究が実り、最後は一流国立大学の教授になり、その時分はすでに現役を退いていた。間もなく著作集が出るというお話だったが、三年ほど前に実現した。私は全十巻の最終巻に当たる「学問事始め」という自伝的な一冊を購《あがな》った。五百ページの大冊だったが、おもしろくて一週間で読了した。そのことはT先生にも年賀状で知らせた。

そうこうしているうちに、T先生から喪中で年賀状を欠礼するというハガキが舞い込んだ。見ると、亡くなったのは息子さんである。先生の年齢から、息子さんは働き盛りの五十代と思われる。二年前には画家である同年代の私の知人も同じく息子さんを亡くし、しばらく失意の底にいた。逆縁の場合は友人でもうっかり声をかけられない。かえってそらぞらしく響いて、こちらも気持ちが萎えるからである。黙って距離を置いて見守るのが最善の策である。友人はその一年後に個展を開いたので、ほっとして観に行った。が、T先生の場合は日常のお付き合いがないのでこれ以上詮索できない。クラス会を無断欠席した時は息子さんを亡くされたショックで体調を崩されたかと案じたが、今年は「九十代の大台に乗った」という一筆を書き添えた年賀状が舞い込んだ。よかった、と思わず声を上げそうになった。

別に、「えっ」と叫びそうになった体験もある。

去年の暮れ、私が朝日新聞の「声」欄に投稿した記事が載った日である。夕方、散歩から帰ったら、妻からI先生から電話があったことを知らされた。もう十年来、音信不通である。私より一回り上で、かつての同僚。八十になったとたんに年賀状はもうやめると宣言していたので、その後は全く消息が絶えた。一度だけ電話で話したが、晴耕雨読でと元気な声が響いてきた。川越市の旧家の当主で、社会科の先生だった。辛辣な世相批判は小気味がよく、兼好法師の信奉者だった。西洋倫理が専門なのに日本の古典、特に隠者文学に精通していて、その解脱ぶりは〝生ける聖者〟の趣があった。

そのI先生から電話があったと聞いて、私は信じられない思いだった。今年九十歳のはず、失礼ながらもう亡くなっているだろうと勝手に想像していた。それが、私の投稿記事を読んで、共感のお電話を下さったというのだから、これも失礼ながら、亡霊が現れたような衝撃だった。そうか、と私はしばし考え込んだ。人はそう簡単には死なないものだ。I先生の健在は私を勇気づけてくれた。嬉しかった。私は電話は返さず、あえてハガキでお礼を述べて、ついでに長寿を寿いだ。こういう付き合いがI先生はお好きのはずだった。

もう一人の九十歳はM先生で、やはりかつての同僚。こちらは英語の先生だった。やや小太りで在職時から血圧が高いとクスリをのんでいらしたが、いつも精力的に動き回っていらした。文学だけでなく文化全般に詳しかった。クラシック音楽には一家言あって素晴らしいオーディオ機器を揃えていて、私もお宅にお邪魔して聴かせてもらったことがある。ＣＤが出始めのころで、レコード盤がまだふつうだった。が、私にはその金属的な音色がちょっと耳障りで、レコードの木質の音色の方が耳に合っていた。

M先生は英習字の大家で、年賀状はいつも自筆の作品を印刷したものだった。英習字なるものの存在を知ったのもM先生と知り合ってからで、その流麗なアルファベットの装飾文字に驚嘆したものだった。この二、三年はさすがに作品は書いてないが、今年の年賀状には「九十歳を迎えて寒いうちは家に引きこもっているが、暖かくなったら外にも出たい」としっかりした文字で書き添えてあった。

私は最近、字が乱雑になり、日記などは読むに耐えないひどさだ。丁寧に書くということができなくなり、何かに急《せ》かされているようにペンが走る。流儀に叶った崩し字ならいいのだが、急いで書いただけの記号みたいな悪筆で、どうせ捨ててしまうもの、他人には読めない方がいいのだと自らに開き直っている。それでいながら、日記を書くことはやめない。学生時代から続いた長年の習慣なのだ。字がおかしくなったことは自分でも気付いていたが、昨年、交流が復活したかつての教え子から「昔貰った先生からの手紙は全部取ってありますが、最近のは字体が変わりました」と言われた時はショックだった。乱雑になったとは言えず、こういう言い方をしたのだろうが、老いは字体にも覿面《てきめん》に表れるらしい。

I先生とM先生は在職中も親しかった。そこに私も加わって、三人でよく歓談した。考えてみれば二人とも私より一回りも上だ。私には老成を好むところがあったのだろうか。しかし、卒業したての教え子たちとも結構付き合った。あながち老成好みというわけではなく、お二人の反俗的、反権力的なパーソナリティーに惹かれていたのかもしれない。二人とも出世には無関心で、適齢になっても管理職試験を受けようとしなかった。これは私も同じで、定年退職するまで平の教員として教壇に立ち続けた。私も含めて三人とも大学の同窓で、ここの卒業生は都立高校の教職界を牛耳るほどの強力な学閥を形成していて、管理職志望の他大学出身者からは羨望と嫉妬の眼差しで見られていた。醜い出世競争を横目で眺めながら、そんなに校長になりたいものかと私には不思議でならなかった。たかが校長ではないか。教室で授業をしている方がずっと楽しいと思った。

最後に登場する九十歳はFさんという女性で、ご主人は国語学者でT大名誉教授だったが、すでに他界された。奥さんであるFさんは「牧野植物学会」の古参会員で、この方面では実績もあるらしい。驚いたのは「高麗郡建郡一三〇〇年」の講演会を聴きたいので、一緒に行ってくれと私の義弟から頼まれたことである。義弟も同学会の会員。それで知り合ったらしい。植物研究家のご本人がなぜ「高麗建郡」なのかと不思議に思ったが、とにかく承知した。

ところが前日になって、上海から帰って来てカゼを引き、治ると思っていたのにはかばかしくないので行けなくなったという連絡が入った。上海や北京に行くのは、ご主人が存命中に期間限定で中国の大学に日本語学を教えに行った際に同伴してから縁ができたらしい。気を使わなくてもよくなったと安堵しながらも、どんな人なのか会ってみたいという好奇心が潰えてしまったのはちょっと残念だった。十二月十八日の高麗川における講演会兼シンポジウム、これは一人で参加したことは前述したとおりである。

事前に資料が配られたら欲しいとのことだったので、当日は二部もらって来て、一部はFさんに送った。折り返し礼状が来て「高麗建郡一三〇〇年」に関心があったのは韓国の歴史ドラマが好きだったからとのこと。〝韓流ドラマ〟の愛好者だったのである。年配の女性に人気があることは知っていたが、それは〝ヨンさま〟のような現代劇だけかと思ったら、歴史ドラマでもファン層は広いらしい。

以前、市民講座で韓国語を習いに行ったとき、受講者がほとんど中高年の女性だったことを思い出した。私にとっては喜ばしいことだった。特に古代朝鮮三国時代の歴史ドラマの愛好者は大歓迎だった。高麗《こうらい》から李朝となると途端に興味は薄れる。Fさんに資料を送る時、私は拙著『定恵《じょうえ》、百済人に毒殺さる』を同封した。そのせいか礼状には「金春秋《きんしゅんじゅう》」や「金庾信《きんゆしん》」が出てきて、私の方でびっくりした。前者は後の新羅の武烈王、後者は新羅の英雄である。その後はFさんとは音信がない。お年がお年だけに、厳冬を迎えてカゼは治ったろうかと案じている。

『九十歳、何がめでたい』(小学館)は佐藤愛子氏の近著である。ベストセラーだそうだが、この自虐的な逆説をタイトルに付すところなどしたたかな知恵者。あっぱれというしかない。さすがに老練の作家である。めでたいかめでたくないかは主観の問題だが、世間一般の長寿信仰と建前上の慶祝慣習をみごとにあざ笑っている。しかし、そうは言っても長生きして一番喜んでいるのは当のご本人で、その偽悪ぶりが透けて見えるところが人気の源かもしれない。老いてなお人を煙に巻くおとぼけぶりに拍手喝采するしかない。

19 高麗郡建郡

東国がどう発展してきたかを古墳時代に遡って調べてみる。文字資料は少ないので、考古学資料である遺物に頼る割合が多い。遺物は古墳と土器などの器物に大別できる。

分かった範囲では、弥生時代後期の首長墓は前方後方墳が多く、古墳時代に入ると前方後円墳に変わっていくという事実である。これは大和の王権が地方に及んでいく証拠となり、土器類も地方独自のものに中央起源のものが混じってくる。民族の移動も盛んであり、西部からの東漸と北部からの南漸の二つの大きな流れがある。前者は東海地方、後者は日本海側からの移住で、ともに東国に未開の低湿地があり水田耕作に適していることを知った上での移住である。

この移住に渡来人がどう関わっていたかが私の最大の関心事だが、三世紀の弥生末期にはその兆候は見出せない。人骨が残っていればある程度分かるのだが。古墳や遺跡に人骨は存在しない。日本の酸性土壌ではふつう骨も分解されて跡をとどめないからである。ただ、鉄製農具などが出てくるので、渡来人が関与していたことは十分考えられる。鉄は朝鮮からもたらされ、精錬技法もまだ朝鮮の人々しか持っていなかった。同様に馬も朝鮮から入って来たが、三世紀の時点ではまだ馬はいない。

銅鏡はすでに弥生時代晩期から古墳時代にかけて見受けられ、前期の東国古墳からは三角縁神獣鏡が十八面出土している。その大半は上毛野《かみつけの》からである。中国製か日本製かで議論が分かれるところだが、中央の王権所有者から威信財として地方の首長に分配されたもので、東国が大和の王権に組み入れられていく過程を如実に物語っている。上毛野には大型の前方後円墳が多く、大豪族が蟠踞《ばんきょ》していたことが分かるが、三角縁神獣鏡の存在から彼らが中央王権に組み込まれながら在地支配を固めていったことをうかがわせる。卑弥呼の邪馬台国の時代だが、邪馬台国という国家連合が九州ではなく近畿地方にあったことはほぼ間違いないだろう。

東国の発展と言っても、古墳時代前期は水田耕作の関係から、水利に恵まれた河川や湖沼の近くに集落ができるというのが一般的だった。その中で空白地帯のように発展から取り残されたのが現在の埼玉県西部に当たる北武蔵である。ここは丘陵地帯で水利が悪く、稲作には向かなかった。武蔵国は当初は東山道に属し、国府が今の府中市にできた八世紀初め頃から東京湾沿岸との交流が盛んになり、東山道から分かれて南下する武蔵路《むさしみち》が整備された。武蔵国が東山道から東海道に移管されるのは奈良時代の後半、七七一年である。

『続日本紀』に見られる七一六年の高麗郡建郡は東国七か国に住む高麗人《こまびと》を寄せ集めたものだが、決して肥沃の地に移したのではなく、むしろ以前より生活条件の劣る未開拓地だった。いわば原野の開墾である。それでも移住希望者が一七九九人も集まったというのは、それまでの環境が物質的にも精神的にもいかに厳しかったかを想像させる。一からやり直した方がましだという切羽詰まった状態にあったのだろう。それだけに新たな集住地には傑出したリーダーが必要だった。

朝廷が早くから高麗王若光に狙いを定めていたのは、彼の個人的声望に期待したからである。律令国家成立を宣揚するためにも高句麗の〝難民問題〟の解決は避けて通れない課題だった。最後の賭けに出たような思い切った処置だったと言えよう。

開墾は困難を極めた。何しろ丘陵地や台地の多いところだ。同じ新興開発地でも下総や下毛野《しもつけの》は湿地が多かったので土木作業も排水溝の設置が中心だったが、ここ高麗郡では台地のはずれや裂け目にしか川が流れていないので、水の確保のための灌漑工事に苦労した。低いところから水を汲み上げて流すようにしなければならない。排水溝の建設より何倍も労力を要した。まず今の小畔川《こあぜかわ》沿いの低地に水を引いて水田を作る。低地は狭く、とても移住者全員の生活を賄い切れない。さらなる食糧確保のためには台地を開墾せねばならなかった。水田は無理なので畑にして、稗《ひえ》や黍《きび》などの雑穀と野菜を栽培した。

建郡といっても全くの無人の荒野ではなかった。川べりや丘陵の湧水地にはすでに渡来人の先住者たちがいた。古くからの在地人もいた。が、人数は少なく村を形成するほどの戸数はなかった。彼ら先住者の存在は新来の移住者にとっては大きな励みとなった。さしせまった生活上の知恵を手に入れることができたからである。

七〇九年生まれの高麗福信《こまのふくしん》はそんな先住者の子弟の一人で、祖父の福徳は高句麗の滅亡によって倭国に亡命して来た王族の一人である。が、高麗王若光とは系統を異にする。朝廷が建郡の地をこの北武蔵の入間郡に定めたのも、未開地だったとはいえ少数の高麗人が定着していたことが大きな理由だった。福信は高麗郡の建郡間もない幼少期に平城の都に出て、その後中央貴族として従三位まで上り詰める。その間三度も武蔵の守を務め、高麗郡の発展に力を尽くす。

東国七か国から移住して来た一七九九人の高麗人は高麗王若光の下で力を合わせて新天地の構築に励んだと思いたいが、実際はすべてがうまく運んだわけではなかったろう。前住地で疎外されていた新来者たちは被害妄想的な鬱屈を抱えている者が多く、内輪のもめ事や争いは日常茶飯事だったろう。そんな時、率先して事態の収拾を図ったのが若光だった。彼にはそれだけの力と才覚があった。すでに七十に手の届く老人だったが白髪と白鬚《しらひげ》に包まれた顔は気品があり、目の奥が澄んで人の心を奥まで見通した。この眼光に合うと、荒くれ男たちも矛を収めざるを得なかった。

「高麗王さま」

周囲の人々は若光をこう呼んで神のごとく敬い慕っていた。自分たちの苦境も「高麗王さま」がいるおかげで耐え忍ぶことができた。彼らから見ると祖国の高句麗は幻のような遠い存在で、語り継がれてきた伝説上の王国と同じだった。それを現実に甦らせてくれるのが「高麗王さま」だった。自分たちが高麗人であることを誇りかに意識できるのも「高麗王さま」がいるおかげだった。

「高麗郡は我らが里じゃ。手を携えて高句麗国を再現するのじゃ」

若光の言葉に一同はひれ伏し、勇気を鼓舞された。

高麗郡は北の高麗郷と南の上総郷の二つの郷からなっていた。郡といっても大、上、中、下、小の一番下の小郡だった。しかし、上総郷も上総から移って来た高麗人が特別多かったためにその名を冠せられただけで、高麗郷の人々と出自や由緒に何ら異なるところはなかった。

平城遷都が成って、新しい御代が開けた。朝廷は今まで以上に東国経営に力を注いだ。近江朝までに安部比羅夫《あべのひらふ》の活躍等で蝦夷対策が一段落して平静を保っていたので、ここで東国支配を盤石のものにしようと図ったのである。七一一年には上野国《こうずけ》に多胡郡を設置した。早くから在地豪族の上毛野氏の地盤だった東国中部が大和朝廷の外交政策にも協力し、あとは東国各地に群居する大勢の渡来人をいかに掌握するかが残された課題だった。高句麗人だけでなく、新羅人、百済人もいた。彼らに仲間内の争いはなかったものの、在地の先住民たちとは時折り衝突した。そこで、渡来人を一か所に集めて平穏に暮らせる環境を用意するために新たな郡を設置する方策が採られたのである。

高麗郡の設置は不満高句麗人の懐柔策としてだけでなく、空白地帯として残されていた北武蔵一帯を開発して食糧増産の基地にしようという別の目論見もあった。武蔵路の開通で、現在の東京湾に出る海との交通路も開け、利根川や荒川の水運も盛んになって新たな物資も内陸部にもたらされるようになった。両河川流域に広がる低湿地帯は水田耕作の有力な候補地として徐々に開発が進んだ。下毛野や下総で渡来人たちが威力を発揮した低地の干拓技術がこの地でも活用され、次々と水田が広がって行った。

「ここで頑張れば、将来この高麗郡は東国の別天地になる」

誰言うともなくこんな言葉が符牒のように飛び交うようになった。

若光はたびたび国府に足を運んだ。国守は引田朝臣祖父からすでに大神朝臣狛麻呂に変わっていた。朝廷では阿倍宿奈麻呂《すくなまろ》が中納言として実務を担っていた。彼は比羅夫の次男であり、北武蔵への関心が特別深い公卿として名を知られていた。若光を高麗郡の大領《だいりょう》（郡司の長官）に任命したのもこの男で、東国各地の高麗人を束ねられるのはこの男以外にはないと思っていた。

七一六（霊亀二）年、遂に高麗郡建郡が詔された。現地は若光らが入植してすでに八年が経ち、群家《ぐうけ》も立ち並んでいた。その近くには新しい集落が生まれ、村の形態が整いつつあった。小畔川沿いには田んぼが造られ、川では漁をする人も見られ、橋の袂では子供たちが遊び戯れていた。

「どうじゃな、村の様子は」

狛麻呂は労をねぎらうように若光に微笑を送った。

「何とか格好がついてきました。村人たちもよくやってくれた」

「そちのおかげよのう。高麗の名を辱めぬよう今後もよう按配なされ」

温かみのこもった言葉だった。

狛麻呂の先祖に当たる難波麻呂が、新羅に出来た高句麗の亡命政府が滅びたために新羅から高句麗の遺臣たちを連れ帰ったことは若光も知っていた。高麗郡に先立って、前年には尾張国に在地人と美濃国から移った新羅人七十四家を合わせて席田郡《むしろだ》も建郡している。これらは律令制度の整備に伴う地方行政改革の一環でもあった。全国に散らばる渡来人の技術力と経世学、さらに財を成した秦氏らの経済力は朝廷にとっては無視できない存在だった。渡来人をいかに使いこなすかが国家繁栄にとっての喫緊の課題だった。

「今日は取り入ってお願いがござる」

ややあって、若光が慇懃に切り出した。

「何ぞ。遠慮なく言うてみぃ」

狛麻呂は機嫌よく応じた。高麗郡の順調な滑り出しで、中央の覚えもめでたかった。

「私も七十になりました」

「おっ？」

狛麻呂は奇妙な声を発した。半信半疑のような驚きが見て取れたが、その事実を知らないわけではなかった。ただ、老いたとはいえ精悍さを失わないその風貌に接して、相手が老人だという自覚が薄れていた。

「老い先も短く、いつどうなるやも知れませぬ」

狛麻呂はぎょろりと若光をにらむように見た。

「ついては、高麗人の心の支えとなるような寺院を建ててほしい……」

「寺院か。うーむ……」

狛麻呂の脳裡には藤原京のあちこちに建っていたまばゆいばかりの寺院の姿が彷彿としてきた。すでに平城遷都で移築のための解体工事が始まっていたが、その威容は平城京で再び燦然と輝くはずだった。

「当てはあるのか、場所や工人の……」

ちょっと顔をゆがめて若光を見た。

「場所はいくらでもあります。寺院にふさわしい適地はすでに何か所か確保してあります。ただ、工人となると、どうしても不足気味で、畿内の才伎《てひと》の手を借りないと……」

「そりゃあ、そうじゃろうのう」

「高麗人も以前は各方面の才伎が大勢いましたが、代が変わって徒手の輩《やから》が大部分を占めるようになりました。しかし、何とか瓦を焼ける者はおります。また、塔を建てられる老いた露盤師もいます。技術面ではわずかの援助で事足りますが、問題は資金です。寺院の建立には莫大な費用がかかります。とても郡財政ではまかない切れません。そこで、こちらの方のお願いをと思いまして」

そうか、そうだったか、と狛麻呂はあご髭をひねりながら視線をさまよわせた。

若光の言うところももっともだった。七十歳ともなれば確かに明日何があってもおかしくない。高麗人の寄せ集め集団がここまで力を合わせて郡を盛り上げて来られたのも若光の指導力あってのことだ。希望を叶えてやりたい。寺院建立には百済や新羅の才伎が必要だが、これは東国でも調達できるはずだ。問題はカネだ。

「少し時間をくれ。考えてみる」

難題であることは間違いなかった。新都の造営で中央の財政は逼迫している。東国の一寒郡のために大金を割くわけにはいかない。しかし、武蔵の国守として、この新生高麗郡の発展は自らの出世にも関わっていた。建郡を主張した背景には、東国の生産性を高めるという現実的な目的のほかに、地方行政のモデルとしての理想郷の建設、さらに高句麗王国の継承という対外的な大和朝廷の威信の確保もあった。百済郡はすでに百済王のもとに摂津の国に建郡済みだった。滅びた朝鮮の二大王国の後継が日本に存在することで、大陸の新たな大帝国唐に対して威厳を見せつける必要があった。

こうして出来た寺が、現在の若宮遺跡の一部となっている「女影廃寺《おなかげ》」である。出土した瓦には「面違鋸歯紋《めんたがいきょしもん》」を持つ複弁八葉蓮華文軒丸瓦が使われている。これは飛鳥の川原寺や下野薬師寺の系統を引く由緒ある瓦で、女影廃寺が〝郡寺〟的色彩の濃い重要な官寺であったことを物語っている。高麗王若光の熱意をくんだ狛麻呂が中央政界を動かし造立につなげたもので、八世紀前半には完成している。しかし、年齢的にも、若光は完成を待たずに他界したと思われる。

高麗郡には、このほかに「大寺廃寺《おおでら》」と「高岡廃寺《たかおか》」が八世紀半ばに建立されている。ともに女影廃寺のある若宮地区から西に向かった高麗川沿いの丘陵に位置している。これは現在の高麗神社や聖天院《しょうてんいん》に近く、郡の発展とともにこの丘陵一帯が宗教的な聖域を形作っていったことを示している。建郡当初の中心地は若宮地区だったが、人口が増えるとともに居住域は南の小畔川上流、現在の飯能市方面に広がっていったのである。

一郡になぜ三つもの大寺が造立されたのかは謎である。ふつうは一郡一寺である。寺を三つ造らなければならないほど人心が動揺していたとは思えない。高麗郡を優遇するような特別な事情があったと考えるのが自然であろう。私の推測では、そこに高麗福信が関わっていたのではないかと思う。

前述したように、福信は同じ高句麗の王族とはいっても若光とは系統を異にする肖奈《しょうな》部の福徳の孫である。福徳は高句麗の滅亡に際してわが国に渡来し、東国の武蔵に住んだと『続日本紀』にはある。武蔵にはすでに渡来人が大勢住んでいた。福信は七〇九年に武蔵の国で生まれ、幼少期に伯父の肖奈行文《ゆきふみ》に連れられて上京している。その後順調に出世して従五位下で「肖奈王」、続いて「高麗朝臣」の姓を賜り、中央政界で活躍する。七五六年、七七〇年、七八三年と三度にわたって武蔵の守を務めている。七八九年に没した時は八十一歳、長命だった。いわば高麗人の出世頭である。

従五位からは貴族だが、無官のままで若光のような王族を東国に送り出したからには朝廷も多少のわがままは聞いてやらねばならなかった。いわんや若光の場合には、各地の厄介者扱いの高麗人を一か所に集めて建郡するという難事を任せたからには、要望、要求は無理をしてでも聞き入れねばという負い目が朝廷にはあった。女影廃寺の建立もその一環だったが、若光の死後も高麗郡の発展と安泰は中央政界にとっては特別な意味を持っていた。いつ起こるかもしれない蝦夷の反乱に備える兵員の確保と武器の生産、人口の膨張に見合った食料や生活用具の増産。また、外交面でも大陸や半島との交流に渡来系の人々の才識は欠かせなかった。

そんな経緯もあって、高麗福信は異例の出世を遂げていく。が、生まれ故郷の武蔵の高麗を忘れることはなかった。高麗建郡の立役者である若光のことは幼時から聞かされていた。同じ高句麗王族の一員として誇りにも思っていた。すでに亡き人だったが、同じ高麗人としてその衣鉢を継ぐべく高麗の里に恩返しをしようという気持ちは誰よりも強かった。

この思いが大寺廃寺と高岡廃寺という第二、第三の〝郡寺〟の建立につながった。寺の寄進は高貴な身分で財力に恵まれた者でなければ不可能だった。公卿にまで上り詰めた高麗福信はその点でも十分な資格を具え、加えて都住まいとはいえれっきとした武蔵国高麗郡を本貫とする王族だった。三度の武蔵国守就任は東国の一寒村である郷里高麗をテコ入れする絶好の機会だったのである。

この空虚感はどこから来るのだろう。

特に体調が悪いというわけではない。が、この二、三年来、居眠りする時間が多くなった。書斎のソファーで本や新聞を読んでいるとき眠気が襲ってきて、仕方なくうとうとする。十五分から三十分ぐらいだが、はっと目覚めた瞬間、今が午前なのか午後なのか分からなくなる。居眠りする前と今がすぐには結び付かないのである。寝ていた間は完全に非現実の世界で、私自身の意思による統率から離れた人生である。これが死の世界とすれば、死もまた受け入れやすくなる。あの世が存在することは間違いないからである。

しかし、実際には夢を見ている時でも人は呼吸している。つまり生きている。ということは夢もあの世ではなくこの世の範疇に属しているということだ。生きているから夢を見るのだ。死んでから見る夢があるとすれば、それこそがあの世、つまり死後の世界ということになる。しかし、息をしていない死んだ人間が果たして生きていた時のように見たりしゃべったり、笑ったり怒ったりできるものだろうか。私にとっては、やはり死は消滅である。無に帰すことである。

宗教は死の恐怖を忘れるために考え出された巧妙な仕掛けである。虚構の最たるものである。

死の恐怖は無の恐怖である。自らが消えてなくなることが怖いのである。なぜ怖いのか。今の自分に執着するからである。仏教が執着を断てと教えたのはみごとな弁証法というしかない。生への執着がなくなれば、自らが無になることは少しも怖くないからである。生きている人間を生かしているのは執着心である。欲望である。我々は多種多様な欲望でがんじがらめになっている。これがあるから生きられるのである。それなら一切の欲望を断ったら、人間はいったいどうなるのか。

死は怖くなくなる。いつ死んでも構わない。その代り、何かを手に入れる喜びもなくなるはずだ。人のため、他人の幸せのために生きたとしても、これもそうすることによって得られる心地よさ、ある種の快感に酔いしれるという点で一つの執着だ。人のためによいことをしたと思った瞬間、その人はもう欲望で生きている他の人間と同類になってしまう。

完全に欲望から解放されるには、何もしないことである、何もしないで、しかも幸せを感じられるようになること。いや、幸せを感じてもいけない。それも自己満足を手に入れたことになるから。喜怒哀楽も霧消して、しかも何もしないで生きていること、これこそが本当の解脱というものではないか。そうなった時、もはや人は生きているという実感もなくなるだろう。心の働きを失った虫けら同然の存在なのだから。

ははあ、そうか、と私はうなずく。

古来、仏教で言う悟りとは、人間を放棄することなのだ。犬猫にだって心があるだろうから、上等な動物ではだめだ。地を這う虫や空を飛ぶ鳥、水の中で暮らす魚にも意識はあるかもしれない。そうなると、これは動物ではなく植物になることだ。植物人間になることだ。しかし、そうなった時を想像すると、これはこれでまた怖い。喜怒哀楽の情を全く欠いた人生とは、もはや人間の生とは言えないのではないか。人間らしく生きたい、しかし死の恐怖は味わいたくないということになれば、これは二律背反の矛盾した生き方になる。やはり「死ぬのは嫌だ。死ぬのは嫌だ」と叫びながら死んでいくしかないのか。

そうに違いないと思いながらも、最近しきりに頭をよぎるのは、死は解放ではないかということである。生きているということは何かに繋ぎとめられていることである。それはつらいことなのではないか。この束縛から解放されると思えば、死は安らぎであるはずだ。ただし、いま自分は死んだ、もう苦しまなくてもよいと思うことはできない。おのれの死の瞬間を自覚することはできないからである。しかし、いま自分は死んでいきつつあるなと感じることはできるかもしれない。死を自覚する一歩手前の状態である。この時、人は最大の幸福を味わえるのではないか。どんなに苦しんで死ぬ人も、死の直前、生の終わりの瞬間には、ある種の心地よさが訪れるのではないか。

年を取ると体力は衰える。相応に気力も萎えてくる。これは天の与えてくれた恵みではないか。生きることが何だか面倒になるという瞬間は私にもときどきある。日常の動作の一つ一つがやけに煩わしくなる。こういうことをしなくてもよくなるのが死ぬということなんだと思うと、死への憧れのようなものが生じてくる。何もする気がなくなるということは意欲の減退、気力の衰えというマイナスの状態ではなく、死の準備という点ではまことによくできた心のありようではないのか。自らの意思ではなく天の計らいによって自らの死を招き寄せているのである。

「訪ねて行って、掃除機ぐらいかけますよと言っても、もうどうでもいいのって取り合ってくれないらしいわ」

妻が言った。知り合いの女性Hさんから聞いた話だそうだ。訪ねた先は以前近くに住んでいた奥さんで、ご主人はお医者さん。高齢で引退してから発病して入院。住居も少し離れたところに引っ越して、間もなくご主人は他界、今は独り住まいとのこと。面倒見のよいHさんはわざわざ様子を見に行ったらしい。

「セルフ・ネグレクトじゃないかな。生きているのが面倒臭くなったんだよ」

その気持ちは分かると付け足したくなったが、あえて黙っていた。

「そうかしら」

妻は首をかしげた。

「ごみ屋敷も同じだ。何をするのも面倒になって、すべてほったらかし。食べるのも面倒になれば、そのままごみの中で飢え死にすることになる」

〝ごみ屋敷〟はすでに社会問題になっている。近所迷惑だというので行政も関わり始めている。公権が私権に介入し始めた。人間が社会の中で暮らしている限りはやむを得ない処置かもしれない。

「ごみと垢で死んだ者はいない」

ついでにこんなことも口走った。「垢」は息子がカゼを引いて風呂に入れない日が続いた時のことだ。ともに擁護する語調になってしまったのは、それもいいじゃないかという気がするからである。

人間が群れて住むようになったために、煩わしいことが増えた。文明は人間が社会生活を営むようになってから芽生えてきた便利な仕組みであることは確かだが、過剰な社会からの干渉が心ある人を息苦しくさせている。文明からの脱出は人間性を回復する手段だが、街なかに住んでそれを実行するには〝ごみ屋敷〟を覚悟しなければならない。

〝垢人間〟も同じだ。いつぞや歩道橋の袂《たもと》で初老の女性ホームレスを見たことがある。冬だったのでぼろ衣で着ぶくれていたが、首から顔は垢にまみれていた。彼女は自由である。常人が耐え忍ばねばならないことは彼女にとってはすでにどうでもいいことなのだ。問題は食べることも面倒になるのではないかという危惧。飢え死には最も苦痛のない死に方だというから、これもよけいな心配なのかもしれないが。

「家族にとっては生きていてくれさえすればいいのよ」

妻の表情は一瞬曇った。

その通りだ。家族のありがたみはそこに集約される。同時に、これあるがために様々な苦労が生じる。それを苦労と思わなければ家族は幸せの源泉である。が、年を取って自らが手のかかる厄介な家族の一員になった時、同じ気持ちでいられるだろうか。自分も家族も、血の繋がった間柄ゆえに苦痛や束縛はむしろ倍加される。一人でそっと死ぬ方が幸せに思えるのではないか。

誰がどうやって死んだかが妙に気になるようになった。新聞の死亡記事を読む時は胸がときめく。本当にときめくのだ。どうしてなのか。

新聞に死亡記事が載るぐらいな人はだいたい有名人である。そういう〝特別な人〟でも容赦なく死ぬ。いつかはみな死ぬのである。その時期がたまたま来ただけなのだが、自分より先に死んだことに安堵を覚える。自分はまだ生きているという単純な比較だけで安心する。さもしい根性だ。つまりは長命への願望である。自分も遠からず死ぬが、当面は生きている。それが嬉しいのである。しかも、この差は実は大同小異で、所詮は同じ穴のムジナであることは百も承知なのである。その愚かさを承知の上で、束の間の喜びを味わう。そうです、バカなのです、と自分に向かって言いたくなる。言ってみたところでこのバカは治らない。

一方、あの人もついに死んだか、と安心する気持ちもある。他人の死が自分の死を慰めてくれるのである。自分は実際にはまだ死んでいない。が、遠からず死ぬことは間違いない。そうであればあの人もこの人も死んだのだから仕方がないとあきらめがつく。自分だけは永遠不滅だと思うほどバカではない。自分の死は予感している。覚悟している。それでいながら自分だけは何とか死の魔手から逃れようとする。逃れられないことは分かっていながら。つまり、一分一秒でも長く生きたいと思っているのである。

ああ、愚かしや、愚かしや……。

折から年度末を迎えて町会の役員が回ってきた。順番制なので断れない。十八戸で一ブロックを構成しており、そのうち十七戸が町会に加盟している。我が家は順番で言うと終わりから三番目なので、このままいくと七十八歳まで番が回って来ないと当初は安心していた。それまでまだ十五年ある。まさかそれまでは生きてはいまいと思っていたら、生きていた。その間、がんも患った。が、人間はそう簡単には死なないものらしい。

　日曜日の午前、駅前の市民会館の分館で第一回の打ち合わせ会があった。私は書記になった。会議は一か月に一回、書記は二人なので、隔月に会議録を作成すればいい。安全部とか環境部とかもあったが、今さら週末に外に出て防災や清掃で走り回る気にはなれない。風呂掃除とか庭木の剪定や家の中の片づけなどで精いっぱいなのだ。いずれも家事に属することで、それぐらいの体力しかもはやないのが現状である。結果的に、自分の家のこと以外はやりたくないというエゴイズムに陥っていく。

　体力の衰えとは恐ろしいものである。家事をやる時もそれなりの覚悟と決意が必要で、自然に体が動くということはない。体力だけでなく、気力も減退しているのだ。掛け声をかけて自分を叱咤しないとエンジンがかからない。家の中ではしょっちゅう一人で掛け声をかけているので、妻からは気味悪がられている。「えいっ」とか「やあっ」ならいいが、時に「えやっ」とか「おどっ」とか意味不明の力み声が出る。自分でもおかしいと思うが、不随意筋のように自分の意思ではどうにもならない。

　一年間、町会の集まりで近所の他人と知り合いになるのは何とも苦痛だ。嫌でも近所に顔見知りが増え、散歩する時も注意が必要である。なるべく道で出会わないように周囲を窺わねばならない。

「別に悪いことをしているわけじゃないんだから、会ってもいいんじゃない」

妻は平然と言う。

女には〝市井に隠れ住む〟という願望はない。〝男の隠れ家〟という言葉はあるが〝女の隠れ家〟というのは聞いたことがない。男は隠れたがるのである。なぜか。自分が生きていることが気恥ずかしいからである。人目に触れない方がいいと思っている。潜在的な犯罪者なのである。どんな罪を犯しているのか。この世に生まれたこと自体が罪なのである。大地に足を踏ん張れない。足が地に着いていない。食い扶持《ぶち》は稼げても煮炊きができない。夢ばかり見ていて生活感覚がない。

最大の悪は子供を産めないことである。子孫を残すことに関与はしても、自らの腹を痛めることはない。女性の〝代理出産〟に頼るしかない。早い話が、これは俺の子だという認識と実感は自らの五感で獲得することはできず、他からの情報や知識で悟るしかない。この時点で完全に男は生命の継承という営みから弾き出され、虚空をさまよう運命を強いられるのである。

こうして男の彷徨が始まる。根なし草で、寄る辺のない存在であり、そんな自分が生きていく場所は人里離れた遠い山の中しかない。しかし、文明の発達で都会生活を余儀なくされたので、〝疑似山居〟を見つけなければならない。それが〝隠れ家〟なのである。〝隠遁生活〟は男の憧れであり、一時的に姿をくらます〝蒸発〟の実行なのである。共通しているのはそこに〝秘密〟の臭いが漂っていることである。必然的に単独行動になる。孤独でなければ決行できない。世間から逃れることで束の間の平穏と安らぎを得る。これが男が〝原罪〟からおのれを解き放つ唯一の方法なのである。

私は散歩に出る時、「ちょっと行方不明になってくる」と言って家を出る。行き先は言わない。決めて出かける場合が多いが、決して自分からは口にしない。黙って出かける。秘密が大事なのである。傍《はた》から見ると気ままな散歩だが、自分にとっては一時的なこの世からの離脱であり、文字どおり〝出家〟である。むろんいつも一人。一人でなければ快感は味わえない。悟りを得るための修行と同じである。だから、知っている人と出会うのは一番困る。〝閑居〟を妨げられるからである。

これと対極にあるのが〝女の井戸端会議〟である。女性は常に他人を欲する。そうした中で次々と生命を孕《はら》み、育み、引き継いでいく。女性は子供を産むことによっておのれを次代に託せるのである。虚無が入り込む余地はない。男にとっては生はニヒリズムと深く結び付いている。どんなに立派なご託宣を並べたところで、それはニヒリズムを糊塗するごまかしであり、本心を麻痺させる欺瞞的な行為なのである。

21 同胞援護婦人聯盟

二日間続けて都心へ行く用事があり、散歩がおろそかになった。都心へ出れば駅の乗り換えなどでけっこう歩くので、七、八千歩にはすぐなるのだが、何となく「歩いた」という感じがしない。目的があって歩いているので散歩独特の味わいに欠けるからであろう。散歩はやはり無目的だからこそいいのである。時間も気にせず、道筋も勝手気ままである。が、一応コースは頭に思い描いてから出かける。

この日は晴れて風もなく、絶好の散歩日和だった。二月も末で、さすがに春も間近という感じ。梅はどこも満開である。二日連続の遠出（都心に出れば片道一時間半はかかる）の翌日で少々疲れが残っていたが、昼食後ひと休みして家を出た。

まず小比企町の畑の中の「峠山観世音」をお参りする。すでに三方は住宅に囲まれているが一方の高台だけ畑に続いている。こんなところに観音様を祀る小さなお堂があるのを見つけた時は感激した。名前が「峠山」というのも気に入った。確かに丘陵の一角にある。昔は辺り一帯は里山で、ここはその尾根近くに位置していたのだろう。石段を降りると狭い道に出て、少し行くと湯殿川が流れている。東西に流れるこの川の両岸が畑になっており、それぞれ里山と丘陵に遮られている。平地の幅は広い所でも百メートル、北側の台地も昔は里山だったのだろう。今はマンションが林立している。

「峠山」の由来は引越して来たばかりのころは意にとめなかった。里山を切り開いた地形だとは分かっていたので、単純に峠道だったのだと思っただけである。が、例の〝高麗人《こまびと》〟騒ぎ以来、ここが急に重要な場所になった。

七国峠を下ってゆるやかな坂道を北に、つまり相模の国から武蔵の国へ抜けた渡来人たちは、十五分ほどでこのなだらかな峠にたどり着いたはずである。八世紀初めとなれば観音堂はまだなかったろうが、ひと山越えたという安堵感はあったに違いない。北武蔵までまだまだ山越えは続くが、「多摩の横山」と『万葉集』に詠われたように、この辺りの山並みは低くて横に長い。山越えはさほど困難ではなくても、平地に出ればほっとひと息ついたことだろう。夏なら湯殿川で顔を洗い、汗を拭って、今度は「大沢の坂」を上って行ったはずである。

「峠山観世音」のお堂は無人だが、傍らに頭部の丸い古びた墓石が一つだけある。かつてこのお堂に住んでいた住職のものだろう。風化した墓石の横にかすかに「寶暦《ほうれき》」の文字が読める。江戸時代の十八世紀半ばである。こんな小さなお堂に堂守のように住んでいたお坊さんの姿を想像すると、何とも言えぬ親しみが湧いてくる。立派な寺院の住職とは大違いである。おそらく乞食坊主が仮の宿りを見つけて住み着いたのだろう。が、こうして雨露をしのぐお堂があり、死後は墓まで造ってもらっているところを見ると、村人の信望を得ていたのだろう。

墓前に野の花が供えられたり、小銭が置かれていることもある。私はいつも裏側の高台に続く畑道から入るので、観音堂にお参りする前にこの墓石の傍らを通る。必ず手を合わせるが、五合庵の良寛さん、近くは南郷庵の放哉を思い浮かべる。庵住まいではなかったが、伊那の井月《せいげつ》も同じようなものではなかったろうか。「何とも言えぬ親しみ」には、痛ましさとともにかすかな憧憬も含まれている。

湯殿川べりに出て遊歩道を四、五分歩く。時折りカワセミが見られるほど水はきれいだ。二十年前、越して来たばかりのころは洗剤の白い泡がところどころに入道雲のように浮かんでいた。下水道の完備で清水が甦ったのだ。シラサギが番《つがい》で水中にくちばしを突っ込んでいることもある。五分ほどで岸辺を離れ、「トヨタ自動車大学校」の前を通って坂道を上る。この大学校も周囲の住宅も旧里山の斜面にある。上り切ったところにK病院がある。昔の精神病院である。多摩地域の山間にはこの種の病院が多い。人里離れた辺鄙なところを選んで精神病院は建てられた。今ではほとんどが複数の診療科を持つ普通の病院に衣替えしている。

病院から尾根道に当たる住宅街を西に向かって歩く。小さな墓地もある。昔から住んでいる地元の旧家のもので、苗字はすべて同族の「T」である。道は左に曲がって、突き当りに児童養護施設が見えてくる。社会福祉法人「同胞援護婦人聯盟」が運営している。施設の正式名称は「こどものうち八栄寮《やさか》」。「八」は八王子の八か。

初めてこの看板を見た時は胸がキュンと鳴った。法人名からすぐに引揚げ者の困窮婦人たちを連想したからである。調べてみるとこの連想にほぼ間違いはなかった。が、一つだけ違っていたのは、ここで用いられている「婦人」は援護対象としての婦人ではなく、昭和二十一年に東京上野にこの聯盟をつくった人たちが女性だったからである。しかも、純然たる民間団体である。困窮した引き揚げ者だけでなく、引き揚げ孤児にも援助の手を差し伸べ、収容施設をつくっている。八王子市のこの地に移って来たのは昭和四十年である。

「同胞援護」という言葉が悲しい。引き揚げの悲劇と重なるからである。今では児童養護施設になっているとはいえ、ここに出入りするランドセル姿の小学生に出会うと引き揚げ孤児の姿とオーバーラップする。今では全く関係がないことは分かっている。が、親元を離れて、あるいは親がいない子供たちが、何らかの事情でここに住んでいることは想像に難くない。「同胞援護婦人聯盟」のホームページをネットで見ると、昭和二十一年十二月に東京品川駅に着いた引き揚げ孤児たちの写真が載っている。一番前に白い布に包んだ遺骨を胸に抱いているおかっぱ頭の小さな女の子が写っている。引き揚げ時の兄の姿が彷彿としてきた。兄が抱えていたのは大連で死んだ母の遺骨である。

一度、私はこの建物に近づき、玄関の奥を窺ったことがある。塀や門はなく、周囲は里山の林なので不審がられることもない。が、人気はなく、そのまま引き返した。もし職員がいたら話しかけていたろう。が、昔のことを知っている職員などいるはずがない。施設のいわれにもほとんど無頓着だろう。ましてや「同胞援護婦人聯盟」という名称の放つ時代の雰囲気など知るはずはない。私は七十八歳という自らの年齢をいやでも意識させられた。自分が終戦の体験者という歴史の一証人であることより、歴史から忘れられつつある無名の存在であることが妙にわびしく感じられた。

施設に通じる道の手前を右斜めに折れる。車がやっと通れる小道だが、昨年の大雨で片側の土手が崩れて車の通行は禁止になった。もう復旧したろうと思っていたが、まだ以前のままだった。あまり人も車も通らないので急いで直す必要はないということか。里山の裾を回り込んだ谷合いの地形である。道はカーブしながらゆっくり上りになるが、見下ろすと秋など人家に混じって柿の実が赤く色づいて、ところどころに竹やぶもあり、どこの山里かと見紛うばかりの美しさである。が、はるか向こうの高台にはマンションが立ち並んでいて、やはり東京なんだと何となくほっとするから不思議だ。人恋しさのなせるわざか。

小道を上りきったところに新しく狭いアスファルトの道路が築かれていて、何事かと思ったら「八王子南バイパス工事迂回道路」と標識が出ている。いよいよ工事が始まるのかと思った。敷地は前から確保してあったがずっと空き地のままだった。左側は里山で、ここはトンネルを掘るしかあるまい。迂回道路は上の住宅地から下っていま私が来た道に通じるもので、仮の取り付け道路である。トンネル工事のための迂回路だろう。

このバイパスが完成すると、私の家から圏央道高尾山インターチェンジまで十分足らずで行ける。信州へ帰省の折にはこのインターを利用するので便利になる。今は平行する北野街道を通るが、それでもインターまでは十五分ほどである。こんなに便利になるとは思わなかったが、しかし高齢化で信州の家は一昨年手放したので帰省回数は激減した。第一、長距離の運転が億劫になってきた。高速道路は信号もなく単調なので眠気に襲われたりしてかえって危険なのだ。

上り切ったところに開けたのは「ゆりのき台団地」という瀟洒な戸建て住宅地だ。里山の頂上を均《なら》した典型的な新興住宅地だが、私の住んでいる「みなみ野」とほぼ同じ時期の開発だから、もう二十年は経っているだろう。敷地も広く、緑も多いきれいな住宅地だ。街路樹はユリノキで、これが団地の名前の由来になっている。バス通りを挟んで両側に「ゆりのき台中央公園」があるが、私はその西側の階段を上って館町《たてまち》団地に出た。ここも里山の西斜面を削った新興住宅地だが、自治会のホームページを見ると入居開始は一九六八年とある。「ゆりのき台」より三十年は早いので、もはや「新興」という言葉は使えないだろう。が、八王子にはこのような里山を削って造成した住宅地が多いので、以前からある農家主体の集落と区別して、この「新興」の文字を付すことが多い。

なるほど館町団地は「ゆりのき台」に比べると古い感じはする。各戸の敷地も、「ゆりのき台」が六十坪ぐらいはあるのに、五十坪平均で、いくらか狭い。察するに高度経済成長期の開発なので物価の上昇も激しく、所得も倍増したとはいえ、不動産の値上がりには追いつかなかったのだろう。同じような傾向はいま私の住んでいる「みなみ野」でも見られ、分譲も終わりの時期にさしかかったこの二、三年の宅地の面積は五十坪が標準である。私が入居した二十年前の第一期分譲のころはすべて六十坪以上だった。

館町団地の街区はかなりの傾斜地で、尾根から西に滑り落ちている。今どきはやりの軽量鉄骨のプレハブ住宅は少なく、大部分が在来工法の木造である。その分、多少古くさい感じがするが、街並みに落ち着きがある。町会がちゃんと機能しているらしく、通りも清潔で、ごみは全く見当たらない。掲示板を見ると、町会だけでなく老人会もあるらしく、さまざまな活動をしている。

入居開始から半世紀近く経っているので老人ばかりかと思ったら、意外と若い人の姿を見かける。世代継承がうまくいっているのかもしれない。商店は全くないから、初めのころは買い物も大変だったろう。途中から尾根続きの東側に「ゆりのき台団地」が出来て、ここにはスーパーも開店したので、だいぶ楽になったと思う。

館町団地の坂道を下って、以前反対側から来て立ち寄ったことのある「殿入《とのいり》公園」に出た、ここには水飲み場があって、水道の水を使ったことがある。たぶんここに水道があることを確かめて、缶コーヒーを飲みながらおやつを食べて休息したのだろう。私は上の歯は一本を残して全部入れ歯なので、食べた後は必ず入れ歯をはずしてゆすがねばならない。手洗いの蛇口が必須なのである。しかも誰も見ていない環境が必要である。人のいるところでは遠慮するしかない。口をすすぐという行為は周囲からはあまり歓迎されない。いずれにせよ、日本では水道の水が飲めて実にありがたい。口をゆすぐにもためらいはない。そのまま飲むこともできる。海外ではこうはいかない。

公園にトイレがあるかないかも、私のような高齢者には死活問題である。尿意を我慢できないことが珍しくない。前立腺肥大はないが、膀胱がんが見つかったのでこのせいかとも思ったが、手術で取り除いても変わりはない。つまりは老人性の尿意切迫症、ないしは膀胱過活動症というやつらしい。「年を取るとトイレが近くなる」という通説どおりである。ただし、夜中に起きるのは一度だけで、時には一度も起きないで朝を迎えることもある。

日中のトイレの近さは散歩する時に痛感する。いつも一人で、外部からのプレッシャーがないせいか、膀胱が思いきり開放的になるらしい。困ったことに、古い公園にはトイレがないことが多い。私の住んでいる「みなみ野シティ」はその点みごとだ。公園にはすべてきれいなトイレが整備されている。「ゆりのき台」にはあるが、館町団地の「殿入公園」にはない。小さな公園なので無理もないとは思う。

「殿入公園」を突っ切って石段を下りると谷間《たにあい》の平地である。前方にはまた丘陵が続いているが、ここも昔は里山だったのだろう。平地の真ん中には川が流れていて集落と畑があるが、やがて両側の斜面は次第に狭まって上りになり谷が行き詰まる。上りきった先には公団の大きな団地があり、傍らには私立のE学園がある。前に一度だけこの道を通ったことがある。

橋の近くに地元の人らしいおじさんがいたので声をかけた。

「あの山の斜面は宅地の造成ですか」

向かいの山肌が削《そ》いだように樹木を引き剝がされて一面に赤茶けた地肌を晒している。やけどの皮膚みたいに痛々しい光景だ。

「いやあ、道路ですよ。インターへの取り付け道路」

そうだろうとは思っていた。

「トンネルじゃないんですか」

「削り取って切り通しのようにするらしい」

「大変な工事だ」

「医療センターの方へ出る道です」

見当はついていたが、先ほどの迂回道路といい、この斜面の掘削といい、これほど「八王子南バイパス」の工事があちこちで始まっているとは知らなかった。とは言っても、完成はまだまだ先だろう。少なくとも二か所はトンネルを掘らねばならない。完成まで五年はかかるだろう。私は生きているかどうか分からない。

橋を渡って右手に折れ、川沿いの道を湯殿川方面へ向かう。途中に龍見寺《りゅうけんじ》というお寺がある。曹洞宗だが奥まった高台に古いお堂があり、木造の大日如来像が寺宝として納まっている。おそらく寺の建立より先に大日堂だけが造られたのだろう。七国峠にも大日堂があったが、そばには「出羽三山供養塔」が立っている。大日如来は華厳宗と真言宗のご本尊だから、山岳信仰と融合してこのように出羽三山と結び付いたのだろう。龍見寺のすぐそばには湯殿川が流れている。この大日如来像は東京都の文化財に指定されていて、立派なお堂の中に納まっている。そのためお姿ははっきりとは見えない。

曲がりくねった田舎道を十分も歩くと湯殿川である。橋を渡って北野街道に出る。交差点を横切って北へ進む。八王子崖線の上り坂である。左手には葬儀場として名高い禅宗寺院の別院がある。上り切った左手に墓地がある。この寺院の経営だろう。出来たばかりの大きな石の観音像の脇を通って墓地に上がる。墓地の散策は私の趣味の一つだが、ここには人目を引く墓石や墓誌はない。が、生協で私の妻と同じ班だった近所のCさんとご主人の墓がある。そこをお参りしようと思った。

Cさんは「平成十七年没」と墓誌にある。もう十二年近く前だ。六十一歳。私が五年間の中国生活を切り上げて帰国した直後だった。脳幹出血で一週間意識がなく、そのまま亡くなった。日ごろ血圧が高く頭痛持ちだったようだが特に治療はしていなかったらしい。それにしても若すぎる。ご主人はその七年後に六十九歳で病没。こちらも若すぎる。墓石には夫婦の戒名が刻まれている。黒御影の立派な石塔である。残された家には独身の次男が一人で住んでいるそうだが、前を通っても姿を見かけることはない。

このCさんのご主人と仲が良く、老人会で活躍していた近所のKさんが、最近、突然亡くなった。我が家とは付き合いはなかったが、近所なので、庭の前を通るとよく庭木の手入れをしていた。大きな家だがどことなく田舎風で、軒先に掘り出したままの玉ねぎがずらりと干してあったり、二階の軒には干し柿も吊るしてあった。早咲きの梅の木が五、六本あり、近隣では一番先に春を告げる家だった。そこのご主人が亡くなったと聞いてびっくりした。

付き合いがなかったせいもあるのか、隣近所の人も知らない間の出来事だったらしい。病院で息を引き取り、自宅には帰らずそのまま火葬場へ向かったのだろう。家にも「忌中」の貼り紙はなく、いかにも〝今風〟の亡くなり方だったようだ。本人はいざ知らず、遺族、特に離れて暮らす息子さん一家の計らいのようだ。何だか寂しい気はするが、これはこれでいいなとも思った。

人の死が隠されるのが現代である。いつの間にかいなくなっていたという死に方は、ある意味では最も原初的な、生き物にとっての自然な命の終わり方かもしれない。昔は飼い猫や飼い犬は死期を悟ると自ら姿を消した。象は群れを離れてどこかへ行ってしまうという。奥地にある象の墓場には象牙が散乱しているという。死ぬときは誰にも告げずに一人でひっそりと、というのは一番尊厳に満ちた死に方かもしれない。孤独死、孤立死といかにも悲惨な死に方のように騒ぎ立てるが、実はそれは当たり前の死に方で、特別不幸というわけではない。そう思うのは文明によって刷り込まれた偏見ではないのか。

墓地には一組の若い家族連れが墓参に来ていた。墓石を拭き、ステンレスの花立てを水道で洗い、新しい花を供える。線香を立て、小さな子が二人、一緒に手を合わせている。「ふむ、ふむ」とうなずきながら階段を上って道路に出る。「世はすべて事もなし」と胸につぶやく。幸せを絵に描いたような光景である。

間もなく大型スーパー「I」に着く。一階に広い休憩所がある。もっともここは「フードコート」でいくつかのファストフード店が並んでいる。ここで買ったものを飲食するためにテーブルと椅子が並んでいるわけだが、出入り口には仕切りもないので誰でも自由に入れる。何より便利なのは広いことと手洗い所と水飲み場が完備していて、ごみもきちんと仕分けして捨てられるように何種類もの容器が置いてあることである。

私がここを使うのはだいたい持参した缶コーヒーとおやつの菓子パンなどを口にする時だが、終わってから入れ歯をはずして口をゆすぐ水場が不可欠である。そのためには水道は欠かせないのである。ここには冷水器もある。しかも、この日のぞいてみたら以前にはなかった紙コップまで用意してあった。いつも紙コップも持参していたが、これからは不要になる。ありがたいことだ。もっとも、入れ歯をはずして手で洗い、口をすすぐ行為は他人から見れば不快な動作であることは分かっているので、なるべく周囲に人がいない時を見計らって素早く行なう。最低のエチケットだが、こうまでしても、家族からはやめてくれと叱られる。年寄りというのは本当に困った存在らしい。

この日も一つのテーブルを占領して、辺りを睥睨《へいげい》しながらゆっくり飲食を楽しんだ。すべて家から持って来たものなので、店としては場所を無料で提供しているだけで、少しも儲からない。しかし、この〝無駄〟が客を呼び込む吸引力となっていることは間違いない。買い物疲れを癒すために飲み物を買い、〝ついで買い〟を促す効果が期待できからである。

22 長寿王

「毎朝、仕事始めの一番は同僚のHさんと二人で遺体を天幕に運ぶことでした。ずいぶん重くて。死んだ人はどうしてあんなに重いんでしょうか」

三合里収容所でシベリアからの逆送者を受け入れた元看護婦のSさんは、しんみりした口調で、私に話した。往時を偲ぶように視線は空中に漂わせて。

「天幕は遺体を安置する場所だったのですか」

「そうです。収容所の病舎から少し離れた丘の上にありました。坂道を上るものですから、よけい重く感じたのかもしれません」

「遺体はどうやって……」

「担架に乗せて運びました」

丁重だったのだ。少なくとも人間扱いだった。

シベリア抑留者の手記を読むと、死者は裸にされて廊下の突き当たりに山積みされていたというのもある。それに比べると、日本人の若い看護婦さんが二人で担架に乗せて運んだというのは感動的ですらある。

「天幕には遺体がたくさん……？」

「ええ。ずらりと寝かされていて何とも言えない哀れさを感じました。五十年経った今でも目に焼き付いて離れません」

絶句したまま、涙を拭う。

父もそういうふうにして運ばれたのか。感謝すべきだろう。人間として扱われたのだ。

終戦五十年の、「三合里戦友会」の五十回忌法要の席での会話だった。このような戦友会があることさえ私は知らなかった。知ったのはこの法要のあったつい一年前である。新聞の読者情報欄で「三合里戦友会」が法要を営むという案内を見て連絡し、出席した。私の〝父親探し〟がこの時から始まった。戦友会が持ち帰った死亡者名簿に私の父の名前はなかった。北朝鮮の興南《こうなん》から復員するとき約八〇〇名の死亡者名簿（実際の死者は約一六〇〇名）を秘密裏に持ち帰ろうとしたが、半分以上が没収されたそうだから、そちらに入ってしまったのだろう。

しかし、これを機縁に大勢の関係者、特に収容所の病院の元看護婦だった人たちに会って話を聞けた。誰も私の父の名を覚えていなかった。昭和二十一年の九月はコレラが猛威を振るい、他の死因も含めた死者の合計が七〇〇名から八〇〇名に及んでいる。父の名を知る人がいなくてもやむを得ないだろう。本当にコレラだったかどうかは分からないが、確率は高い。死を見届けた〝現認者〟がいて、この人が復員してから厚生省に届け出てくれたことは確かだが、病名までは公報にはなかった。

栄養失調や赤痢、結核など種々の病人がいたようだが、クスリはない。食欲のない病人には塩酸リモナーゼ、下痢患者には炭の粉をのませるのが唯一の治療法だった。コレラ患者にも塩酸リモナーゼが処方された。中にはクスリを飲み込む力さえない人もいたという。塩酸リモナーゼは消化剤で治療に効果があるとは思えない。が、藁にもすがる思いで処方したのだろう。このクスリがあったのは、満州の関東軍の病院を脱出するとき、看護婦さんたちが必死の思いで身に付けてきたからだろう。

「死期が近づくとシラミが一斉に患者さんの下着から這い出して来るんです。体温が下がってくるからでしょうか。目や肛門には蛆《うじ》も湧いてきます」

看護婦さんたちの手記にはこのような記事も出てくる。凄惨な光景である。それを二十歳前後の看護婦さんたちがてきぱきと処理する。職務とはいえ、頭の下がる思いである。いわんやその時は仕事というよりボランティアである。日本人の若い看護婦さんに看取られて死んだと思うことで、私も父の死にいくぶんかの安らぎと慰めを感じた。

私は臨終の父に話しかけた。

「苦しいですか」

「苦しくはない」

病床の父の顔は年寄りのように皺だらけだった。四十一歳にしてのこの皺はコレラの脱水症状がもたらした特有の症状だった。見慣れた丸いふくよかな顔とは似ても似つかぬものだった。

と言っても、私の脳裡には生身の父の面影はない。召集されたのは私が小学校に入った年の五月。覚えていても不思議のない年齢なのに顔つきもしぐさも全く記憶にない。後年、内地の葬式で使われた写真で刻み込まれた顔が唯一の父の〝記憶〟だった。

いったいあのころ私は何をしていたのだろう。

大連における就学前の私自身の姿は「お日さま幼稚園」の垣根の外から園児たちの動きを飽かず眺めていた光景に代表される。「お日さま幼稚園」は「三角公園」の一画にあった園舎のない〝青空幼稚園〟で、家から坂道を下りたすぐ手前にあった。後年、五十歳を過ぎてから、ここへ通っていたという女性に偶然出会ってびっくりした。私の創作かとも思ったが、本当だったのである。いつも私は独りで、父や母（小学校に入る前に死んだ）の姿はどこにも見当たらない。私は早くから両親不在の生活に慣れてしまっていたらしい。

「今、死のうとしていますね」

「そうのようだ」

父の声は落ち着いていた。

「半生を振り返って、どんな気持ちですか」

これは残酷な質問かなと思った。が、私には人間の死に際の意識に殊のほか関心がある。人は何を思いつつ死ぬのか。

「悔いはない」

「はっ？」

私は目を凝らして父の口もとを見た。老人のように乾涸びた唇がかすかに痙攣していた。

「無理をしなくても……」

私は瀕死の父を慰めるように小さくつぶやいた。

かつて私は臨終の父の脳裡を故郷である信州佐久の山河で彩ったことがある。浅間山と千曲川。そこは父の生まれ育った正真正銘のふるさとだった。就職してからの父は、実兄の不祥事で、実家の借金返済に苦しんだ。その不幸が故郷との訣別を強い、望郷の念を封印した。その総仕上げが新天地を求めての大連への移住だったと私は結論づけたが、しかし生まれ故郷は簡単には捨てられないとやがて思うようになった。

父はシベリアで苛酷なひと冬を過ごして、ここ北朝鮮の三合里に送られて来た。ソ連軍の統治下にある点ではシベリアと同じだが、日本人の看護婦さんたちに看取られながら死んでいく我が身は「悔いなし」と思わなければ罰が当たる。こう推測しても、あながち見当はずれではないような気がする。

が、大連に残した幼な子三人はどうなのか。長男八歳、次男の私は七歳、長女二歳。後を託した母親代わりの姪は二十一歳だった。三人の幼な子を残して死んでいくことに未練と無念を感じなかったのか。

感じなかったと言えばうそになるだろう。が、それよりも故郷の風景が父の意識を絵のように美しく染めていたような気がしてならない。父はすでに人事をあきらめて自然の中に身を置く心境に達していたのではないか。人事は際限がない。考え出すと、とどまるところを知らない。どこかで吹っ切らなければ身が持たない、いや、心がバランスを失うのだ。死に臨んで〝心のバランス〟とは笑止千万だが、しかし安心して死にたい。これこそが死んでいく者にとっての最後の願望のはずだ。平穏な死。そのためには肉親であろうと人間から遠ざかりたい。ひたすら造化の世界にのみ浸りたい――。

父ならそれができるはずだと思った。私はおのれにない資質を父に見出そうとしていた。それは父には故郷があるという確信に基づいていた。私にはそれがない。永遠のさすらい人だ。父を救うものはあの懐かしい浅間山と千曲川だ。この山河に代表される佐久の風物だ。これしかない。

「どうした。思い悩むことはない」

沈黙に心が波だったのか、父が呼びかけてきた。

私ははっと我に返った。

「これも運命だ。悲しむことはない」

死につつある者が私を励まし、慰めている。しかも、それは紛う方なき私の父なのだ。

「七十八歳か。よく生きたものだ」

父は私を憐れむように見た。皺だらけの目が慈愛を含んでほほ笑んでいる。

「お父さんより三十七年長く生きました」

〝お父さん〟という言葉を私は初めて発した。母を〝お母さん〟と呼んだ記憶もない。

目の前の父は四十一歳。しかし、私は口ではこう言いながら、実際には七歳の子供だった。

「長寿王という王様がすぐ近くに眠っている」

「えっ？」

私は虚を突かれて父の顔を見つめた。

「高句麗の偉大な王。かの好太王の息子だ」

ああ、と私は胸につぶやいた。

好太王は正式には広開土王。四世紀から五世紀にかけて活躍した人だ。日本では「好太王碑」で知られている。

「あの有名な碑を残した好太王の……？」

「碑を建てたのは好太王ではなく、後を継いだ息子の長寿王だ。息子が父の顕彰碑を建てたのだ」

今わの際に高句麗の話を持ち出すとは思わなかった。それ以上に驚いたのは、父が朝鮮の古代史に詳しいことだった。

「長寿王は高句麗の全盛時代を築いた。その長寿王の御陵がここからすぐのところにある」

それが父の運命とどう結びついているのか見当がつかない。単に、偶然を喜んでいるだけなのか。それとも何かの暗示、または啓示でも受けたのか。

高麗《こま》への道……。

ふと、こんな言葉が浮かんだ。

高麗は高句麗のこと。そして今では埼玉県の日高市に「高麗」がある。私はこのところ「高麗」詣でに明け暮れている。

父にとっては北朝鮮への逆送が「高麗」への道、本物の「高麗」への道だった。

しかし、このことは父には言わなかった。

「長寿王は百済を攻めて首都の漢城を陥れ、蓋鹵《がいろ》王を戦死させていますね。そのため百済は南の熊津《ゆうしん》に遷都している」

代わりに、私も負けじと話を補った。

「遷都と言えば聞こえはいいが、この時点で百済はいったん滅びたのだ。長寿王はこの時、首都を北の集安《しゅうあん》から平壌に遷した」

「それで、この近くにお墓が……」

「そう。長寿王は九十八歳まで生きたので長寿王と諡《おくりな》されたが、私はその半分も生きられなかった」

この過去形の言い回しはその時の私には全く違和感がなかった。私は死んだ父と会話していることを知っていた。それでいながら、眼前の父はやはり生きているのだ。

それにしても「長寿王」とは何たる皮肉な名前か。

「この辺には古墳が密集している。高句麗古墳の宝庫だ。こういうところで死ぬのは歴史を褥《しとね》にしているようなものだ。幸せを感じるね」

「ちょ、ちょっと待ってください。ここで死なれたら残された僕たちきょうだいはどうすればいいのですか」

私は咳き込むように喉を詰まらせた。自らを「僕」と呼んだのは、七歳の私に立ち返っていたからだろう。

「長寿王を見習ってください。大連では僕たち三人がK姉ちゃんとお父さんの帰りを待っています」

本当だった。従姉のKは二十一歳の若さで母親代わりになって大連で私たちきょうだいの面倒を見ていた。

「それは無理だ。私の運命は尽きたのだ。ここで間もなく死ぬ。お前は長寿王を見習って九十八歳まで生きねばならない」

「そんな……」

「長生きもつらいかもしれん。が、生きねばならない」

これは警告か？

それとも激励？

私が時に生きるのが面倒になってきていることを知っているな、と私は思った。目の前にいる私は、父の目から見ても紛うかたなき七十八歳の老人のようだった。

「今、何を考えていますか」

私は父の目に向かって語りかけた。目は閉じられていたが、明らかに眼窩は落ち窪んで、まるで老人のようだ。私こそ正真正銘の老人なのに。

「一三〇〇年前の興亡に思いを馳せている」

「一三〇〇年前？」

「そう。朝鮮が三国で争っていた時期だ」

長寿王の延長線上にある三国時代の古代朝鮮だと分かった。百済や新羅より高句麗の方に惹かれるのは、この地が平壌だからか。そして、私が近年、高句麗に強い思い入れを感じるようになったのも、この父の運命と関係があるのか。

それにしても、父が古代の朝鮮に関心があるとは知らなかった。知る由もなかった。父と別れたのは六歳だったのだから。大連で父はラジオで中国語の勉強をしていたのは知っている。「ナーリコチーパ」という呪文のような一句は今でも耳の奥に残っている。意味不明で解読困難だが、耳から聞こえてきた中国語であることは間違いない。父はどういうわけか畳の部屋に寝転んで肘枕で聴いていた。ナーリコチーパ……。

「死ぬという今ごろになって古代朝鮮を想うのは、どういうわけですか」

「確かなものをこの身に繋ぎとめておきたいからだ。この身が亡びる今になってこんな願望を抱くのは滑稽に見えるかもしれんが……」

「いいえ……」

私は身震いしながら視線をはずして唇を噛んだ。

父は、現実から目を逸らそうとしているのではないか。現実があまりに酷薄なので、この状態で死んでいく苦痛に耐えられないのだ。残された母のいない子供たちはいったいどうなるのか。自分もいなくなれば完全な孤児だ。姪のKがいる。S銀行も遺族を見捨てまい。が、物質的には心配なくても、両親のいない子供たちが歩む今後の人生を思いやると、その苛酷さが胸に迫って死ぬにも死ねない気持ちだ。

自らを救う唯一の方法はこの現実を相対化するしかない。死は誰にも平等に訪れる避けられない運命だ。安心して死ぬには、美しいもの、不変なもの、確かなものをつかみ取るしかない。それには生きている人間は最もふさわしくない。気紛れで、すぐ動揺し、こころ変わりし、不安定で落ち着きがないからだ。

その点、死んだ人間は確かなものだ。安心して身を任せられる。彼らは変わりようがない。死者たちは不動で、どっしりしている。生きている人間はただ彼ら死者たちの歩んだ人生を追体験するだけでよい。そうすることで自らの死を安心して受け入れられるようになる。

そんな私の心を見透かしたように、父は語り出した。

「過去に手がかりを見つける。過去といってもおのれの過去ではない。人類のたどった長い過去だ。歴史的な過去でもある。これを自らの意識に繋ぎとめることで、個人の死を脱して人類的な死を体験できるようになる。個人の死は普遍化されて孤立を免れる」

父は一気にしゃべると、ぐっとあごを持ち上げ、そのまま息絶えた。そこにはもう死者が横たわっているだけだった。

父は死んでしまった。私との会話を終えて安らかに死地へ赴いた。いや、ひょっとすると、父はすでに死んでいて、そうとは知らずに私は父とまぼろしの対話をしたのではないか。

遺体は一体ごとに穴が掘られ、番号を付した墓標が立てられた。氏名の記載はソ連軍から禁じられていた。一区画は二十五体、番号は「1/1……25/44」というように分母に区画、分子に順番が記され、四十五区画の途中で帰国命令が出たと担当者は書き残している。少なくとも一一〇〇人の遺体は葬ったことになる。

埋葬場所に関しては、「収容所東方約一、五キロ位の丘、数峰」と『三合里収容所小史』（三合里戦友会編、一九九五年）にはある。この地は数年前に日本人による北朝鮮墓参団が特例で訪れているが、軍事施設建設のため墓地は移転させられたとのこと。その後さらにもう一度移転しているとの説もあり、真偽の程は定かではない。墓参団が撮った写真を見るといかにものどかな丘陵地帯で、トウモロコシ畑などもある。畑作業中にあちこちから遺骨が出てきて驚いたという現地農民による証言もあり、墓地の所在地はほぼ確定しているものの、すでに墓地としての体裁をなしていないことは確かだ。ここに葬られた三合里収容所にいた日本人兵は約一三〇〇人である。

23 高麗福信

武蔵国高麗郡の設置は、通説とは違って、東国各地の高句麗移民の現地不適応者を寄せ集めた〝難民対策〟だった、という学説は前に紹介した。同時に、その後の高麗郡の発展に関して、郡寺ともいえる仏寺が三つも数十年の間に立て続けに造られた不思議にも言及した。

その際、相次ぐ仏寺の建立は中央政界で異例の出世を遂げた高麗朝臣福信の恩返しだったのではないかという仮説も披歴したが、これは彼が三度も武蔵の守を歴任していることと深く関係している。彼は中央政界では要職にも就いているので武蔵国守は遥任《ようにん》であろうが、驚くべきことに武蔵国分寺の造立とも時期的に重なるのである。聖武天皇による諸国への国分寺建立の詔勅は七四一年に発布されている。福信はこのとき従四位下で藤原仲麻呂のもとで紫微少弼中衛《しびしょうひつちゅうえの》少将《しょうしょう》を務めている。武蔵国分寺の造立にも一枚嚙んだことは間違いあるまい。

高麗郡の三大廃寺の中で一番古い女影廃寺は、発掘資料から八世紀の前半、高麗郡が出来て間もなくの建立と推定される。武蔵国分寺が造られる前である。女影廃寺は前述したように、高麗若光が国守の大神朝臣《おおみわの》狛麻呂《こままろ》に懇願して新郡の創設に伴う人心の拠りどころとして建立したものと推定したが、おそらく完成までに十年はかかったろう。それから十数年後には武蔵国分寺の造立が始まり、同時に高麗郡には大寺《おおでら》廃寺、高岡《たかおか》廃寺も建てられる。これは少々異常と言えば異常である。ひょっとすると、新生高麗郡の人心はまだ不安定だったのかもしれない。監督官庁の長官である武蔵国守にとってはこのままでは責任問題に発展する恐れもある。福信は悩んだに違いない。そこで、さらに造寺を重ねることで人心の動揺を抑えようとしたのではないか。

何しろ当時は庶民は竪穴住居の貧しい暮らしである。加えて高麗郡は水利の悪い丘陵地帯で、荒れ地を開墾して水田耕作を始めたばかりである。土地は痩せていて収穫も乏しい。諸国からの寄せ集め集団となれば、協調性や団結力にも欠ける。出自は同じ高句麗とはいえ、すでに倭国に定住して二世代、三世代は経ている。同胞意識は薄れてきていてもやむを得なかった。

そうした状況で民心を一つに束ねる強力な紐帯は寺院の造立しかなかった。高句麗は朝鮮三国の中で最も早く仏教を取り入れた国である。地続きの大国、隋唐との間で長い間戦闘を強いられ、救済策として浄土での安寧を約束する仏教の教えは公武だけでなく民衆の中にも行き渡っていた。この伝統は異国に来てからも強まりこそすれ弱まることはなかった。穴倉同然の暮らしを強いられていた庶民にとっては、石の基壇を持った瓦葺きの堂々たる寺院の威容はまさに浄土の出現と見紛うばかりの眩《まぼゆ》さだった。為政者側にとってもこの政策は鎮護国家と民心掌握という一石二鳥の効果を約束するものだった。

東国は開発による新たな食糧基地の確保という目的以外にも、その伝統的な軍事力で大和朝廷にとって特殊な意味を持つ地方だった。百済が完全に消滅する六六三年には上毛野稚子《かみつけののわくこ》が阿倍《あべの》比羅夫《ひらふ》らとともに百済救援軍を組織して海を渡って遠征している。東国の豪族たちは早くから大和政権に協力的で、北に蝦夷を控えた地理的要因からも中央政権にとって南の筑紫地方と並ぶ辺境の重要拠点だった。民衆はいざとなれば戦闘員として動員できる。人心の掌握は必須の課題だった。

渡来人に関しては、平城遷都直後の七一一年に上野《こうずけ》の国に多胡《たご》郡が設置されている。続いて七一六年の武蔵の国の高麗郡、さらに七五八年には同じ武蔵国に新羅郡を建郡。多胡郡は文字どおり多様な渡来人の住む郡として独立したわけだが、残された多胡碑の形態から新羅系の渡来人が主力と考えられる。が、わざわざ「多胡」と命名したところから百済人や高句麗人の後裔も多数いたであろう。五年後の高麗郡建郡に上野が欠けているのはこの地の高麗人はすでに多胡郡に編入されていたからだという説もある。

新羅郡の場合は時代もやや下り藤原仲麻呂政権下なので、すでに存在した百済郡（摂津の国、六五〇年前後の建郡）、高麗郡と並んで、朝鮮三国時代の唯一現存する新羅の出先機関をつくることで旧朝鮮三国の王権の継承を狙ったものと考えられる。〝小中華思想〟と呼ばれるわが国独特の理念である。対外的な宣伝を意図したもので、大国の唐を意識したコンプレックスの裏返しと言ってよい。このやり方は現在にも尾を引いている。

新羅郡の建郡はその時代背景を考えると、大和朝廷の対蝦夷政策とも関連していることが分かる。前年の七五七年に紫微内相に就いた仲麻呂は東国防人は廃止して西海道の兵士をこれに当て、東北の征夷に力を入れるようになる。そのための兵站基地として東国は重視され、渡来人を集めた独立郡を制定して土地の開墾事業を促進させた。屯田兵を想定した植民政策である。渡来人は伝統的に灌漑技術や殖産興業に秀でていた。わずか半世紀足らずで東国に渡来系の三郡が設置されるという異常事態は、大和朝廷の東北における征夷政策抜きには考えられない。武士団の形成されていないこの時期にあっては兵士の動員には数の上で限りがあり、西の防人と東の鎮兵はそれぞれ地元の郷土兵を当てることで効率化を図った。これで、一方が強化されれば他方は弱体化するという二正面作戦の弊害を克服することができた。

高麗郡に編成された高麗人たちが、列島にやって来た高句麗人の二世、三世であることは前にも触れた。すでに使う言葉は完全に日本語になっていたろうし、風俗習慣もほとんど現地化していたと思われる。在地の以前からいた住民と違うところがあるとすれば、自分たちは半島からやって来た渡来人を祖先に持つというプライドだけだったろう。これがコンプレックスではなくプライドとして作用した点は現在とは異なるところである。古代における大陸の民は、朝鮮半島も含めて、文化の先進地だった。我が国は彼らから学ぶことはあっても学んでもらうことは何もなかった。文化は決まって高きから低きに流れる。逆はあり得ないのである。庶民たちの文化レベルは渡来人も列島の倭人もあまり変わらなかったという反論もあるにはある。王族や貴族といった支配階級には当てはまっても、渡来した一般民衆はそこまで文化的、文明的ではなかったのではないか、という説。

確かにこれは一面では正しい。が、国家的なレベルで社会が文明化すると国民もその恩恵を受けるのがふつうである。文字によって統治のための規則や組織が整うと、その施行に当たっては当然〝近代的〟な手段と方法が用いられる。統治される方もいやでもその仕組みに繰り込まれて「こういうものか」という文明的な教化を受けることになる。文字は読めなくても、文字というものがあってそれによって行政が組織化され、日々の生活が円滑に営まれるという利点を自然に感じ取るようになる。技術の進歩、特に農作業の効率化は直接、庶民の生活意識と意欲を高め、知的なものへの関心を強める。庶民は庶民でも目覚めた庶民たちが生まれ、高麗人たちと在地人たちとの間には大きな開きがあったと考えられる。

こういう人々が東国の各地で不満をかこっていたということは、単なる生活上の不如意のせいだけではなかったはずだ。天候の不順や土地の肥沃度といった農作業に欠かせない自然環境は、もとからいた在地の列島人とて変わりはない。違ったのは、一から出直すという〝先祖返り〟を強制される政策そのものに対する不信だった。お上の命令に無批判に服従する奴隷根性が高句麗人を祖先に持つ彼らには耐えられなかったのである。百済人も新羅人も一様に苦しんでいた。が、かつて朝鮮三国時代の覇者だった高句麗人にとっては彼らと同等であることだけでも我慢ならなかった。いわんや後組《あとぐみ》の渡来人として何かと下位に甘んじねばならないことで屈辱感を募らせていった。

本来なら高句麗が朝鮮半島を統一してもおかしくなかった。それだけの軍事力と民度の高さはあった。たまたま敵対する〝後進国〟新羅が唐と連合して攻めてきたために祖国を失った。直接のきっかけは王族間の内紛だったが、そこにうまく付け込まれた。新羅は高句麗を亡国に導いた宿敵である。その新羅から来た渡来人が戦勝国の余韻を買って大きな顔をしているのを、高麗人たちが快く思わなかったのは当然である。

百済に関しては、六四二年に高句麗は百済との敵対関係を終わらせるが、早くから倭国と親しんでいた百済に対する大和朝廷の扱いは高句麗とは違っていた。渡来人の中でも百済人は一目置かれており、列島内でも有利な地位を築いていた。高麗人にとっては、新羅人とは違った意味で、なじみにくい相手だった。

皮肉なことに、唐と同盟して高句麗を滅ぼした新羅は、今度は唐を半島から追い出すために苦労することになる。新羅は対百済戦と対高句麗戦に続いて、今度は対唐戦を余儀なくされる。運よく勝利するとはいえ、国力の疲弊は避けられなかった。民衆の厭戦気分は高まり、戦勝国でありながら海を渡って列島に逃れる新羅人が続出した。大和朝廷から見ると完全な敵国であった新羅人たちを朝廷は優遇した。新羅系の渡来人の財力と才知がものを言ったのである。これも高麗から来た新参の渡来人の不満を高じさせる原因の一つだった。

「朝日カルチャーセンター立川教室」の講座を聴きに行ったことがある。「『続日本紀』と高麗郡」と題する一回だけの講座である。昨年の「高麗郡建郡一三〇〇年」に因んだ講座であることは明らか。何か新しい情報でも得られるかと期待して出かけたが、空振りだった。講義内容は私にとっては既知のことばかりで、学問的にも新しい発見はないようだった。目下の課題は二つである。一つは七か国から高麗人を集めて高麗郡をつくったのはなぜかということ。もう一つは高麗王若光という人物を巡る謎である。

第一の課題に関しては、『続日本紀』の記述をそのまま解説しただけで、その動機や目的に関してはいっさい説明がなかった。この時期、上野国に多胡郡、尾張国に席田郡《むしろだ》、少し遅れて武蔵国に新羅郡と、渡来人の郡がいくつか設置されたことを例に挙げて、律令体制の整備に伴う大和朝廷による地方支配の強化策の一環だというのが講師の見解だった。これだけでは、なぜ高麗郡だけが「七か国」もの多くの国々からわざわざ高麗人を集めたのかという疑問は解明されない。講師自身も疑問は感じていても学問的に未解決の分野なので触れなかったのかもしれないが、こういう問題点があるということぐらいは口にしてほしかった。この点をはっきり述べているのは、先の〝現地不適応説〟を唱えた河野通明氏だけで、しかもこの説は学界では全く黙殺されている。

第二の高麗王若光に関しては、「玄武若光」が後の「高麗王若光」と同一人物かどうかという疑問点をそのまま指摘して、同一人物だとしたら高麗郡建郡時には七十五歳ぐらいになっていたはずだという推測を付け加えただけだった。六六六年、玄武若光が高句麗使節団の一員として渡来した時の年齢を二十五歳と見積もったわけで、私の方では二十歳としたのは前述したとおりである。講師がこの点で慎重なのは学者の良心ゆえだろうが、現存する高麗神社の家系図などを念頭に置いて、現在六十代目に当たる宮司、高麗氏に対する配慮が窺えたのは、これはこれでおもしろかった。伝説の類はむげには否定できないところがあるのは、歴史学者は百もご存知なのである。

関連して、高麗福信に関しては詳細な説明があった。が、彼が三度も武蔵の守を務めながら郷里の高麗郡にどんな貢献をしたのかには全く言及しなかった。遥任《ようにん》だったかどうかにも触れず、ただ地方出身の渡来人として異例の出世を遂げた事実を、しかもその事実だけをことさら強調してみせた。資料がないのだから軽々しく断定はできないにしても、「こういうことはあっても不思議はない」程度の言い方で高麗郡の発展と結び付けたエピソードを提供してほしかった。

聴き終わって、いよいよこれは学問ではなく、小説の出番だなと思った。行きづまりなのである。不思議なことに今回は「○○若光」と記された藤原宮遺構出土《いこうしゅつど》の木簡の発見にも触れなかったし、高麗郡建郡と密接な関係があると思われる甲斐国巨麻郡の成り立ちにも全く言及することがなかった。若光に関する木簡の発見といった事態はこれからも起こり得るが、その可能性は極めて低いだろう。小説でしか解き明かせない真実というものがあると思うが、これはむろん学者には通用しない。

高麗福信の祖父・高麗福徳が、六六八年の高句麗の滅亡によって我が国に亡命して来たことはすでに述べた。『続日本紀』によれば渡来後は武蔵の国に居住していたようである。福徳の子の肖奈行文《しょうなのゆきふみ》もやはり東国に住んでいて、上京する時にまだ子供だった甥の福信を同伴したそうだ。福徳は高麗人一世なので、七一六年の高麗郡建郡で武蔵のどこかから高麗の地に移って来たのかもしれない。あるいは当初から高麗の地に住んでいたとも考えられる。この点は子の行文も同じで、孫の福信も「武蔵国高麗郡の人なり」（『続日本紀』）とあるから同様である。高麗郡は新たに開発された原野だったと言われるが、古くからの在地人や渡来人が山裾の谷間でひっそりと暮らしていたことは十分考えられる。開拓に入ったといっても人跡未踏の地だったわけではなさそうだ。

福信の伯父の肖奈行文は奈良時代初期の文人としていくつかの書物に名をとどめている。『日本書紀』完成翌年の養老五（七二一）年には明法第二博士として朝廷から表彰されている。この時、正七位上だったが、その後従五位下にまで昇進している。『藤氏家伝』にも「宿儒《しゅくじゅ》」の一人として名前が挙がっており、『懐風藻』には漢詩二編、『万葉集』には和歌も一首収録されている。

この伯父に連れられて子どものころ上京した福信は「相撲」の名手として朝廷に取り立てられるが、その後の出世ぶりを見ると文武両道に長《た》けていたようである。伯父の引き立ても考えられるが、行文は学者、文人であり、政治の世界で名を成した福信はやはり実力でのし上がったのだろう。福信の生まれた和銅二年は西暦では七〇九年、高麗郡はまだ建郡されていなかった。おそらく建郡の七一六年前後に伯父・行文に連れられて都に上ったのだろう。日本生まれの高句麗人三世なので、言語、習慣ともに完全な日本人として育ったはずである。新都の平城京を見てカルチャーショックは受けたにしても、違和感は少しもなかったと思われる。

24 女影廃寺

日高市の高麗《こま》の地、女影《おなかげ》廃寺跡を訪ねた。

例によってJR八高線で高麗川まで行き、駅前でタクシーに乗った。春めいた三月中旬でスギ花粉に悩まされたが、散歩には上々の天気。着ていた冬用のコートは脱いで手に持った。タクシーの運転手はさすがに女影廃寺跡を知っていた。昨年の「高麗郡建郡一三〇〇年記念」で訪れた人が多かったのだろう。

信号の標識に「女影」というのがあった。「女影」という地名があって、それを取って「女影廃寺」と名付けたらしい。信号のある交差点は人家に囲まれているが、少し行くともう畑が広がる。廃寺跡は空き地になっており、礎石らしきものがいくつかあるが、至って無造作に放置してある。この辺りには「若宮遺跡」や「拾石《じゅっこく》・王神《おうじん》・堀ノ内《ほりのうち》遺跡」があり、出土品に硯や墨書土器片、役人の装身具などがあったことから、高麗郡の郡衙《ぐんが》があった地ではないかと言われている。いわゆる「郡家《ぐうけ》」である。

私は廃寺跡の狭い空き地を踏みしめるように歩いた。この寺は郡衙の近くにあったらしいので郡寺であった可能性もある。格式を誇る古刹である下野薬師寺の流れをくむ軒丸瓦が出ており、以後に造られた武蔵国の各郡寺にも同じ系統の軒丸瓦が使われている。中央との結び付きが強かったことを思わせる。

「ようこそいらっした」


耳元に野太い声が響いて、はっと振り返った。誰もいない。空耳かと思ったが、声は途絶えなかった。

「いつか来るとは思っておったが……」

ははあ、幻聴だなと思うと、逆に心は落ち着き、気持ちは前向きになった。このチャンスを逃す手はない。

「貴殿は……？」

「誰ぞと思う？」

「もしや高麗王若光さま……」

「図星じゃ。前に聖天院でも会うておる」

ああ、あの山門脇の高麗王廟で会った。いや、姿を見たわけではない。声の対面を果たした。今日は二度目だ。

「ここにあった寺は郡寺だったのでしょうか」

私はいきなり核心を衝いた。いつ消え去るか分からない相手だ。

「さよう。わしが初代郡司を務めてからすぐに発願した」

「下野薬師寺に劣らない規模の立派なお寺だったようで」

「薬師寺さんにはかなわんよ。あちらは何と言っても三大戒壇の一つだからな」

「建立は貴殿が中心になって？」

「というより、朝廷の力が大きかった。武蔵の守の大神《おおみわ》朝臣が献身的に関わってくれた」

やはり、と思った。大神朝臣とは狛麻呂《こまろ》のことである。背後には高句麗との繋がりが取り沙汰されている氏族群が控えている。

「その後の大寺《おおでら》や高岡寺の方は？」

「ああ、あとから大きなのが二つも出来てるな。しかし、これはわしの死後の話だ」

あっと思った。

七一六年、高麗郡が建てられた時、高麗王若光はすでに七十歳だった。女影寺をすぐに造り始めても十年はかかったろう。八十歳。あるいは完成を見ずに他界したかもしれない。が、さすがに聞きただすのはためらわれた。

「女影寺に続く二院もやはり大神朝臣氏の？」

「いや、自力だったと聞いておる。高麗郡の民衆の心意気と信仰の証しだ」

「亡くなった後のこともご存知なのですね」

「自然に耳に入ってくる。あの王廟の五輪の塔は世の中の動きを逸早く察知してくれる。あの五つの石には霊力があるのじゃ」

「ははあ」

黙って認めるしかなかった。

「わしが葬られた時、すでに大寺《おおでら》建立の話が出ていた」

「また、どうして？」

「高麗人の意地じゃよ。知ってのとおり、ここに集められた各地の高麗人は言うに言われぬ苦労をしてきた。辛酸をなめ尽くしてから、この地に移住して来た。自分たちは本来高句麗にあって半島の支配者たる民族だったと自負しておる。気位の高さは他の渡来人の比ではない」

声はいくぶん湿り気を帯びて低く淀んだ。

「海を渡って大和に着いたものの、自分たちの居場所はなかった。新羅の秦氏《はたうじ》系と百済の東漢《やまとのあや》氏《うじ》系が幅を利かせていて、高句麗系は割り込む余地がなかった」

「確かに飛鳥京から藤原京にかけてこの両氏族の活躍が目立ちますね。高句麗の影は薄い」

「高句麗は位置的に倭国から遠かった。それだけでなく、一時は新羅を保護国にして百済を圧迫した歴史を持つ。百済びいきの飛鳥や大和の朝廷はどちらかと言うと高句麗を敵視した」

「しかし、かの聖徳太子を指南した慧慈《えじ》は高句麗の人です」

「敏達《びだつ》朝になってようやく倭との交流が始まり、推古朝には僧侶の派遣が盛んになった。仏法だけでなく、壁画の制作にも高句麗が手を貸した。キトラや高松塚を見ても分かる通り、古墳の壁画はほとんどが高句麗の手法を取り入れている。もっとも高句麗の伝統的な積石塚《つみいしづか》墳墓はそれ以前から倭国でも造られていたがね」

「ああ、積石塚は信州にもたくさんありますね」

積石塚は字の通り自然石の礫《れきせき》石や切り石を墳丘の表面に積み上げたもので、初期の高句麗古墳の特徴である。四国や東海地方、中部地方に分布しており、四、五世紀から朝鮮半島を通じてもたらされた。高句麗発祥のものが新羅や百済を経由して列島に広がったと考えられる。朝廷のあった大和地方には存在せず、地方に点在しているところから、高句麗人の列島における生活基盤が大和にはなかったことを物語っている。

「高麗郡は順調に発展したのでしょうか」

話題を変えてみた。今、ここでしか聞けない事柄だ。

「そうとも言えない。いろいろ問題はあった」

若光の声はややくぐもった。話したくないことを聞かれたような困惑が感じられた。

「どんな問題ですか」

私は単刀直入に尋ねた。

「うーん」

うめくような唸り声が響いた。話したくないというより、どれから話すべきか迷っている風だ。それほど問題は山積しているということか。

「何しろ寄せ集めだからな」

独り言のようにつぶやいた。

「すでにこれまで東国の各地で自分らなりの生活を体験してきている。これがかえって邪魔になった」

「高麗人という共通点は？」

「あるにはあったが、何しろ列島に渡った世代はもう死に絶えている。みな二世か三世だ。高麗人というプライドはあるにはあるが、それが屈折して変にねじれてしまった」

「ねじれてしまった？」

高麗人というプライドがねじれると、どうなるのか。

「実質を伴わなくなる。名前だけが先行して、行動や態度は卑しくなる」

卑しくなるとはどういうことか。辛辣な批評だ。抽象的すぎて理解できない。結論だけを述べて、過程が省略されている。わざとそうしたのか。あとは想像して補え、と。

「よく分かりませんが、何か品位を欠くような好ましくない面が表れてきたということでしょうか」

一瞬、沈黙が支配した。これでもう終わりかと思った。もともと姿はないので、声だけが頼りだ。その声が途切れれば、相手がいなくなったも同然だ。

やはり話したくないのだ、と私は後悔した。立ち入ったことを聞き過ぎたのだ。

しかし、実際にはまだ消えてはいなかった。長い沈黙を破って、毅然とした力強い声が重々しく発せられた。私はぴくっとして思わず身構えた。別人の出現かと思った。

「高句麗は広開土王以来、新羅や百済を助けて倭《わ》の侵略を防いできた」

一気にまくし立てた。有無を言わせぬ断定口調だ。

それまでの「高麗《こま》」は「高句麗」に置き換えられ、「広開土王」という昔の英雄の名前まで飛び出した。「高句麗」という国名が「高麗」に改まったのはその子の長寿王のときだ。わが国では後の高麗《こうらい》王朝と区別して「高麗」を「こま」と呼びならわしている。

いま、若光は私が二十一世紀の日本人であることを意識した上で、あえて「高句麗」を使ったものと見える。そして、極め付きは「倭」だ。確かに広開土王の時代の日本は「倭国」だった。「日本」という国号はまだない。

「高句麗が頼られたのはむろんその強大な軍事力だった。が、それだけではない。高句麗は広開土王の時代にすでに儒教と仏教を受け入れていた。文化的にも新羅や百済の先を行っていた。北方遊牧民としての荒々しさだけが強調されるが、実は徳と慈悲を重んじる文明国だった」

高句麗は広開土王の二代前の小獣林《しょうじゅうりん》王のときにすでに儒仏を受容している。仏僧を招いて仏寺を造り、太学《たいがく》を創立して儒教教育を始めている。律令も取り入れたと言われているが、これに関しては記録が残っていない。四世紀後半のこれらの開化政策は朝鮮半島のリーダーとしての高句麗の地位を不動のものにした。広開土王の時代には領土の拡張も図って、高句麗の全盛時代を築いた。

「高句麗人の真髄がこの時期に確立された……」

「そう。これが傷つけられたのはそれから三百年後の淵蓋蘇文《えんがいそぶん》の時だ」

「えっ？　淵蓋蘇文も英雄ではないのですか」

「確かに隋唐の侵略を何度も阻んでいる。隋などは高句麗攻略が失敗して滅んでいる。が、蓋蘇文は後継の育成に失敗した。というより、後継の男児たちに教育を施さずに死んだ。揚げ句、跡目争いを唐に付け込まれて滅亡した。事もあろうに嫡男の男生《だんせい》は情勢が不利になると唐に亡命している。これでは自ら墓穴を掘ったようなものだ」

「王はどうしたのでしょうか」

「六四二年のクーデターで蓋蘇文は実権を握り、新たに立てた王は傀儡にすぎなかった。蓋蘇文の擁立した宝蔵王は唐軍の捕虜になり長安に連れて来られるが、実権なしということで処刑は免れている。要するに非力だったということだ。もっとも、後に遼東州都督朝鮮王に任命されるが、その地で高句麗流民と靺鞨《まっかつ》の一部を巻き込んで高句麗再興を図っている。しかし、この企ては露見して四川に流されてしまう」

「そんな滅亡の真相を高句麗の民衆は知っていたのでしょうか」

「むろん。民意は高く、支配者層の内紛には頭を抱えていたが、どうしようもなかった。とにかく軍事独裁国家だったからね。外で蓋蘇文の姿を見ると民衆は恐れおののいて姿を隠したというぐらいだから。おかげで唐の侵略を食い止められたが、いま思うと両刃の剣だったということだ」

うーん、と私は唸った。

こういう状況で海を渡った高句麗人たちが、これまでの渡来人たちと同じだったはずがない。屈折して当然だ。列島に渡っても畿内でなく東国に追い遣られ、否応なく定住地を決められてしまう。異国にあって俘囚のように扱われる悲哀は徐々に高まり内攻していったに違いない。

「蓋蘇文の子供たちはどうしてそんなに仲が悪かったのでしょう」

「仲が悪いというより無能だった。父親が偉大すぎて、息子たちは頭が上がらず、結果的に自立できなかった。心理面だけでなく、知識や教養の面でも劣っていた」

「民衆はたまったものではないですね」

「祖国を逃れた連中はできるだけ海の彼方を目指した」

「どうしてですか」

「昔から倭国理想郷説があった。中国の伝統思想が影響しているかもしれない。秦漢以来の〝東方三神山説〟だ。倭国は不老不死の仙薬を産する国。蓋蘇文は熱心な道教信者で唐からわざわざ道士を招いている。これが民衆を感化した。滅亡後は唐に移ったものもいたが、倭国に逃れたものが最も期待に胸を膨らませていた。もちろん、踏みとどまって新羅の支配下に入ったものが一番多かったがね」

「亡国の悲哀ですね」

「わしはひと足先に倭国に来ていたので、敗滅後にやって来た高句麗の亡命者に対してはできるだけ手を尽くした。が、なかなか思うようにいかなかった」

ここで若光はしばし沈黙した。ひと呼吸置いて往時に思いを馳せている気配が感じられた。懐かしんでいるというより、苦渋の余韻に胸を痛めている風だった。

「異国で暮らすには、一に忍耐、二に忍耐……」

おやおやと思った。

「神仙の国ではなかった……」

「後れを取ったのじゃ。すでに倭国は亡命者であふれていた。半島の覇者となった新羅人は前より一層大きな顔をするようになった」

「高句麗人は百済人や新羅人とうまくいかなかったのですか」

「残念ながらね。もともと違う民族だからね。高句麗は韓族ではない。誇り高き濊貊《かいはく》族の民だ。北方騎馬民族の血が流れている。容易に人と和さない。おもねりやへつらいを極度に嫌う。これが倭国に来てからも周囲と軋轢《あつれき》を生む原因となった」

高句麗は確かに日本人にとって百済や新羅とは異質の存在だった。親しみに欠ける。どこか遠い国である。それでいて「高麗《こま》」は身近で、関東地方には巨摩《こま》郡や狛江《こまえ》など、高句麗由来の地名がたくさんある。古くから日本列島に渡って来た渡来人には百済や新羅だけでなく高句麗人もいた。それなのに高句麗人だけが八世紀初頭に〝不適応民族〟として一か所に移住させられた。しかも二世代、三世代目の人々を。一種の〝囲い込み〟政策である。若光によれば、それは高句麗人の気位の高さに起因するという。

果たして、そうなのか。

「具体的にどんな不都合が生じたのか、教えていただけませんか」

私はあえて言いづらいことを口にした。

「これは難しい質問だ。高句麗人がなぜ列島に姿を現したかという問題と関係してくる」

百済と新羅は三韓時代から日本列島とは海を隔てた隣国だったので往来が活発だった。伝承によると、新羅の王子と言われている天日槍《あめのひぼこ》（天之日矛）がすでに三、四世紀に列島にやって来ている。このころはもう韓人と倭人との混住は当たり前で、混血も普通だったと思われる。

だが、高句麗は少し違った。伝承を基にした復元では、列島における高句麗の祖は、欽明《きんめい》時代

（六世紀半ば）に百済救援のため派遣された大和朝廷軍によって討伐された高句麗の捕虜たちである。彼らは山城国相良郡に住んで大狛郷、下狛郷を形成した。この地は「高麗《こま》の里」とも呼ばれ、高麗寺もあった。従って、山城国が列島における高麗人《こまびと》発祥の地ということになる。

「畿内に住めなかったことと関連していますか」

「おやおや、そこまで頭が働くとは驚きだ。察するに高句麗の屈辱をなんじはご存知と見える」

「屈辱ですか」

「そう。これが列島の高句麗人の心をねじ曲げている。優越感と劣等感の混じり合った何とも面妖な性癖だ」

「先祖が捕虜として連れて来られたことがそんなに……」

「いや、それはどうでもいい。戦争に捕虜は付き物だ。問題はその後どう扱われるかだ。欽明朝は高句麗人を厚遇した。文化的にはるかに進んだ国の人間たちだったからね。だから、大和に近い山城に居住地を与えられた。が、祖国が滅びて勇躍海を渡って来た連中は、案に相違して辺鄙な東国に押しやられた。自尊心を傷つけられたというわけだ」

「それで、周囲と摩擦が生じたわけですか」

「早い話がね。おそらくこんなはずじゃなかったという思いが一世から二世へと家訓のように引き継がれて、素朴な在地の農民たちから不審の目で見られるようになった」

「東国各地で高麗人たちは連絡を取り合っていたのでしょうか」

「それはない。自然発生的に不満分子があちこちにたむろするようになった。危険を察した朝廷は事前に手を打つことにした」

「それが高麗郡の建郡というわけですね」

「その通り。議政官である中央の有力氏族たちが日夜協議を重ねた。高句麗通の大神《おおみわ》朝臣氏やそれに連なる三輪引田君氏の存在は大きかった」

「貴殿が担ぎ出されたのも、その時ですよね」

「わしは王の姓《こにきし》を持つ従五位下の貴族だったが、散官だったので、うまく利用されたというわけさ」

やや自嘲気味に聞こえたのは気のせいか。

「七か国から一七九九人もの高麗人を集めるのは大変だったでしょう」

「首に縄を付けて連れてくるわけにはいかない。朝廷が各国の国守に命じて希望者を募った」

「すると、来なかった人もいたわけですか」

「むろんだ。全部が全部それまでの土地になじめなかったわけではない。甲斐の国など相当残った」

「高句麗滅亡の前から住んでいた人もいたようですね」

「よくご存知で。彼らは甲斐の土地柄に惹かれた。どこか高句麗に似た山塊のそびえる風景は郷愁を誘った。気候も似ていた。むろん高句麗よりは冬は暖かだったがね」

「巨麻《こま》郡の成立は高句麗の滅亡後ですから、郡内の高麗人たちは先住の高麗人たちとは一線を画していたわけですか」

「そういうことになる。先住の高麗人たちには後から来た同国人たちを国を滅ぼした意気地のない連中と侮るところがあった。しかし、差別はしなかった。包容しようとした。それなのに、素直に打ち解けようとしなかったのはやはり負い目があったからだろう。彼らは高句麗の支配者層への恨みを抱いて海を渡って来たが、今度は国を滅ぼした張本人のように見られた。心がねじれるのはやむを得ないところがある。あえて巨麻郡を設けて先住者たちから離したものの、今度は内部でさまざまな衝突が起こって、結局、一部の者たちは最後にははじき出されてしまった」

以前、引田朝臣祖父《おおぢ》から聞いた話とはだいぶ違うが、おそらくこちらの方が真実なのだろう。

「甲斐の巨麻郡にはどれくらいの高麗人がいたのでしょうか」

「全部で六、七千人はいた。大きな郡だった。が、高麗郡建郡で武蔵に移った人はほんのひと握りじゃった」

事態は想像していたよりはるかに複雑なようだった。

高句麗人と言っても、亡国前に渡来した人たちと滅亡後にやって来た人たちの間には大きな溝があったようだ。そこが百済とは違うところだ。百済人は我が国を自国の一部のように思っていたふしがある。新羅人もそうだ。あんなに我が国とは仲が悪かったように見えて、その実、民間交流は絶えたことがない。やはり我が国を海を隔てた隣国というより、自分たちと血の繋がった同類と見ていたのだ。

ところが、高句麗人は大陸の強国というプライドを捨てようとしない。唐に滅ぼされたとはいっても、実際には内紛による自滅同然だった。どこにも滅亡する正当な理由は見い出せない。淵蓋蘇文の功罪はさておいても、敵に滅ぼされたという実感は湧かない。揚げ句、唐で囚われの身となった宝蔵王は高句麗の再興を企てるという挙に出る。密議の段階で発覚してあえなく潰えたが、この試みは高句麗人の意地と恨みを内外に見せつけた。

統一新羅になってからも国内に高句麗の亡命王朝がつくられ、唐に対する防波堤の役割を担ってきた。ひょんなことからこの小王朝は壊滅するが、この時期にたまたま行き合わせたのが三輪引田君難波麻呂《なにわまろ》だった。これについては前にも触れた。彼は天武十三（六八四）年に大使として「高句麗亡命王朝」に派遣され、翌年帰国している。それまでの十年間、大和朝廷は毎年のように亡命王朝に使節を送っている。統一新羅になってからも諦めないこの「高句麗」に対する思い入れは尋常ではない。

難波麻呂は帰国の際には少なからぬ高句麗遺民を連れ帰っており、化来《けらい》した高句麗人には禄が与えられた。大和朝廷は亡命高句麗人に手厚い支援の手を差し伸べているが、これは亡国の民ゆえの特別な計らいだった。同じような処置はやはり滅亡した百済からの亡命者にもなされているが、半島を統一した新羅に対しては特別な手立ては講じていない。これは〝勝者〟である新羅人の生活能力の高さを示しているが、政治的には新羅と対立しても、文化的には新羅とは同族に近い関係を結んできたことが大いに関係している。西日本には新羅の神を祀った神社が数多くあることもこれを立証している。

25 上野三碑

今年も高崎に行く用事があって、ついでに「上野三碑《こうずけ》」を見てきた。

知人のKさんの墓参を済ませてから、参集した五人が故人の妹さんの案内で車で三十分ほど移動し、芝桜で有名な高崎郊外の公園でピクニック風の昼食会を開いた。故人を偲ぶにふさわしいさまざまなエピソードが飛び出す賑やかな宴会だった。

Kさんは前橋出身で、日中友好関係の団体に長年勤め、六十三歳にして病を得て北京から帰国、一年後に郷里の前橋で亡くなった。生涯独身で、中国びいきの熱血漢だった。死後、友人の計らいで追悼文集が編まれ、私も一文を草した。ここ数年、私は古代の東国に惹かれ、特に群馬県が古代史の宝庫であることを知って、Kさんが生きていればいろいろ語り合えたのにと残念に思った。

その夜は一人で高崎のビジネスホテルに泊まり、翌日「上野三碑」巡りをした。上信電鉄の沿線に散らばる古代の石碑で、石碑そのものが日本では数が少ないので、古代の貴重な遺物である。石碑は全国でも二十基ぐらいしかなく、日本は石の文化ではないことが、このことからもはっきり分かる。

高崎から近い順に「金井沢碑《かないざわ》」「山上碑《やまのうえ》」「多胡碑《たご》」になる。

初めに根小屋《ねこや》駅で降りて徒歩十分の「金井沢碑」へ。七二六年に建立した先祖の供養と一族の繁栄を願った石碑である。高さ一メートル余の自然石に一一二文字が刻まれているが、祠のような覆屋《おおいや》の中にあってガラス越しに眺めるので碑面の文字はやや読みにくい。丘陵の凹んだ斜面にあり、駅からここへ行くまでの山里の風景はみごとだった。東国の原風景とはこうであったに違いない。折から遅咲きの桜が満開で、黄色い菜の花や連翹、紫木蓮やピンクの桃の花が咲き乱れ、春が一気に押し寄せたような感じだった。

根小屋駅に戻り、今度は電車で吉井《よしい》まで直行して「多胡碑」へ。徒歩二十五分は長くはないが、時間の制約もあってタクシーを使う。記念館は休館日で、碑だけを眺める。これも覆屋の中なので、外からは文字面ははっきり読み取れない。七一一年の多胡郡建郡のいきさつが書かれてあり、三碑の中では一番大きく立派である。台石と笠石もあり、特に笠石の使用は新羅に例が多いという。「多胡」は文字どおり「多数の渡来人」を意味するが、新羅系が中心だったと思われる。上野《こうずけ》だけでなく、東国は渡来人が大勢住み着き開墾開発に従事したので、このような独立した渡来人の郡が出来ても不思議はない。

「大勢見に来ますか」

帰りにタクシーの運転手に聞いてみた。

「いや、それほど来ないですね」

「でも世界記憶遺産の候補にもなったたし、宣伝も盛んなようだから、これから増えるのではないの？」

前日、高崎駅の改札を出たコンコースに大きな「上野三碑」のレプリカが展示されていてびっくりした。地元では宣伝も行き届いているようだ。が、正直なところ東京ではほとんど知られていない。今回東京から行った友人たちも誰一人知らなかった。

「歴史好きな人なら別ですがね」

運転手は若いのに意外と醒めている。

「この先の富岡製糸所は世界遺産になって、かなり大勢の見学者がやって来たとか……」

「ええ、一時はね。でも、今ではがらすきだそうです」

一八一〇円だったが二〇〇〇円を渡して降りた。

電車で引き返し、今度は最終目的地である「山上碑」である。すぐ横に小さな古墳もあるという。西山名《にしやまな》駅から徒歩二〇分だが、歩くことにした。多胡碑は街なかだったが、山上碑は金井沢碑と同じく山峡にあると聞いていた。

なるほどここも低い山を越えた緩やかな谷間《たにあい》である。「長い階段を上る」とガイドブックにはあったが、確かに急な石段が二百段も続く。今ならまだ大丈夫だが、来年は上れるかどうか分からない。えてして観光地にはこういった〝難所〟がある。おのずと体力勝負となる。「今のうちだ」という言葉は最近折に触れて口をついて出る。

階段を上り切ったところにお堂のような建物があり、これが「山上碑」の覆屋だった。ガラス戸から内部を覗くと意外にはっきりと碑面の文字が読める。照明が工夫されているせいだろう。

碑の建立は六八一年と古い。天武十年である。放光寺という寺の長利というお坊さんが母の供養のために建てたもの。併せて父母それぞれの系譜が書かれている。放光寺は今はないが、前橋の山王廃寺から「放光寺」と記した瓦が出ているので、ここが有力視されている。実在した寺なのである。七世紀後半のこの時期に東国にすでに仏教信仰が根ざしていたわけで、この石碑は日本でも最古のものである。

他に見学者が三、四人いた。右側に隣接して古墳も見える。尾根の先端近くの斜面を利用した小型の円墳で、高さは十五メートルぐらい。正面に横穴が口を開けている。羨道《せんどう》は五メート弱だが高さが一メートルもないので入るのは大変。奥の玄室は一坪半ぐらいの広さで天井も人が立てるぐらいはあるそうだが、真っ暗なので断念。まさに個人墓といった手ごろな大きさである。内部はきれいな切り石造りなので、円墳という形状からしても比較的新しい古墳であろう。案内には七世紀半ばと書いてあった。ちなみに、東国では七世紀に入ってもまだ前方後円墳が造られていた。

ボランティアのおじさんがいて、親切に説明してくれた。事前学習で大方は知っている内容だったが、初めてのような顔をして耳を傾けた。勘どころを押さえた上手な話しぶりで、見終わってからしばらく雑談をした。他の見学者はいつの間にかいなくなっていた。

「この碑を立てた一族が渡来系だという可能性はありますか」

「あり得ますね」

あっさり肯定するのでびっくりした。

「何しろ渡来系が大活躍した土地ですから、この辺り」

こう付け足したのを聞いて、私も安心してこの話題に乗ることができた。

「東国は渡来人が開発したようなものですね」

「その通りです。ただ、見学者にはいやがる人もいるので、この点はあまり強調しないようにと言われています」

苦笑する顔がいかにも正直そうにゆがんでいる。

やはりそうかと私は思った。

在日問題が影を落としている。が、実際にはそれ以前のはるか昔から〝小中華思想〟による朝鮮軽視が続いている。古代における朝鮮はわが国に先進文化をもたらした恩義のある国だが、平安以降のわが国は朝鮮色をできるだけ薄めようとしてきた。

「困ったものです」

私はボランティアの苦衷を察して、相槌を打った。

「純粋な日本人などいないのではと思いますよ」

おやおやと思った。

ここまで口にするとは……。

大胆といえば大胆、向こう見ずといえば向こう見ず。

おそらく私の反応から本音をしゃべっても大丈夫と踏んだに違いない。

私にも異存はなかった。〝日本人はどこから来たのか〟式の原日本人説のことではない。古墳時代以降の古代の日本人のことを言っているのである。あれだけ渡来人が多く、しかも農業分野だけでなく、馬や鉄などを持って渡って来たとなると、暮らしの主導権は彼らの手に委ねられたも同然だったろう。在来の日本人たちは渡来人たちから灌漑技術や養蚕、機織り、醸造、製薬、冶金などの殖産興業の手ほどきを受けて飛躍的に地域を発展させたに違いない。当然、在地の先住者と渡来人との婚姻は進む。〝純粋な日本人〟とか〝純粋な渡来人〟というのは一世代限りで、二世代以降は大部分が日朝混血の〝日本人〟になってしまったろう。

これを何の不思議とも思わず受け入れた事実は、今から見れば奇跡に近いおおらかさである。まさに人間中心の世界観。国境とか民族といった線引きや区別は近代の所産である。国家優先のナショナリズムがいかに国際関係を複雑にねじ曲げているかは当今の世界情勢を見れば一目瞭然である。中国でも、歴史的には北魏《ほくぎ》以来隋唐に到るまで、鮮卑《せんぴ》という北方異民族が王朝を樹立して全土を支配してきた。彼らは漢民族を包含し、漢化政策を取り入れ、混血を重ねながら中国固有の文化を再創造してきた。純粋な漢族もまた存在しないのである。

古代東アジアはかようにボーダーレスだった。

「日本人は混血民族ですよ」

そう言って私は笑った。

おじさんも満足げにほほ笑んでいたが、やがて、

「どうですか、これから家に帰りますから、駅まで車でお送りしますよ」

時計を見ると十二時半だった。辺りは静まりかえっている。

一人で西山名駅から歩いてきたことはすでに告げてあった。二十分の道のりが苦痛なわけではなかったが、先方の親切を無にすることは憚られた。時間の節約にもなる。何より心を動かされたのは、次のひと言だった。

「山名古墳群を案内しますよ。通り道ですから」

駅の向こう側に十数基の小さな古墳群があることを、現地へ来てから手に入れた観光パンフレットで知った。これは私にとって殺し文句のようなものだった。

車が山を下りて集落の中の線路を渡ると、間もなく墳丘があちこちに点在する広い空き地に出た。周りは人家や工場らしきものがあるが、古墳の集まっているところは一面の草地になっている。

「公有地ですか」

「市が管理しています。全部で十九基ありますが、発掘されたのはまだほんの一部です」

少し歩くと発掘された古墳が一基、展示してあった。土の部分は完全に取り除かれ、石室がむき出しになっている。金網で囲ってあるが、内部はよく見える。切り石ではなく、自然石を大量に積み上げてあり、どこか稚拙である。一部は崩れているが、盗掘にでも遭ったのか。

「勾玉や管玉のような装飾品だけでなく、馬具や武具も出ていますね」

傍らの案内板を見ながら私が言った。

「円墳なのでそんなに古くはないが、あちらには前方後円墳もあるので、近辺の有力な豪族が長年にわたって墓地として利用してきたのでしょうね。山上碑にある『佐野三家《さののみやけ》』とも関連している一族かもしれません」

「ミニ石舞台《いしぶたい》ですね」

石室の露出風景から思わず飛鳥の石舞台を連想した。個々の石の大きさも全体の規模も大違いだが、盛り土をきれいに取り去った古墳の骨格部分が白日の下に晒されている点は同じである。

「ほかも、掘ればいろいろ出てくるのではないですかね」

周囲に散らばる墳丘を眺めながら、私は興味を掻き立てられた。

「いずれ発掘するでしょう。古墳公園にする予定もあるようですから」

ここも今は高崎市だが、関東で古墳という文化財をこれほどたくさん持っている自治体は少ないのではないか。高崎市は、というより群馬県そのものが古墳の宝庫なのである。

「いや、ありがとうございました。おかげさまで貴重なものを見せていただきました」

車に乗り込んでから、私は礼を言った。

「定年後の暇つぶしにボランティアを始めました。今、六十六歳です」

突然自己紹介を始めた。

「私は八十です」

二歳ほどサバを読んだ。端数切り上げが最近の癖になってしまった。

山名駅で降ろしてもらった。来た時は隣の西山名駅から歩いたが、古墳群はこの両駅の中間に位置しているようだ。

折よく上りの高崎行きの電車がすぐに来た。昼間は一時間に二本しかない。

上信電鉄というローカル線が妙に身近に感じられた。

高崎駅の改札を出たすぐ先に駅そば屋があったので、一脚だけあった外のテーブル席で掻き揚げそばを食べた。一時近かった。ＪＲから回って来た客がちらほら通るだけで、ホームに続く広い通路はひっそりしていた。金網のフェンスの向こう側ではＪＲの長距離電車がひっきりなしに往来していた。

26 埋蔵文化財センター

「東京都立埋蔵文化財センター」へ行ってきた。

京王相模原線の多摩センター駅から歩いて五分、電車に乗っていても窓から見える。多摩ニュータウンの建設が進んでいた昭和六十年にこの地に「埋蔵文化財センター」が移転して来ているので、それからでも三十二年が経過している。私が多摩ニュータウンの八王子地区にある南大沢《みなみおおさわ》に入居したのは昭和五十八年なので、そのころはたぶん建築中だったと思われる。京王相模原線はまだ多摩センターまでしか開通しておらず、私は通勤ではバスで多摩センターに出て、さらにバスを乗り継いで京王本線の聖蹟桜ヶ丘まで行った。そのころ多摩センター駅周辺はすでに調布から別れて敷設された京王相模原線のターミナル駅として賑わっており、「埋蔵文化財センター」の存在も知っていた。が、まだ古代への関心は薄く、全く訪ねようという気にはならなかった。

今度わざわざ出かけようと思ったのは、例の渡来人に関わる古墳への興味が次第に遡《さかのぼ》って、先駆けとなった弥生時代、さらに縄文時代へと延びたためである。「埋蔵文化財センター」が主に縄文時代の遺物を展示、保存していることを知っていたので、原日本人ともいえる縄文人がどんな暮らしをしていたかをこの目で確かめようと意気込んで出かけた。最大の目的は、復元されている縄文時代の竪穴住居にあった。センターには遺跡庭園「縄文の村」と「縄文の森」があり、そこに竪穴住居が復元されているはずだった。

館内の展示物も豊富で、説明を読みながら丹念に見て歩いたら、午前中はまるまるつぶれてしまった。入場無料を幸い、駅まで引き返して昼食を食べ、また午後に再入場して、今度は遺跡庭園をじっくり経巡《へめぐ》った。開発地区の一部をそのまま残した起伏のある地形に縄文時代の樹木を植えて往古の森を再現している。トチの実やクルミ、どんぐりの類が貴重な主食だったと午前の展示に実物付きで説明してあったので、カシやクヌギやナラの類を丁寧に見て歩いた。「どんぐり」はそれらの木々の実の総称で、樹種によって形が微妙に異なることを展示で知ったが、実際に木を見てもその違いははっきりとは分からなかった。植物音痴の自分を今さらながら思い知らされた。

肝心の竪穴住居は傾斜地の森に三棟、適宜離れて復元されていた。長方形、方形、円形と床の形はそれぞれ違っていたが、外観はどれも入母屋風の茅葺き屋根が斜めに地面にかぶさった「縄文式」である。雨の侵入をどう防ぐか気になっていたが、一段掘り下げた住居部分の周囲を盛り土して屋根につなげている。つなぎ目は土でしっかり固めてある。なるほどと思った。

寝起きする住居部分は土がむき出しだが、一つの住居だけ自然石が敷き詰めてあった。ああ、こういうのもあったのかと感心した。しかし、石敷きでもそこに直接寝るわけにはいくまい。土間と同じく、木の葉や獣の皮などを敷いて寝起きしていたようだ。部屋の真ん中には石で囲んだ炉がある。この住居形式は縄文時代だけではない。弥生から古墳時代、さらに律令期に入っても、庶民の住居は基本的には変わらない。このような竪穴住居である。寒さをしのぐために冬はひと晩中火は絶やさなかったのだろう。

一つの復元住居では炉で薪を燃やしていた。中に入って手をかざすこともできた。煙は入母屋の破風部分が粗い格子状になっていて、二か所から排出されるようになっていた。外に出てこの煙の立ち上るのを見ると、「民のかまどは賑わいにけり」という仁徳天皇の言葉が浮かんできた。一方、万葉集にある山上憶良の「貧窮問答歌」を思い出して、暗い気分にもなった。奈良時代になっても庶民は「伏廬《ふせいほ》の　曲廬《まげいほ》の内に　直土《ひたつち》に　藁《わら》解き敷きて」住んでいたのだ。ただ、縄文時代にはまだ藁だけはなかった。

こういうところで寝起きし、狩りをし、木の実を採集して生活していた時代が何と一万五千年も続いたというのだから驚く。はるか昔というその古さではなく、その期間の長さに気が遠くなる。平安時代が四百年も続いただけでもびっくりするが、この比ではない。一万五千年。狩猟と採集に明け暮れた日がほとんど無限に続いたのだ。人々は生きるとはこういうことだと自然に思い知り、納得していたのだろう。これでも他の動物たちとは一段も二段もレベルが上だった。住まいを持ち、土器も作って煮炊きをし、言葉もしゃべっていた。自分たち人間の優位を日々実感していたに違いない。

旧石器時代は寒冷だったが、新石器時代に入って気候は急速に温暖化した。日本列島は大陸から切り離され、いわゆる原日本人が列島に取り残された。彼らが縄文時代の先祖たちだが、一万五千年の間にはさまざまな変化もあった。食料を求めて移住していたのが、やがて植物の栽培方法を覚えたりして定住する者も現れた。生活圏がテリトリーとして確立され、むやみやたらに移動を続けなくてもよくなった。しかし、変化の時間は何百年という単位だったろう。その時期その時期に生きていた人々にとっては百年一日のごとしだったに違いない。それほど変わりばえのしない生活が続いた。

それでも子を産み、家族を作り、集落をなして、延々と生の営みを繰り返してきた。が、子を産み育てることも至難の業だったろう。運よく育った者だけが成人し、結婚して子供をもうける。死産だけでなく、乳児期の死亡率も高く、人口は減りはしなくても微々たる増加にとどまったに違いない。人口の増加は縄文末期から弥生時代にかけての稲作の開始まで待たねばならなかった。火おこしの技術や土器の作製を見ても縄文人の知能の高さには驚かされるが、いかんせん医学が未発達なので、寿命は短く、成人しても余命はせいぜい十五、六年だったという。絶滅を避けるために女性は二年に一度は出産しなければならなかった。

苛酷である。が、苛酷であるという自覚を果たして持っていたかどうか。生きるとはこういうことだという認識を本能的に身に付けていたので、それについて思い悩むことはなかったろう。生まれたからには生きるしかない。というより、生の本能だけで生きていた。その点では他の動物たちとあまり変わらない。生きるためには食べ物が要る。食べ物の確保に生活のほとんどが費やされた。火をおこすのも土器を焼くのも、皆食べるためである。土器に文様を刻むようになったからといって、直ちにそこに芸術的欲求を読みとろうとするのは早計だろう。

土器の文様は、同種の物を区別するための記号から出発したというのが私の見解である。それが芸術的な〝遊び〟の要素を含んで来るのはかなり後になってからであろう。ただ土偶だけは事情が違う。呪術と結び付いていたので非日常的な奇怪な想像力が働き、今でいう芸術の萌芽が認められるようになった。呪術と芸術は極めて近い関係にあった。

縄文時代の死者の埋葬は一定の法則があったわけではない。とにかく期間が長い。ある一つの方式が一万年以上も続くことはあり得ない。弥生時代の伸展葬とは違って屈葬だったようだ。死産や嬰児の場合は甕《かめ》に収めることもあったようだが、一定していない。墓地も集落の真ん中という場合が多く、後のように死者に穢《けが》れを感じることはなかったようだ。一般の男女は手足を屈めて横向きで埋められている場合が多いが、この形の意味についても定説がない。死者のよみがえりを恐れたとか、生まれる前の子宮内での形を模したとか、果ては単に掘削の手間を惜しんだだけという無味乾燥な解釈もある。石を抱いている骨も出ているので、何らかで死者への畏敬の念は持ち合わせていたに違いない。

なかなか人口が増えないので、子を産める女性への崇敬は強かったと思われる。土偶は圧倒的に女性である。しかも出産にかかわる母性的な性徴が強調されている。社会全体に出産や安産を願う風潮が強く、これが女性の土偶を数多く造らせたのだろう。男性器を表す石棒も出ていて、やはり生殖と出産願望の強さを物語っている。それだけに死産や早世した嬰児の死体には特別の思いが込められ、前記のような甕棺に葬るという方法が考案されたのだろう。その甕を住居の入り口に埋めるといった風習も行われた時期があった。

シャーマンの存在は明確には認めることはできない。が、翡翠《ひすい》の腕輪をはめた人骨も出ているので、特別な能力を持った人物がいたことは想像できる。しかし、専業化は考えられず、身分や階級として存在していたというより、ごく一般の人々のうちの誰かが変事の際に即座に対応したのだろう。死者に対してはむろん動物とは違う感覚を有していた。儀礼といったものは創案されなかったが、丁重に葬ったことは確かだ。ただし、ごくあっさりしたものだったろう。人間の生き死には特に珍しいものではない。他の動物と基本的には同じである。他の動物は食料になったが、人間は明らかに動物とは違った。魂を持った存在だという意識が備わっていたと思われる。

「埋蔵文化財センター」から外に出ると、太陽の光がまぶしかった。折から五月の大型連休中で、駅前は賑わっていた。が、今見てきた世界が強烈で、あたかも現代に紛れ込んだ〝縄文人〟のような錯覚を覚えた。懐かしい場所だったが駅前を散策する気にはなれず、早々と駅に向かった。

突然「死に方が分からない」という言葉が浮かんだ。年配の知人と久しぶりに会い、現代の〝すぐ切れる〟老人が話題になった時である。その人が口にしたひと言が、この「死に方が分からない」という一句である。なるほど、と思った。寿命が伸びて元気な老人が増え、今までの老人が直面せずに済んだ新たな課題を抱え込んだ結果が、この〝すぐ切れる〟老人の出現につながったというわけだ。すごい発見だなと、苦笑しながらおのれにささやいた。

27 望郷

突然、静岡へ転居した友人のIから電話が来た。

信州佐久へ一人で還ることにしたという。佐久の実家を引き払って静岡の娘さん夫婦のところへ身を寄せたのが昨年の秋。まだ半年も経っていない。折々電話をかけて来て、快適ではあるが、気を使うとこぼしていた。娘さんにというより、お婿さんへの気づまりかもしれない。

同居を勧めたのはお婿さんの方が熱心だったというから、向こうも気を使っているのだ。まだ元気とはいえ高齢での大病、入院中の奥さんの他界。一人暮らしの不便を慮ってというより、最期をどう迎えるかが決め手だったという。「自分で自分の葬式は出せない」というのが殺し文句だったらしい。確かにそうだ。自分で自分の遺体は処理できない。誰かの手を借りるしかない。お婿さんは仕事をしているが、高野山で修行して得度、僧籍を持つというから只者ではない。ただし、寺の住職ではないという。

熱意にほだされたというより、説得されて我が身の行く末に不安を覚えたというのが真相らしい。信州に持ち家はあり、食うに困るわけではない。当面は病み上がりでも一人暮らしにさして不自由はない。しかし、いつかは死ぬ。というより遠からず死ぬ。年齢的に避けられないことだ。

郷里の佐久でぽっくり死ねれば幸せかもしれないが、あとが大変だ。娘さん夫婦にとっては佐久は見知らぬ土地、完全な異郷だ。親類縁者もおり、先祖代々の墓地もある。死んだとなると、当然葬儀はこの佐久で執り行うことになる。葬儀のしきたりは土地によって異なる。地元の見知らぬ人々の手を借りなければならない。娘さん夫婦は右往左往しながら折衝や気遣いで大変な労力を強いられ、精も根も尽き果てるかもしれない。それを避けるためにも「お父さん」には静岡にいてほしいのだろう。

この推測はたぶん当たっているはずだ。Ｉ自身にとっても好都合だし、私から見ても合理的だと思う。人間は追いつめられない限りは自己本位に動くものだ。他人への思いやりを優先しているようでも、本音のところは自分に都合よく振る舞おうとする。仕方のないことで、いわば人間の業のようなものだ。今回の「お父さん」引き取りの件はやや親切の押し売りめいたところもあったが、Ｉ自身もおのれのわがままを反省する機会になったに違いない。

Ｉが静岡行きを決心した時、私は心底驚いた。胃がんで手術をして退院間近の九月に見舞った時、この佐久で何とか頑張るという悲壮な決意を聞いて私は感激したものだった。病院の二階の談話室から彼の家の菩提寺が見下ろせた。家並みの向こうにはくっきりと浅間山の雄姿。Ｉはやはり故郷佐久を愛しているのだ。どんなにつらくてもこの地で生を終えるのがＩにとっての最高の幸せなのだと思った。

――故郷を持つ者、なんじは幸せなり。

思わず胸につぶやいた。

それが、半年もしないで覆るとは……。

富士の裾野の霊園に墓まで用意してくれたと、いつか電話で語っていた。娘さんの至れり尽くせりの心遣いがかえって窮屈な思いをさせたのかもしれない。自分はマンションの三階に一部屋あてがわれているが、二階の娘夫婦のところで食事をしたり風呂に入るので、何となく気を使っちゃうよ、と冗談交じりに口にしたことがあった。が、冗談ではなかったのだ。Ｉはもともと束縛や干渉を嫌う男だ。「武士は食わねど」の気概がある。変なところで義理堅く、礼儀正しい。それが娘さん夫婦との同居で障害になったのではないか。

帰郷のことを打ち明けられた時、私は控えめに賛成した。本心は諸手《もろて》を挙げて賛成だったが、それを言うと娘さん夫婦の親切にケチをつけることになりかねない。というより、Ｉの娘さん夫婦への感謝の気持ちを傷つけかねないと思ったのだ。娘さん夫婦にすれば、何が不足で出て行くのかと悩まなければならない。

――望郷だよ、望郷。

このひと言が一番当を得た解答だろうが、うっかり口に出せない。当事者にはともにこれを回避したい心情があるに違いない。Ｉにとってはあえて不自由に身を任せる痩せ我慢。娘さん夫婦にとっては存在してほしくない郷里。この板挟みの中にあって、やはり帰郷を決意せざるを得なかったＩの心情が私には痛いほど分かった。

Ｉには佐久にいてほしいという気持ちが私には強くある。なぜなのだろうと考えた時、ハタと気付いたのは、あえて不便を厭わず単身で郷里に移り住むという決断への共感と讃嘆である。冬の寒さと自炊は「不便」の典型である。その上、孤独。それまでの快適さを投げ打っての転住である。彼を支えているのは生まれ育った土地への愛着という一点だけである。〝故郷〟にいるという満足感だけである。しかしこの満足感は他のいっさいの不便を押しのける魔力を持っている。私にはこの魔力の源泉がない。つまり故郷がない。それゆえ〝代理帰郷〟をIに迫るのである。

さて、こうなるといつぞや口にした「思い切り身軽になれ」という忠言を撤回せざるを得なくなった。一昨年、小諸の家を処分して実感した〝せいせいした気分〟をIにも宣伝したのである。佐久の思い出深い実家を処分するのは情において忍びないだろうが、人間、死ぬときは裸一貫が理想である。所有物をすべて捨てて、我が身だけになる。身軽になるというのは本当に心地よいものだ、と。この言葉に嘘はなかった。

Iも同調してその気になった。佐久の実家にある骨董なども、どうせ二束三文だろうが、引き取ってくれそうな思い当たる業者があるという。あとの家財道具等はいっさい廃棄業者に依頼して捨ててもらう。菩提寺にも事情を話して縁を切り、墓地は本家に永代管理をお願いして実質的な墓仕舞いをする。そこまで考えて、準備段階に入っていた。処分は気候のいい夏がいいと私も勧めておいた。そのころ、田舎で会おう、浅間山を眺めながら語り合おう、と付け加えた。

それがすべてひっくり返った。喜ぶべき豹変だったが、私は一瞬あっけにとられて口をきけなかった。そうか、とひと言発しただけで、しばらく沈黙した。

「気持ちは分かる。やはり佐久はきみにとって紛れもないふるさとだからな」

こう言うのがやっとだった。「故郷《こきょう》」ではなくあえて「ふるさと」と言った。高野辰之の唱歌

『故郷《ふるさと》』が頭をよぎった。あの地をＩは持っているのだ。Ｉには故郷があるという思いが狂おしいほど私を打った。羨望や憧憬より嫉妬の方が勝っていたかもしれない。

「きみが佐久にいてくれるのはありがたい」

本音だった。帰り甲斐があると思った。すでに小諸の家を処分した私は佐久に行けばホテル泊まりなので「帰る」より「行く」の方がふさわしかったが、両親と兄の墓が佐久にある限りは「帰省」なのだと自らを佐久に繋ぎとめていた。

Ｉは無言だった。しばらく経ってから、

「今日は婿の車で箱根に行ってきた。桜には少々遅かったが」

話題を変えたのは、私への思いやりかもしれなかった。

「富士山が見えた？」

ありきたりの質問で混乱を紛らわした。

「見えた、見えた。芦ノ湖からの富士はやはり素晴らしい。箱根神社もお参りした」

「それは、よかった」

結構楽しんでいるな、と思った。Ｉは娘さん夫婦に気を使いすぎるのではないか。

「箱根権現は駒ケ岳にあった明神を遷して今の芦ノ湖畔に持ってきたものだ」

私は思いつきで話題を膨らませた。

「駒ケ岳？」

「そう、箱根駒ケ岳」

「どうりで山頂には元宮神社がある」

駒ケ岳の由来は「高麗《こま》」から来ていることは言わなかった。

Iも歴史には関心がある。いつか高崎市の前橋寄りに「I町」があり、「I神社」もあると言うと、びっくりしていた。このことは前にも書いた。Iと因縁浅からぬ静岡県の富士宮市にも「I」という苗字が多く、「I家高麗門《こうらい》」という名所もあるそうだ。中世に当地に移り住んだ武将が「I」姓を名乗ったらしいが、この地は古くから「I」と呼ばれていたから、地名の方が先なのだろう。ただし、「I家高麗門」の「高麗」は「こま」ではなく「こうらい」と読むから、富士宮市の「I」氏のルーツ探しもまた複雑になってくる。

箱根駒ケ岳の「駒」が「高麗《こま》」からきているということは金達寿の『古代朝鮮と日本文化』(講談社学術文庫)で知ったが、小田原在住の郷土史家中野敬次郎説の受け売りである。中野氏によると、大磯の高麗《こま》山頂にある高麗権現を勧請して駒ケ岳の山頂に「駒形権現」を建立し、これが芦ノ湖畔に遷されて「箱根権現」になったという。「高麗」と「駒」は今では同音だが、上代の音韻では違っていて、「高麗」は「巨麻《こま》」(甲斐の国にあった古代の郡名、現代の巨摩《こま》)と同じであることが判明している。「駒ケ岳」の「駒」は当て字ということになる。大磯の高麗山頂にあった高麗権現は後に山麓に遷されて高麗《こま》神社(現・高来《たかく》神社)になった。

友人のIについてはいまだ分からない事がたくさんある。付き合い始めてまだ十年にもならないから当然かもしれない。小中学校の同期生とは言っても在学中に机を並べたり遊んだりしたことはない。住んでいる集落も違って、私のいた町の中心部から少し外れた田んぼに囲まれた

「鍛冶屋」というところにIの家はあった。商店は一軒もなく、二、三十戸の農家が寄り添うように建っていた。同じ町内にはこのような〝辺境集落〟がいくつかあり、子供のころはそこへ出かけるときはグループを組んで心理的な武装をした。町場の集落と辺境集落との子供同士の喧嘩は珍しくなく、この種の遊びは他郷へ侵入する冒険心と緊張感に満ちていた。刃物までは持たなかったが、石を投げ合うぐらいのことは珍しくなかった。動物の縄張り意識がみごとに人間の子供世界にも通用していた。

後年、Iと親しくなってから、彼の家のある「鍛冶屋」という地名が気になり出だした。鉄と関係がある。鉄とくれば渡来人である。千曲川を挟んだ対岸の旧田口村には「秦《はた》」姓の人が多い。「鍛冶屋」もひょっとすると渡来系の人々の住んだ集落ではないかと思った。

ある時、電話が来て、いつものように長っ話になった。ほとんどIの方で一方的にしゃべる。話題は政治、経済、社会、文化の各方面にわたる。といっても、一般的な時事問題を論ずるわけではなく、自らの人生体験や地域との関わりに基づいた極めて卑近な世間話である。話を聞いていて感心するのは、Iの人脈が広いことと地理的な知識が豊富なことである。

人脈に関しては、少々〝有名人〟に惹かれるところがある。利益を得ようという俗っ気はないが、要するに肩書きに関心があり、処世術に興味があるのだ。選挙などは大好きで、「どうでもいい」と言いながら当落に一喜一憂し、その方面の野心家とも積極的に付き合う。顔が広いので、どちらかというと利用されている面がある。が、こんな話をする時のIは生き生きとして声にも張りが出る。こういった話題は私には興味も関心もなく、聞いているだけ時間の無駄なのだが、どういうわけかIの場合は腹が立たない。つい引き込まれてしまう。話がうまいということもあるが、Iという人物の中身に興味があるので、彼の人間性を知る上で大いに参考になる。

地理に詳しいのは、前述したように一時土木業界に出入りしていたことと関係がありそうだ。作業員ではなく、土建材料の納入業者としてである。驚いたのは、これも前に書いたが、私が高卒直後に療養した「伊豆逓信病院」を知っていたことだ。私は高校卒業を控えた年末に肺結核が発見され、残りの三学期は欠席して小諸の国立療養所に入所した。卒業はできたものの卒業式には出られなかった。浅間山中腹にある療養所には雪が二、三十センチも積もっていた。春になって、従兄が当時の電々公社に勤めていた関係で、伊豆の逓信病院に転院した。ここで一年半の療養生活を送ったが、これが私にとって人生の大きな転換点になった。この伊豆逓信病院は現在「NTT東日本伊豆病院」になっている（ちなみにかつての国立小諸療養所は今では「国立病院機構小諸高原病院」と名を変えている）。十代終わりの一年半を過ごした「伊豆逓信病院」は忘れられない思い出に満ちているが、その病気の性格上けっこう出歩くこともできたので、三島や沼津にも遊びに行った。

近くに伊豆箱根鉄道の大場《だいば》駅があって、そこにはまだ遊郭があった。歩いて十五、六分、入院患者の中にはそこまで出向くつわものもいた。私が寝起きしていた病棟が電々公社の家族や親族専用だったので、雑多な人間がいたことが幸いした。明らかな〝やーさん〟もいて、私など未成年だったので逆にかわいがられた。熱海の高級旅館の御曹司もいたし、ギターの上手なトラックの運転手、失業して自らを〝穀《ごく》っ潰し〟と自嘲する苦み走った美男の〝おにいさん〟もいた。

病院の近くの畑毛《はたけ》温泉もIは知っていた。山懐にある小さな温泉場で、満州帰りのお婆さんがうまい餃子を作ってくれた。電々公社にいた従兄は同じこの病院に入院して肺の手術を受けたことがあり、私が入ったころはもう復職して時々東京から会いに来てくれた。療養時代の友人も病院職員として勤務しており、来ると必ず彼らと一緒に畑毛温泉に餃子を食べに行った。そのとき私も連れて行ってくれたのである。従兄は電々公社の正式な職員だったので病棟も公社員専用で、社交家で病院の職員にも友人が何人かいた。入院中は患者会の会長もしていて、院内では有名人だったらしい。私はこの従兄の配慮で療友には「弟」という触れ込みで入院していた。

「狩野川台風があって、あの直後に退院した」

「ああ、あったな、狩野川台風。大変な被害が出て。確か大学二年の時だった」

「昭和三十三年の九月末。――きみはS大学のスケート部で活躍中だったはず」

高校時代にスピード・スケートで名を馳せたIは東京の私立S大学にスカウトされ、華々しい活躍をしていた。一五〇〇メートルでは全日本選手権で優勝している。

私は伊豆の病院では手術を免れ、一年半にわたる化学療法で病巣が石灰化して完治、退院できることになった。病院のある場所は台地だったので台風の被害はなかったが、辺り一帯は見渡す限り洪水の跡が残り、水の退いた湖底でも眺めているような荒涼たる光景が印象的だった。

深刻さはこれっぽっちもなく、私は迷うことなく列車で東京へ行き、従兄の家に転がり込んだ。この従兄は電々公社勤めの従兄の兄で、幼な子二人を抱えた社宅暮らしだった。私は両親を失って大連から引き揚げてきて信州佐久でこの従兄たちの母親である義理の伯母一家の世話になっていたが、自分の置かれた状況を勘案する才覚がなく、この場合もこうすることが当然の成り行きのように思っていた。頼み込んだり、相談したりということもせず、あたかも既定事実のごとく住み込んだのである。この能天気ぶりは子供のころからで、これが修復されるのは大学に入ってからである。

「お互い、大変な時代を乗り切ったなあ」

Ｉが相手だと、こんな感慨を口にすることもできた。同時に今日の話もこの辺で終わりにしようという意思表示でもあった。黙って聞いているとＩの話は際限もなく続くのである。

「いずれにしても佐久に還る時期がはっきりしたら、また知らせてくれ」

「そうする。話を聞いてもらえてうれしかったよ」

こういう水くさい善意が、Ｉの持ち味でもある。これはＩの話に真剣に耳を傾ける人がいかに少ないかの証左でもある。Ｉに親しみを感じる一因でもある。

28 まや霊園

「まや霊園」は八王子市の鑓水《やりみず》地区にある。近くの里山には市の指定施設「絹の道」があり、横浜線が開通するまでは八王子から横浜へ抜ける主要道路として人馬の往来が絶えなかったらしい。土地の生糸商人の豪邸は現在「絹の道資料館」として保存されている。私の家から「まや霊園」までは徒歩五十分である。十年前の平成十九年にこの霊園に墓地を購入して小さな墓石を建てた。信州佐久で父親代わりだった従兄が八十九歳で亡くなり、自分が死んだ時のことを考えたからである。

先祖代々の墓が佐久にはあるが、そして、両親と兄もここに眠っているが（外地で戦病死したので父の遺骨はない）、佐久に住んでいない私の場合、ここに入るのにはためらいがあった。田舎によくある江戸時代から続く「くるわ」と呼ばれる同姓同族の自主管理墓地で、ここに入れないわけではないが、そのためには佐久にいる死んだ従兄の息子一家の手を煩わさなければならない。東京暮らしが長くなり、「くるわ」の一族とも疎遠になってしまった。墓参りなどで顔を合わせることはあっても、代が変わってしまって互いに相手が分からない。こうなると、死んだから骨だけ入れてくれというのも気が引ける。墓地を管理する「くるわ」の一族は例年「先祖祭り」

という儀式を持ち回りで行っているが、子供のころ我が家で見かけたことはあるが、佐久を離れてからは全く目にしたことはなく、もちろん参加もしていない。

両親と兄の墓はこのままでも無縁墓地になることはない。実家の跡取りともいえ従兄の息子がいてくれるからである。数十年前に広い地下室を持つ合葬墓にしたので、以前からある個々の墓石は空《から》のままで、私の両親の墓石も二人の戒名が刻まれているが、その下の土中に遺骨はない。合葬墓にしたときすべて掘り返して他の骨と一緒にそこに移したからである。兄の死んだ時はすでに合葬墓になっていたので、遺骨は骨壺のままこの地下室の棚に納め、基壇にある共同墓誌に戒名を刻んでもらった。

〝野垂れ死に〟を理想とする私が生前に墓石を立てるとは笑止千万だが、自分の葬式を自分で出せないゆえのやむを得ない処置である。残った者に面倒はかけたくないという点では、私も至って常識人である。自分が煮え切らない中途半端な人間であることを痛感させられる一幕でもある。「まや霊園」は一つの里山をまるまる占める広大な墓地である。管理料の年額五千円は今時にしては安い。月に一度は行くが、お参りするわけにはいかない。墓室には誰も入っていないからである。建てたのは六十八歳のとき、従兄の他界によって死がかなり身近に感じられた。あれから十年も生き続けられるとは思わなかった。お参りできないから、ただ墓石の無事を確認するだけである。それで気持ちがおさまるのだから不思議である。最近では「セコンド・ハウス」に行ってくると妻に言い置いて出かける。小諸に田舎の家があったころは「サード・ハウス」だった。それが「セコンド・ハウス」に昇格したのである。いつか息子に「泊まって来ればよかったのに」

とからかわれたが、「予約してないからダメだった」ととっさに答えた。泊まりたくても狭くて〝生きたまま〟では無理だ。骨壺も四つか五つ入れば満杯になる。

この日、まだやぶ蚊が出始めないのを幸い、「まや霊園」に出かけた。コースは決まっている。家を出て君田《きみた》小学校前の坂道を下ってバス通りに出る。信号を渡ると私のかかりつけ医の「Tクリニック」がある。その前を南に進み、交差点を渡って脇道に入り、横浜線のガードをくぐる。間もなく兵衛川《ひょうえがわ》の橋に出る。この橋の向こう側、ガードの反対側に「兵衛川上流端」という標識がある。ここの水はそこから登った里山の尾根にある「蛍沢《ほたるざわ》」から地下を流れ下って来る。土地開発でこの池のある里山を造成したとき、斜面を公園緑地にして地下に水路を設けたのだろう。里山のすぐ近くの斜面に四角い格子状の大きなマンホールがあり、そこからは激しい水音が聞こえてくる。山腹を一気に駆け下りて来るからだろう。兵衛川は約三キロ先で湯殿川に合流する。最近は川べりに植えた桜並木が成長して、花時には二列の長いピンクの帯が出現する。

橋を渡ってしばらく行くと左側に工業団地へ続く上り坂が見えてくる。まっすぐ進むと東京造形大学を経て相原に出るが、ここで左に折れて上り坂を歩く。カーブをつくって傾斜を緩くしてあるがけっこうきつい。工業団地も里山を削って造成したので斜面が多い。研究所などのこぎれいな工場がゆったりとした敷地に建てられている。

頂上付近で狭い舗装路に出るが、これは御殿峠の中腹を回り込む形で造られた旧道である。結婚式場の「N閣」の裏手に当たるが、旧道ができる前の鎌倉古道の御殿峠は「杉山峠」とも呼ばれ、この「N閣」の敷地内の高台にあったようだ。今は「N閣」の駐車場になっていて、一般の人は立ち入れない。現在、「N閣」の正面は国道十六号線に面しているが、この旧御殿峠と峰続きの部分を削って半切り通しにして新たな「御殿峠」をつくったのである。

「N閣」裏の旧道には「都立多摩丘陵自然公園」と彫られた立派な石柱が立っている。丸石を無数に嵌め込んだ二メートルぐらいのコンクリート製の四角柱だが、碑面の脇に「東京都」とあるだけで、建立年月日などはない。古いことは確かで、「N閣」正面の国道十六号には「自然公園」という名のバスの停留所が今でも残って使われている。石碑の周りは雑草が生い茂り、里山の峰が迫って、雑木林と駐車場のほかには「公園」らしきものは何もない。「公園」はこの地では完全に消滅し、だいぶ離れた日野市に同名の公園が出来ている。同じく〝多摩の横山〟の地続きではあるが、ここからは大分遠い。

ここを抜けると間もなく「N閣」沿いに国道十六号線に出る。さすがに交通量が多い。「横浜まで35キロ」と書かれた鋼鉄製の三角柱が路傍に立っている。右手の里山には旧御殿峠（杉山峠）を越える古道も現存している。十六号線を南に下って行くと鑓水である。

「まや霊園」は鑓水のこの十六号線に面したD寺という日蓮宗の寺院の経営である。案内板によると、八王子空襲で伽藍が消失し、戦後になって再建したが、市の区画整理事業で昭和四十二（一九六七）年に当地に移って来たとのこと。このとき一緒に移転した檀家墓地が「まや霊園」の始まりらしい。ひと山約二万平方メートル全部を寺域にして、道路沿いの山麓に堂宇を設け、広大な山腹から山頂に欠けては樹木を伐って霊園にしてある。管理は行き届いており、清潔で、明るい。妻と車で墓地を捜し回ってここを訪れた時、ひと目見て気に入った。折から園内は大島桜が満開で霊園というより公園の趣を呈していた。管理費も安いので、すぐここに決めた。宗派も不問で、鳥居や十字架もあって、その多様で多彩なところも気に入った。ちなみに我が家は真言宗智山派である。

墓石を見に来るのが毎月のしきたりになってから、どのくらい経つだろうか。むろん何も持たず、掌を合わせることもしない。スチール製の花立てに雨水がたまっている時はあけて空《から》にする。時には水をかけて雑巾や束子《たわし》で墓石を洗う。雑巾と束子は墓前からは見えない後ろの卒塔婆立ての柵に掛けてある。とにかくきれい好きな霊園で、各所に配置した水汲み場に雑巾や束子などが干してあるとすぐ撤去されてしまう。

〝清め〟の儀式を行ったあとは決まってすぐ近くにあるA家の墓地に立ち寄る。黒御影の現代風の台形墓石に「A家」と刻まれているが、狭い敷地に植えられた金木犀が枝葉を伸ばして碑面が見えないほどである。雑草も伸び放題で、すっかり荒れ果てている。左手に卒塔婆立てもあるが、変色して朽ちかけた卒塔婆が数本置かれたままで、この日も近年誰かが参拝に訪れた形跡は全くなかった。墓石の形からそんなに古いものではない。こんな状態でも撤去されないのは、A家が管理費だけは毎年きちんと払い込んでいるからだろう。

このA家の墓地の一角、入ったすぐ右手に一基の立派な墓誌がある。墓誌を読むのが墓地散策の楽しみの一つなのだが、初めてこのA家の墓誌に目をやった時は衝撃を受けた。手で枝葉を払いのけながら上体を屈めてのぞき込んだのだが、墓誌に刻まれていたのはA家とは違う苗字のT家五人の氏名だった。両親と幼な子三人。さらに死亡年月日は五人とも同じ「昭和二十年三月十日」。私は息を呑んだ。東京大空襲の犠牲者だったのだ。一家五人が全滅したのである。

帰る道すがら、A家とT家との関係を考えた。正面の墓石に「A家」とあるからには、これはA家の墓地に間違いない。しかし、墓誌はT家の五人である。Aという苗字の人はこの墓誌には全く見えない。別にA家の墓誌があるわけでもない。A家の人がT家の一家五人のためにこの墓を建てたのである。A家はT家の親類縁者でもあるのだろうか。T家にはA家以外に身よりはなかったのだろうか。

ひょっとするとA家はT家とは血縁ではなく、単なる知己だったということもありえる。正面のA家の墓石の左横には「平成六年三月　A○○建之」という刻字がある。いずれにしても空襲で一家全滅したTさん一家を弔う人はAさん以外にはいなかったのだ。そこで自分名義の墓を造り、Tさん一家の「墓誌」を建てた。AさんによってTさん一家は死後の安住の地を保証されたのだ。「A家の墓」と墓石にはあるが、実は「T家の墓」のつもりだったのではないか。

「A○○」の「A」はありふれた苗字だが、「○○」という名前はふつうの男性とは違ってどこか住職風である。音で読む方が自然な漢字の組み合わせで、訓では読みにくい。Aさんは僧籍にある人かもしれない。平成六年は一九九四年、翌年が終戦五十年だから、仏式では五十回忌の年に当たる。四十九年間、Tさん一家は弔う人もなくあの世をさまよっていた。いや、「あの世」にも行けずに中有《ちゅうう》をさすらっていた。それを憐れんだAさんが、五十回忌を期して「墓誌」を建てて供養したということか。

T家の「墓誌」はあるが「墓石」はない。また、「墓石」のあるA家の「墓誌」はここにはない。

これも謎めいている。古びた卒塔婆が数本置いてあるので、少なくとも何年か前まではきちんと墓参が行われていたことは確かである。この卒塔婆の戒名がT家の人ならば間違いなくT家のために法要を営んだことが分かるが、板切れのように朽ち果てて肝心の文字はその痕跡もとどめていない。完全に消えてしまっている。その後全く訪れる人がいなくなったのは、どうしてなのか。疑問は堂々巡りするばかりである。「墓誌」を建立したAさんとTさん一家との繋がりがますます気になってくる。

荒れ果てて顧みる人もいない墓地の現状から、Aさん自身もすでに鬼籍に入ってしまったことも考えられる。Aさんには別に先祖累代の墓地があり、そちらに葬られたので、このTさん一家の墓誌のある「A家の墓」は無縁墓地化しつつある、しかしA家の縁者が管理費だけは払い続けている――こんな構図も浮かんでくる。墓を建立してからすでに二十三年が経つ。A家にも変化があって当然である。

この日もA家の墓地の荒涼としたたたずまいを目に収めて、なすすべもなく帰途に就いた。憤りのようなものが静かに噴出する。言わずと知れた空襲の残虐さに対してである。が、今さらそれに抗っても仕方がない。あきらめに似た思いに屈しながら、無言で霊園を後にした。このところ「まや霊園」を訪れるたびに陥る憂鬱である。

気分一新のために、霊園を出てすぐのところにある国道十六号線を跨ぐ「八王子バイパス」の歩道に出て、大声で歌を歌いながら相原方面に向かう。疾走する大型トラックの轟音に吸い込まれて、自分の歌声が聞こえないのが心地よい。三十分も歩くと相原の町に下りる脇道に出る。坂を下ると町田街道である。

　信号を渡ると間もなく堺中学校に通じる細道がある。そこを通って学校の裏門前を抜けて境川に出る。手前脇には小さな神社がある。白山神社である。わずか三十坪ぐらいの境内に、小さな鳥居と社殿がある。賽銭受けには「いつもお参りいただきありがとうございます」という手書きの文字板がある。神社の由来を記した案内板もある。祭神の菊理姫《きくりひめ》（白山比咩《しらやまひめ》）の働きを一段と強調してあるのは、伊弉諾尊《いざなぎのみこと》と伊弉冉尊《いざなみのみこと》の黄泉平坂《よもつひらさか》での争いを仲裁した女神だからであろう。なお、白山神社は元をたどれば新羅からの渡来人の信仰する「白山貴女」を祀った朝鮮系の神社である。

　境川は字の通り武蔵と相模の両国の境界を流れる古い川で、昔は高座川《たかくらがわ》と呼ばれた。この「高座《たかくら》」は相模国中部を指す高句麗由来の渡来系の地名で、今でも「神奈川県高座郡《こうざぐん》」としてその名をとどめている。これの詳細は前に触れたが、相模国も渡来系との縁が深いのは他の東国諸国と同じである。

　境川は川幅も深さもそれぞれ十メートル近くあり、今でこそ水深は浅いが、かつては水量が多く怖い川だったらしい。橋の袂には地元の旧家らしい人が記した手書きの木札が立っていて、そこには自分の祖父が橋の上で子供を避けようとして川に転落して死亡したとある。かつて〝人食い川〟の異名を持った玉川上水を彷彿とさせる。橋の名は「二州橋《にすばし》」と言い、「二州」とは武蔵と相模の二国を指すのだろう。

29 御殿山古窯跡群

「御殿山古窯跡群《ごてんやまこようあとぐん》」という史跡が近くにあるらしい。最近、ネットで知った。時折り散策する例の七国峠の南西の山麓、町田市相原《あいはら》地区だ。

七国峠は「多摩の横山」が連なる里山群の一つ、その最高地点にある峠である。『万葉集』の防人歌（巻二十）に「多摩の横山」という言葉が出てくる。確かに低い雑木林の山があちこちにうねうねと横たわっていて、多摩地方独特の景観を形作っている。長年山間《やまあい》の谷戸《やと》の農家が里山として利用していたが、近年の都市化で放置され、古道だけが残った。峠を抜ける古道は尾根歩きの絶好のコースで愛好者によって守られている。

七国峠の「出羽三山供養塔」のある分岐点から尾根道を西に向かうと「大糠利《おおぬかり》」というところに出ることは前述した。東京造形大学の正門前の道路に出るコースだが、この辺りに「大糠利」という地名は今は全く残っていない。この峠道のコース案内に名をとどめているだけである。途中の尾根道自体を「大糠利」と呼んでいる人もネット上では見かける。この名の通り須恵器や瓦を焼く上質の粘土が取れたところで、近くに「窯跡」があっても不思議はない。そして、その窯跡群が実際にこの地域に存在したのである。それが「御殿山古窯跡群」である。

「御殿山」は造形大学からさらに東に少し離れたところにある里山で、今では国道十六線にその名をとどめた「御殿峠」という信号がある。このような大きな道路が切り通しとなって開通する以前は七国峠のある「多摩の横山」とひと続きだったのだろう。ちなみに「七国山」と称する山はない。七国峠のある横山の南麓に位置する窯跡が「御殿山古窯跡群」と名付けられているのは、この両方の山が峰続きだったことを証明している。

あらかじめネットで手に入れた地図と説明書きを持参して、五月の強い日差しを避けて夕方出かけた。大糠利の峠道を途中から相原方面へ抜ける道がある。地図で見ると、どうも以前間違って踏み込んでしまい、再び相原に出てしまった道のようである。あの時は日の短くなった晩秋で、すでに足元は暗くなり始めていた。人っ子一人通らない。もともと山の中なので人にはめったに出会わない。急げば急ぐほどいつもと違う感じで、これは道を間違えたと気付いた時はもうだいぶ下って来ていた。相原の方に向かっていることは分かっていたので、引き返さずにこのまま進むことにした。「狐に化かされる」とはまさにこのことだなと思った。この時は無事相原に出て、今度はひと駅電車に乗って帰って来た。

間違いなくあの時の道だった。しばらく平坦な曲がりくねった山道が続く。林の中にところどころオレンジ色のヤマツツジが咲いている。そう言えば、以前、峠道から別の相原方面に続く道に入り込んだ時もヤマツツジが多かった。新緑の中のオレンジ色は目立つ。他に草花がないのでよけいに目を射る。尾根の中間部分から相原よりの山中にはヤマツツジが多いらしい。横山ではあるが東西だけでなく南北にも尾根が延びて、途中に低い藪や低地もある。その中間を横浜線のトンネルが南北に貫いている。

やがて平坦な道が急な下りになる。以前迷った時、すでに足もとが暗くて木の根につまずかないよう注意しながら歩いたことを思い出した。あの時は初めて通る道だったので少々焦った。が、今日はまだ明るく、勝手が分かっているので気は楽だった。下りきった前面は畑で、五、六十メートル先には丸山団地が見える。この団地も里山を切り開いたところなので、こちら側は傾斜地だ。まっすぐ団地にむかう小道もあるが、左側に山裾に沿って続く道がある。横浜線のトンネルの上に出る細い道で、一度通ったことがある。地図の「御殿山古窯跡群」はその途中に位置するようだ。以前来た時はそれらしいものには全くお目にかからなかったが、今日は見つけてやろうと意気込んで歩いた。

しかし、あったのは「御殿峠古窯群跡」という粗末な案内板だけである。ひと通りの説明があって、この先の道は「工人の道」で窯で焼き物を作る工人たちの通勤路だったとある。が、肝心の窯跡の場所には触れてなく、近くを探してもそれらしい跡は全く見当たらず、がっかり。窯跡はきれいさっぱり破壊してしまったらしい。地図で見ると窯跡のあったところはどうやらトンネルの上部らしい。トンネル工事の際に破壊したのだろう。横浜線は日露戦争終結後の二年目、明治四十年に「横浜鉄道」という私鉄が開業したのが始まり。第一次世界大戦中の大正六年に国有化されて「横浜線」となった。戦争とともに歩んできたことが分かるが、これは横浜線だけではない。鉄道の敷設自体が戦争と深く結び付いた国策事業だった。だからこそ「国有化」にこだわったのである。

あーあ、とため息が出た。看板だけで、「跡」もない史跡というのも珍しい。遺跡の調査報告書等には写真や詳細な記述があるのだろうが、一般の人々が現地で「跡」を眺めることはできないのだ。嘆息しながら「工人の道」をさらに進み、トンネルの上に出た。向こう側の上りの線路はまだトンネルに入っていない。二つの坑口がずれているのだ。上りも下りも山がいくぶん低くなった谷間《たにあい》を通っているのだが、八王子方面に向かう下りの方が、横浜方面に向かう上りよりいくらか山麓が南に延びているのだ。

二つのトンネルの上に出たが、道はさらに奥に続いている。前はここで引き返した。今日はもう少し探索してみようとその道を先に進んだ。山懐《やまふところ》の平坦地を巡って道はやがて上りになる。地下の線路よりやや西側にずれている感じだが、ひょっとするとまだトンネルの上かもしれない。そのうちに道が急坂になって左に折れていく。ははあ、七国峠から大糠利に出る尾根道の途中に出るのだなと思った。来る時に入った脇道よりだいぶ大糠利寄りだ。

この辺にも横に分け入る山道があることは知っていたが、これまで通ったことはなかった。たぶん相原方面に通じているのだろうとは思ったが、灌木の茂みがあまりに深くて踏み込むのにためらいを感じた。今、その道を逆にたどっているわけだが、最後はけっこう急で息が切れたが五、六分で無事に大糠利の峠道に出た。見渡すと、予想通り造形大から上って来ていくらも歩かない位置だ。そこからまた峠道を西に歩き、来た時と同じ七国のドッグランのある場所で山を下りた。眼前はもう七国の住宅街である。

帰宅したものの、どうもすっきりしない。窯跡群の案内標示があるのに肝心の窯跡がない。「工人の道」でごまかしている感じだ。もうひとつ窯跡の位置がはっきりしない。跡は残っていなくても「ここにあった」という標識ぐらいはあってしかるべきだろう。それもないから、ただ雲をつかむように山麓を歩いただけだ。

ネットでさらに検索をしてみた。すると、町田市相原ではなく、みなみ野地区にも古代の窯跡がたくさんあることが分かった。「みなみ野」はトンネルのこちら側、八王子市で、まさに私がいま住んでいる地域である。「八王子市みなみ野シティ開発」に先立って平成二（一九九〇）年から大規模な発掘調査が行われ、大量の遺跡が発見された。中に、やはり御殿山の窯で働いていた工人たちの住居跡が窯跡に近い兵衛川《ひょうえ》を一、五キロほど下った「No.16遺跡」で見つかった、とあったのには驚いた。

兵衛川はトンネルの八王子側入り口に近い里山から発して線路の東沿いに北に流れて湯殿川に注ぐ。「八王子みなみ野」駅の東側の川沿いは「兵衛」という町名も付けられ、私の散歩コースの一つでもある。源流から一、五キロといえば駅のすぐ近くである。私の胸は高鳴った。このとき思い出したのは、八王子市由井《ゆい》事務所の「みなみ野分館」に郷土資料室があり、そこに開発前後のみなみ野一帯を写した大きな写真パネルや土器が展示されていたことである。確か遺跡番号を記した大きな地図もあった。これは行って見てみなければと思った。「みなみ野分館」は駅前の学生寮のビルの二階にある。自宅から徒歩十分である。

翌日の夕方、散歩ついでにさっそく立ち寄ってみた。あった。「No.16遺跡」は駅前の道路を北に進んだ交差点の一画で、今では「みなみ野クリニックセンター」のビルがその北西角にある。

ネット上の案内ではここでは十七か所の住居跡が発見されたとのことで、一帯は傾斜地、川沿いの低湿地と山の上の平地で農耕が行われていたようだ。確かにここは傾斜地で、今はすべてマンションと戸建て住宅に覆われている。工人たちの住居跡と分かったのは、須恵器の碗や皿などのほかカマド材料に用いた瓦（焼いた時の失敗品）が多数見つかったからだという。須恵器となると、やはり渡来人である。しかも古墳時代までさかのぼる。

遺跡地図には「御殿山窯跡群」と記した朱の四角い線で囲んだ区域が三か所もある。ここにも「御殿山」の名が用いられているところを見ると、「御殿山」はこの辺の里山一帯を総称した名称のようだ。昔からそうなのか、発掘時に付けた名称なのかは分からない。三か所の「窯跡群」は何と七国の住宅地の中、もしくは隣接した企業用分譲地で今ではN水産の研究所が建っている場所である。ここも散歩コースだが、窯跡は一つも保存されていない。ものの見事に破壊されて宅地や事業用地に転換させられてしまったのである。これが文化国家のやり方だろうかと怒りが込み上げてきた。が、今となってはどうしようもない。

皮肉なことに私の自宅は「№20遺跡」の上に建っている。「八王子みなみ野シティ」は遺跡の上に出来た街なのである。中には「№59遺跡」のように鍛冶を行ったらしい石組みのカマドを備えた住居も見つかっている。が、遺物そのものは別に保管してあるのかもしれないが、「跡地」は完全に破壊して埋め戻されたのか、現地に往時を偲ぶ手立ては全くない。

須恵器と鉄器は古墳時代に渡来人が持ち込んだ文明の利器である。須恵器は轆轤《ろくろ》を用いて成形したものを穴窯《あながま》で焼く。従来の土器よりキメの細かい良質の粘度を使う。「大糠利」という地名はこの辺りでその種の高級粘土が取れたことに由来するのだろう。穴窯は傾斜地に穴を掘って焚き口とし、内部は途中で直角に上向きに掘って天井に穴をあけて煙出し口を設けたもので、登り窯の初期の段階である。地中で燃やした炎を内部に閉じ込めておけるので一〇〇〇度以上の高温が得られ、硬質の土器ができる。みなみ野地区は里山地帯なので傾斜地が多く、良質な粘土と穴窯で大量の須恵器や瓦が焼かれたのである。

瓦の製法も朝鮮半島から伝わった。「御殿山」で焼かれた瓦は主に相模の国府や国分寺で使われ、武蔵の国では稲城市の「大丸《おおまる》窯跡群」で焼かれたものが多く使われた。みなみ野地区は八王子市に属するが、今さらながら神奈川県との結び付きの強さを思い知らされた。

七国峠や御殿峠の向こう側（南麓）は町田市である。町田市は今では東京都に属するが、明治の一時期は神奈川県の一部だった。地図を見ても分かるとおり町田市は東京都から南にカギ状に突き出た地域で、三方は神奈川県に囲まれている。北側の一角だけが東京都に繋がっており、その境界が七国峠と御殿峠なのである。町田市は交通などのインフラや経済などの面でも東京都より神奈川県との関係が強い。里山はさらに東の多摩市方面に延びており、いくつかの峠を持つ多摩丘陵（いわゆる〝多摩の横山〟）が武蔵と相模の両国を分けている。以前住んでいた南大沢《みなみおおさわ》など八王子市の南部は相模台地に開けた相模原市と経済的には一体化している。

石組みのカマドが見つかったという「№59遺跡」は地図で見ると七国の「蛍沢《ほたるざわ》」という遊水池のある公園のすぐ真向いである。辺りは工業団地になっていて、「みなみ野シテイ」の開発工事の最後の拠点である「七国シフォンの丘」住宅地に隣接している。工場群は企業の研究所が主で、広々として公園のようなたたずまいである。まだ売れていない事業用地もある。七国峠の里山が緩やかに延びてきて、東側は急傾斜で落ち込み、谷底をＪＲ横浜線が通っている。例の相原に抜けるトンネルのすぐ手前である。

散歩コースの一つなので、ああ、ここに鍛冶のカマドがあったのだと思うと感慨も深くなる。現在大手食品企業の「Ｍ」が大きな研究所を建てている場所である。むろんカマドの跡地は消滅しているだろう。が、発掘調査の時、土器や瓦とは違う鍛冶用のカマドだと気付いたのは貴重な発見だったと言ってよい。鉄が造られていたわけだが、おそらく砂鉄を用いたタタラ製法だったと思う。蛍沢に流れ込む湧き水は透き通っているが、水路の石や砂利は赤く変色している。鉄分を含んだ水なのである。砂鉄や鉄鉱石がある証拠である。たたら製鉄には砂鉄だけでなく、鉄鉱石も使われた。

鉄は渡来人が持ち込んだものである。時代は五世紀後半、古墳時代の末期である。初めは渡来人自身が鉄製の武器や馬具、農具を自国から持参した。やがて製鉄技術が日本人にも伝わり、次第に生活に取り入れられるようになった。が、まだ貴重品で、鉄製品を持つことは身分や富の象徴だった。鉄と馬と須恵器、この三つは渡来人がもたらした古代における革命的な先進文化だった。みなみ野地区の遺跡からは鉄製品は出ていない。ということは、ここで造られた鉄鋌《てってい》は国衙や寺院などの建立のために地方の拠点に運ばれ、そこで製品化されて用いられたのであろう。

七国峠を越えた高麗王若光の一行は、このみなみ野地区で旅装を解いて、しばらく旅の疲れを癒したことも考えられる。それだけの数の集落がここにはあった。遺跡の数は地図を見ると五十は超える。すべてが渡来人だったとは言えないにしても、古窯群の多さから渡来系の人々が多かったことは間違いあるまい。渡来人も、武蔵と相模は高句麗系、駿河から近畿は百済系と新羅系が中心だった。高句麗系は列島ではどちらかというと新参組で、それだけに僻遠の地に移されたケースが多かったのである。

30 大磯

高麗王若光を書くからには、一度は大磯を訪れねばなるまいと思っていた。

五月中旬の好天に恵まれた平日、大磯行きを決行した。横浜線を橋本駅で相模線に乗り換え、終点の茅ヶ崎へ。東海道線の下りホームに渡ると三分後に平塚行きが来る。平塚は茅ヶ崎の一つ先、大磯の一つ手前だ。どうしようかと迷ったが、先に「公所」を訪ねることにした。「公所」は「ぐぞ」と読み、平塚市の西北にある地名。町名になっており、地図で調べると公所神社というのもある。

普通名詞の「公所《おおやけどころ》」は朝廷や宮中を指す場合と、朝廷の所有地、官有地を指す場合の二種類がある。平塚の「公所」はもちろん後者だが、「公所」の音読みの「こうしょ」がいかにも東国らしく「ぐぞ」となまっていて、古い地名であることを感じさせる。ここの「公所」は一説に朝廷直轄の役所のあったところという。縄文期になって気候が温暖化して海面が五、六メートル上昇し、平塚市の南西部はほとんど海に沈んだ。以後は相模湾の地殻変動で海岸線の後退が進み、大磯の高麗山《こまやま》の東側は複雑にえぐれた大きな湾になった。記録によれば、大磯から一〇キロ北東にある寒川《さむかわ》神社はすぐ南が海だったという。

その後も地面の隆起は続き、奈良時代には〝大磯湾〟には「浦」、つまり「入り江」があちこちに出来て、今も唄われている大磯の「御船祭り」の木遣り唄『権現丸』には「浦」という語が何度も出てくる。それらの「浦」の一つに、出入りする船を取り締まった税関のような役所が置かれて、それが「公所」と呼ばれ、地名になったと考えられる。なお、『権現丸』は「唐船」に乗った翁が「大磯浦」に漂着した様子を唄った木遣り唄で、この翁が「権現様」になり、船の名を「権現丸」と呼ぶようになった。

この翁は「我は日本の者にあらず、もろこしの高麗国《こま》の守護なるが、邪慳な国を逃れて大日本に心懸け」と船の上から漁民たちに大音声で呼びかけるが、明らかに高麗王若光の大磯上陸を擬したものである。が、「大日本」や「守護」などの用語から、木遣り唄そのものは後の中世以降の作であろう。また、「汝等きえする者なれば、大磯浦の守護となり子孫繁盛守るべし」と翁が言うと、漁師たちは「あら有難やと拝すれば」とあるように、この翁は初めから神として崇《あが》められており、後に高麗神社（現・高来《たかく》神社）に祀られるようになった「高麗権現」の由来を後世、唄にしたものであろう。高麗権現は若光その人であり、おそらく彼が仲間を引き連れて大磯から武蔵の高麗郡に向け立ち去った八世紀の初頭に、それを記念して大磯に高麗神社が建立されたのであろう。

若光は大磯の「公所《ぐぞ》」に上陸したものと思われる。従五位下にして高麗王の王姓を持つ若光が公所《おおやけどころ》に上陸することには何の不思議もない。従五位下は貴族に列する高貴な身分である。公所が使われたのはごく自然の成り行きだったろう。後の高麗郡建郡の布石としての大磯上陸だったと思われる。相模国には渡来人が多く、大磯を含む西部には特に高句麗からの移民や亡命者が大勢住んでいた。そんな「公所」が今でも地名として生きているからには何か手がかりがあるのでは、と「公所神社」を訪れた。

平塚駅前に停車中のバスの運転手に「公所《ぐぞ》」というところへ行きたいと告げると、そこへ行くバスを教えてくれた。海から内陸五キロというからだいぶ乗るなと思ったが、二十分ほどで「公所停留所」に着いた。一帯は駅前から続く平野が台地にさしかかった地点で、バス停近くのパーマ屋さんの前に数人のおばさんたちがたむろしていたので、「公所神社」への道順を尋ねた。だいたいの方角を指さして、ちょっと分かりにくいから途中で再度聞いてみるようにと丁寧に言われた。なるほど分かりにくく、途中で出会った男性には「土地の者ではないので分からない」と断られ、通りかかったバイクの郵便屋さんに聞いてやっと分かった。

バスが東海道新幹線をくぐったのは知っていたが、神社はもう一つガードをくぐったところにある。これは東名高速道路かと思ったら、橋桁の標識で「小田原厚木道路」であることが分かった。名前だけは聞いたことがある。しかし、そこで周囲を見回しても、神社らしきものはない。向こうから坂道を下りてきた乗用車を止めて神社名をいうと、「さあ」と首をかしげたが、すぐに「そう言えば向こうに神社があります」と左奥を指さす。礼を言って自動車道路の擁壁沿いに少し戻る形で進むと、目の前に神社が現れた。ただし、ここからは神社は横向きの位置である。一つ遠回りしてガードをくぐったらしい。前に一度入って引き返した狭い道をそのまま進んでいたら、神社の正面に出られたのだろう。左を見ると、なるほどそこにも狭いガードがある。紛れもなくそこが参道になっている。

鳥居を入った階段脇の両側に「公所神社」と刻んだ古い石柱と案内板があった。祭神は倭建之《やまとたけるの》命《みこと》を始めとする四柱。縁起では鎌倉時代に創始した熊野神社が明治になってから今の公所神社に改称されたとある。もっと古いのではという私の期待は裏切られたが、「公所」という地名を冠しているだけでよしとしなければならない。この公所神社も若光の上陸地点という伝承に基づいて創られたのかもしれない。高麗神社は高麗山麓にすでに出来ていたので、当時信仰を集めていた熊野神社にあやかって名付けたのだろう。本殿そのものは簡素で、神社の境内も広くはない。村の氏神様といった趣である。

参拝を済ませて、またもとのバス停に戻った。丘陵から下った平地に接する道である。かつてはここが入り江であったことが手に取るように分かる。ここに「公所」の船着き場があったのだろう。それにしてもその痕跡すらないのはどうしたことか。緩い坂道を上っていくと、土地の旧家とおぼしき豪邸の塀の一画に「公所の由来」と記した案内板を見つけた。おやっと期待しながら読んでみたが、中身は「ここは中世の役所の所在地だった」という簡単なもので、私の期待した「古代」は全く出て来ない。なるほど「公」は中世には幕府の権力を表すことがある。が、これ以前の「公所」を私は知りたいのだと不満が漏れる。

「公所」という地名は残したものの、ここが朝鮮半島から来た人々が開いた土地だという史実を何とか消そうとしているのではないか。この地に限ったことではない。日本中どこでもこのような傾向が平安時代以降盛んになる。何とか朝鮮色を薄めようと、地名や神社の文字を変えたり、別の言葉に言い換えたり、さまざまな工作が施された。文化的に先進国だった朝鮮は奈良時代までは敬われたが、平安に入って日本独自の国風文化が生まれてくると、朝鮮は次第に軽視、ないしは蔑視されるようになる。中国には三顧の礼を尽くしたが、朝鮮は属国扱いで、それと気付かず〝小中華思想〟に浸潤される結果になった。「公所」という地名が残っただけでも幸運と思わなければならないということか。

バスで平塚駅に戻った。車窓右手の街並みの奥に前方後円墳を横から眺めたような山が見える。高麗山だろう。半島のように丸い頭が平地に突き出ている。古代には〝大磯湾〟の西の入り口を扼《やく》したひときわ目立った山だったに違いない。バスは〝大磯湾〟を出口に向かって走っているのだと思うと、妙に心が騒いだ。地震等による地殻の隆起だけでなく、干拓も行われたのだろう。平塚の市街地は本当に真っ平らで、ここがかつて海だったことをごく自然に納得させられる地形である。

駅なかのレストランで昼食を摂ってから、また電車に乗った。ひと駅先の大磯で下車。ここも平塚同様、初めて来た場所だ。駅前の田舎風のこぢんまりした広場で「花水《はなみず》」を通る路線バスを待つ。高来《たかく》神社は「花水」バス停から徒歩二分と案内書にはあった。駅前を発車したバスは曲がりくねった坂道を下り、国道一号線に出る。東海道である。片側一車線の狭い道路で交通量もさほど多くはないが、かつての東海道を広げたもの。東名高速や小田原厚木自動車道などが出来て、この由緒ある東海道も往時の賑わいはなくなった。少し東に行くと脇道があり、松並木のある旧東海道が一部残っている。バスは東海道線のガードをくぐり、間もなく「花水」バス停に着いた。駅から歩いても二十五分ぐらいらしい。本当は歩きたかったが、時間を節約するためにバスを使った。

高来神社は想像していたより小さかった。境内も狭いが、堂宇も本殿（観音堂）と神輿殿の二つだけで、古びているのはいいが、あまり大きくない。日高市の高麗神社の華やかさが脳裡にあったので、この質素さは意外だった。参詣人もほとんどいない。ただ、裏手に高麗山への登山口があるので、山登りの人たちがついでに参詣するといった趣である。拍子抜けした気分で参拝し、時計を見るとまだ二時過ぎだったので、思い切って高麗山に登ることにした。標高一六八メートル、三〇分で登れるとあるが、けっこう坂道は険しそうだ。女坂を選んで登り始めた。

すぐに曲がりくねった急な坂道になった。道幅も狭く、木の根や埋め込んだ階段代わりの踏み石がずれていて、歩きずらいといったらない。大きく足を持ち上げなければ次の段に上れない箇所もある。ふつうの革靴で大丈夫かなとちょっと心配になったが、ゆっくりゆっくりと自分に言い聞かせながら慎重に足を運んだ。途中、何人かの下山客にあったが、すれ違う時はどちらかが立ち止まって待つことになる。この辺では名だたるハイキング・コースなのに、登山道はあまり整備されていない。途中に丸太を切った椅子などを置いた休憩所もあったが、お世辞にも立派とは言えない。あくまで自然のまま、朽ちるものは朽ちていくままに、といった感じである。

私の偏見かもしれないが、どうも大磯は朝鮮色を消そうとしているような気がしてならない。町名に「高麗」があり、「高麗山」もあるのだから、当たらないと言えばそれまでだが、いつかどこかで高来神社の宮司が「自分のところは朝鮮とは関係ない」と言い張ったという記事を読んで、何となく嫌な気分になった。「高麗神社」が「高来神社」になったのは明治三十年の国威発揚期なので一神社の画策とは思えないが、「高麗」に誇りを感じていないことは確かだ。その点、日高市の高麗神社は立派だ。宮司も含めて神社そのものが、そして地域の住民がこぞって「高麗」という名前を誇りにしている。ＪＲ八高線の駅名も「高麗川」である。観光地化されていると言えばそれまでだが、「高麗」という朝鮮由来の名称が大事にされているという点では胸のすく思いがする。

最後の胸突き八丁の石段はさすがにこたえた。石段も崩れかかって落ち葉が積もり、滑りやすい。それでも下りよりは危険度は少ないはずだと自らを慰めた。山登りは小刻みに足を踏み出すのが疲れない秘訣だが、なまじ石段を造って、しかも一段一段の蹴上げが高いので、どうしても大股になる。呼吸は乱れて心臓がぱくつく。頂上に着いた時はやれやれと胸を撫で下ろした。

七十八歳。この年になるといつどこで何があってもおかしくない。単独行は慎んだ方がいいのかもしれない。家にいても、いつ階段から転げ落ちるかもしれない。風呂に入っていて発作を起こす恐れもある、どれも死に直結する変事である。そう思いつつも、「人間、いつかは死ぬんだ」と開き直っている。達観しているわけではないのだが、達観しなければしたいこともできなくなる。「死は、前よりしも来たらず、かねて後ろに迫れり」（『徒然草』）とはよく言ったものだ。

頂上にはかつて高麗神社の上宮があったが、今は礎石しか残っていない。高麗権現がここに鎮座していたので「高麗権現社」とも呼ばれていたが、戦後になって荒れ果てて昭和五十五年に社殿は取り壊された。「権現さま」は山麓の高来神社に遷されたが、この「権現さま」こそが「高麗王若光」その人で、高麗神社、現・高来神社の本当の祭神である。箱根神社の前身である箱根駒ケ岳の駒形権現はこの大磯の高麗権現を勧請したものであることはすでに述べた。

頂上は広場になっているが、眺望はいっさいきかない。樹木が生い茂って視界を阻んでいる。登って来る途中も同様だったが、一か所だけかすかに海が望める場所があった。平塚の街並みと大磯の海をじっくり俯瞰したいと思ったが、それはかなわなかった。頂上だけでも一部樹木を伐って展望をきかせてくれればと思ったが、そうか、ここは神域だからな、と気付いた。山そのものが御神体という神社がわが国には多い。高麗山はご神体ではないが、神社の境内は頂上まで続いているのだろう。

帰りは男坂を下った。なるほど傾斜の急な難路続きだ。懸崖《けんがい》に刻んだでこぼこの細道をそろりそろりと下りて行く。転べば大けがは免れないだろう。革靴に手提げかばん、どう見ても山登りの格好ではない。転げ落ちても自業自得だ。三、四回、落ち葉で滑って転びそうになったが、地面に手を付いたのは一度だけだった。が、冷や汗が出た。神社の裏手の平地に降り立ったときは心底ほっとした。同時に、まだまだ大丈夫だと変な自信も萌してきたので、あわてて年寄りの冷や水だと自らを叱った。高麗山登りはこれが最初にして最後になるだろう。

神社脇にある鶏足山慶覚院はかつての高麗寺の末寺である。高麗寺は奈良時代に神仏習合に基づき高麗神社の神宮寺として建立されたが、明治の廃仏毀釈《はいぶつきしゃく》で取り壊された。大磯の海から引き上げられたという本尊の千手観音菩薩像は慶覚院に遷り、高来神社の夏の大祭の御船祭りでは主役を演じている。なお、慶覚院は明治二十三年の大火で別の場所から檀家の多い今の地に移ったとのこと。

せっかくなのでこの慶覚院にもお参りしてから帰途についた。バス停まで行ったが、本数が少なく、待ち時間が長い。駅から徒歩二十五分というから歩いてみようと国道一号線を駅方面に向かった。ところどころにしゃれた建物があって、湘南のリゾート地の面影を宿すが、これは海寄りの西湘バイパスの方に出れば一層顕著になるだろう。時間があればそちらにも足を延ばしたいが、時間だけでなく体力的にも負担が大きすぎて、あきらめた。東海道線のガードをくぐった先にスーパーがあり、のぞいてみると休憩所もあるので、ここでコーヒーとアンパンを買ってひと息ついた。そこから駅までは歩いて十五分ぐらいだった。

大磯の印象は、「〝湘南〟発祥の地」というキャッチフレーズに代表されるようなモダンな雰囲気が先行している。これは明治以降、近代になってつくられたイメージで、東京を逃れた文人墨客の別荘や別宅、政治家の別荘などがあって、リゾート地として有名になったが、その後、高度成長に伴って海水浴場も整備されて、一躍大衆的な人気を博するようになった。ひと言でいえばハイカラなのである。が、ここには〝古代隠し〟の一面もある。大磯が古代の高句麗からの渡来人によって開かれ、高麗山や高麗神社（現・高来神社）に代表される〝高麗伝承〟に彩られた由緒ある町であることを、ことさら強調しないようにしている。私のような古代史ファンにはちょっと残念と言うしかない。

〝古代隠し〟というと意図的に聞こえるかもしれないが、少なくとも朝鮮色を薄めようという意識が働いていることは確かである。高麗山の山頂には「高麗と若光」という案内板があったが、一部の字句は板を打ち付けて改変されている。「この地に大陸の文化をもたらしました」という部分で、「大陸」が当初は「朝鮮」とでもなっていたのだろう。〝朝鮮隠し〟の典型で、このような例は当地に限らない。この案内板は環境省と神奈川県が共同で設置したものだが、「朝鮮」に反発する声が上がって変更を余儀なくされたのだろう。高崎の「上野《こうずけ》三碑」の案内ボランティアが「渡来人」をあまり強調しないようにと市から言われていると口にしたことが思い出される。小中華思想はいまだ健在なのである。

31『異郷こそ故郷』

『異郷こそ故郷』という本がある。昨年（平成二十八年）の八月刊行で、著者は徳永恂《まこと》という哲学者。一九二九年生まれというから私よりちょうど十歳上である。

この題名を新聞広告で知って、衝撃を受けた。著者は私にとって全く未知の人だったが、こういう言葉を発せられる人がいたことに、まず驚いた。

異郷、それこそが故郷である、とは！

こういう発想が私にはなかった。至るところ異郷で、故郷がないことを慨嘆し、それを売りものにさえしてきた。が、この人、徳永氏は「異郷こそが故郷である」と平然と言う。いや、平然とではなく、長い間の思索と研鑽を経た後にたどり着いた結論、究極の命題だったのだろう。

それにしても何という素晴らしい発見であろうか。この言葉で、大げさに言えば、私は救われた。〝故郷喪失〟は文学的な感性ではロマンになり得た。つまり、その悲しみを味わえた。が、哲学的には行き止まりで、ニヒリズムに陥るしかなかった。暗黒にして空虚な世界。ただむなしさだけが靄《もや》のように立ち込めている恐ろしい地獄。

しかし、異郷こそが故郷となると、どうなるか。事態は一変する。至るところどこでも懐かしさに満ちた心地よい場所に豹変する。まさにコペルニクス的転回である。

学生時代、私は、自らの半生、特に両親との死別を中心とした子供時代の打ち続く家庭的な不幸をそっくりプラスに転換する〝回心〟を体験した。後年、それを、マイナスのカードだけ集めるとプラスに転じるというトランプ遊びに擬した。これは大学時代の濫読ともいえる読書体験から得た貴重な発見だった。このおかげで私は自分に自信が持てるようになった。私は自らの〝不幸な〟体験を隠す必要がなくなった。卑下するどころか自慢できる体験になった。人が簡単には味わえないさまざまな出来事に自分が遭遇したのは〝もっけの幸い〟だったのである。これは理屈として考え出したことではなく、実感として心に沁み込んできた揺るぎない確信だった。これ以後、確かに私は強くなった。

ところが、年老いて、私はこの信念に不安を覚えるようになった。〝異郷〟を喜べないようになってきた。

何がいけないのか。

何が原因なのか。

そんな時、ハタと思い付いたのが、自分には拠って立つ基盤というものがないことだった。故郷がないことだった。今まではそれが自慢でさえあった。なじめず、さまよい、さすらい、絶えず浮遊している〝根なし草〟状態を「ハイマートロス」という特権的な文学用語に置き換えて、ひとりほくそ笑んでいた。〝故郷喪失〟に酔っていて、実感として悲しみにつながっていなかったのである。故郷がないことを一つのロマンとして抒情的に楽しんでいたにすぎない。目前に迫った〝死〟が、自らの化けの皮を剝いだのである。

例えば、友人が東京近郊の旧家の御曹司で、さまざまな因習にとらわれながら生きているのを見て気の毒に思ったものだが、今ではそれが逆に羨ましい。私よりひと回り上で、電話で、「気の向いた時に土いじりをしながらのんべんだらりと生きている」と自嘲気味につぶやいたことがある。が、絵に描いたようなこの〝楽隠居〟、これこそが本当の幸福というものではないか、と近頃は折に触れて思うようになった。

また、大学時代のある友人は、卒業するとすぐに山陰の郷里に帰って高校の教員になったが、そこで定年まで勤め上げて、余生を地域の活動に捧げている。何と不自由で気の毒なことかとかつては思ったものだが、今となればこれは至福の生き方だったと思う。地に足が着いている。見るもの聞くものすべてが生まれ落ちてからずっと目にしてきたものである。そこには目新しい発見は何一つないかもしれないが、懐かしい人情と風物がある。生きているだけで心地よく感じる自然の営みがある。

かつて私は、落語や漫才を聞いて、エキゾチックな感覚に捉われたことがある。二十代だった。こういう伝統的な話芸は私の貯金箱にはなかった。あるのは西洋的な合理主義と知的な感性に導かれていると信じていた独りよがりの美意識だけだった。日本的なものがどこか滑稽に、時には醜く映った。

——選ばれてあることの恍惚と不安と二つ我にあり。

——懐疑はおそらくは叡智の始めかもしれない。しかし、叡智の始まるところに芸術は終わるのだ。

——真らしきものが美にとって代えられてしまった。

今ではうろ覚えのこれらのエピグラムに私は深い共感と陶酔を覚えたものだった。ひと言でいうと、キザである。これらのキザな警句に照らすと、ものを言い切らずに暗示にとどめる日本的な表現はどこか野暮で鋭利さに欠けていた。

今では、この文字通りの管見、独善と傲慢が何とも恥ずかしい。

しかし、言葉遊びにはもう飽きた。今はひたすらここにあるもの、私の胸にあって出口が見つからずに呻いているものを忠実に再現することが肝要だ。解決はそれからだ。いや、おそらく解決できないまま死んでいくのだろう。

あの渡来人たちは千数百年の昔、海を渡ってみごとに列島に新たな故郷を築いた。異郷を故郷に変えた大先達だ。彼らに望郷の想いがなかったわけではあるまい。特に新設の高麗郡に集められた一七九九人の高麗人たちには望郷の念はひとしおだったろう。何せ東国の各地に散らばったものの、その土地になじめず不満と不安で鬱屈した日々を送っていたのだから。帰るべき故国はすでになかった。亡国の悲哀を骨身に沁みて感じたに違いない。〝異郷こそ故郷〟と絶えず我が身に言い聞かせるほかなかったのである。

32 武蔵国府跡

「武蔵国府跡」を訪ねるために府中市へ行った。

府中はかつて勤務していた高校の所在地である。その高校は京王線府中駅北口から国分寺方面に十五分ほど歩いたところで、有名な府中刑務所と向き合っている。目的地の「武蔵国府跡」は府中駅の南側で、こちらはなじみの薄い場所である。大国魂《おおくにたま》神社もこちらにある。この神社にはむろん詣でたことがあるが、これもどういうわけか北口にあったような気がしていた。記憶というのは当てにならないもの。最近は特にこの感が深くなった。大国魂神社がこんなに駅から近いことにも驚いた。府中駅南口から歩いて五分である。

一応、神社を参拝することにして長い参道をゆっくり歩いた。こんなに広かったかなと、これも自らの記憶力の衰えを嘆きつつ、左右に立ち並んでいるさまざまな記念碑をのぞき込みながらゆっくり奥に進んだ。右側に大きな建物があり、その脇に「武蔵国府跡」と刻んだ石柱が目に入った。今日の目当てはこれである。が、事前の調査では国府跡は神社の境内の外にある。おかしいなと思いながら建物の玄関を見ると「ふるさと府中歴史館」とある。ははあ、この建物に因んで石柱を立てたもので、この位置がそうだというわけではあるまいと勝手に決めて、そのまま通り過ぎた。それにしても境内に「府中歴史館」という公の建物があるのも変だなと思いつつも、時間があれば帰りに寄ることにした。

拝殿まで相当な距離だった。平らだからいいが、ご老体なら歩き疲れるだろう。その〝ご老体〟に自分も入っているのだが、こういう時はその自覚はない。まだ足が動いている証拠だ。

拝殿で小銭を投げ入れ、柏手を打つ。神社ならどこでもこうする習慣なので、抵抗はない。その代わり、ここは大国魂神社なんだという特別な思い入れもない。ふだんよりいくらか賽銭をはずんだのはたまにしか来ないからだ。見回すと、平日の午後なのにけっこう人が来ている。さすがに大国魂神社だと感心する。

肝心の「武蔵国府跡」はすぐには見つからなかった。神社の東側にあるはずなので、東の出入口から外に出ても住宅街で、これは間違ったかとまた境内に戻り、今度は西側の出入り口から外に出た。が、住所は頭にあった「宮町」ではなく「本町」になっていて、むろんそれらしい史跡はない。横を見ると、さっき目にした「ふるさと府中歴史館」の西側の玄関になっていた。境内とは反対側だ。通り抜けできる構造なのだ。ちょうどいいとここに入って二階で係員に尋ねると、「あそこです」と指をさす。東の窓から参道を隔てた真向かいの、木立と建物の間に赤い柱がかすかに見える。

すぐに引き返して、もう一度東の出入り口から外に出る。住宅街を北にほんの数軒歩いただけで、すぐに「国史跡　武蔵国府跡」に出た。予想よりはるかに狭い。民家四軒分ぐらいの広さしかない。正確には「国府跡」ではなく「国庁跡」だろう。屋外では赤い柱を数本立てて実際に柱穴のあった位置を示し、脇にある小さな展示室では三本の赤い柱で掘立て柱の立て方を分かりやすく説明してある。あまりに簡単すぎて拍子抜けした。もう少し参考になる資料があるものと思っていた。

ただ、今の大国魂神社全体がかつての武蔵の国衙に含まれるという指摘には驚いた。国衙の広さもさることながら、神社のある場所にわざわざ国衙を持ってきたという発想が新鮮だった。昔、新任国守は赴任するとまずその国の総社を参詣したというから、両者を同じ場所にしたのはすこぶる合理的だったといえる。大国魂神社は武蔵国の総社である。しかも、別名「六所宮」、武蔵の国の一の宮から六の宮までがまとめてここに祀られている。祭政一致の王朝時代の華やかさを偲ぶには十分なお膳立てである。

それにしても大国魂神社の創立は時代がかっている。言い伝えでは、景行天皇四十一年、西暦でいうと一一一年の創建。祭神は大国魂大神で、大国主命と同神という。ということは出雲系の神社ということになる。現に律令期に入ると出雲臣の祖神天穂日命《あまのほひのみこと》の後裔が武蔵国造となってこの神社に奉仕している。東国でも出雲系は強い。出雲系の元祖は押しなべて新羅から渡って来た渡来人の神である。相模一の宮の寒川神社、武蔵一の宮の氷川神社、等々。出雲の国譲りで天孫に抵抗して信濃に逃げた建御名方神《たけみなかたのかみ》は諏訪神社の祭神になっているが、諏訪神社は信濃の一の宮で、やはり出雲系だ。これらは東国自体が渡来人によって開発された地域であることを如実に物語っている。

「武蔵国府跡」には他に見学者は誰もおらず、作業服姿の中年の男性が黙々と生垣の雑草を抜いていた。私がいることに全く頓着しない。職員ではなく、委託を受けた造園業者かもしれない。狭い敷地なので、誰もいなくても茫漠とした感じはない、朱塗りの柱が何本か立っているのが異色の趣を添えているが、これを除くと特に見るべきものはない。地面はコンクリートで覆ってあるので清潔にして簡素、古代の国庁がここにあったとは思えないほど静かである。周りは民家に囲まれている。

私はしばし時を忘れたような一画にぼんやりとたたずんだ。ここで武蔵の国守が政務を執っていたのだ。高麗若光も東山道武蔵路を通って、ここに来たはずである。さらに、奈良時代全盛期には高麗福信が武蔵国守に三度も任命されている。地方出身者でしかも渡来系でありながら、最後は従三位まで上り詰めた破格の官人貴族である。仕えた天皇は六人に上る。「青によし」と謳われた華やかな天平文化を生み出した奈良時代であったが、裏では政争に明け暮れた陰惨な時代だった。そんな中で失脚もせず栄達を成しとげるというのはよほどの政治的才覚に恵まれていなければ不可能である。高麗福信は機を見るに敏で、身の処し方がうまかったのではないかと〝下種の勘ぐり〟が首をもたげてくる。

「わしのことを疑っているな」

赤い丸木柱の陰から、突然声がした。目を凝らすと蜃気楼のように人影が浮かぶ。奈良時代の正装に身を包んだ高級官人。が、すでにご老体だ。

高麗福信——。

「びっくりしました。こんなところでお目にかかるとは」

「ははは。わしはどこにでも現れる。変幻自在だ。驚くことはない」

長い白髭を蓄えているところを見ると、すでに功なり名遂げた晩年の風貌だろうか。

「いつもここに？」

「いや、今日は高麗から来た」

「高麗というと、あの埼玉県の高麗……」

福信は晩年は郷里に帰ったと史書にはある。

「そうよ。高麗郡に隠棲して、郷里で心おきなく死んだ。高麗神社がわしの奥津城《おくつき》じゃ」

「ははあ、高麗神社……」

高麗神社は高麗若光を祀ったもの。関連はなかったものの同じ高句麗の王族、高麗神社に祀られてもおかしくはない。が、出世してからの福信は何となく高麗郡とは縁遠くなる。中央での職務が多忙で郷里にまで手が回らなかったということか。その辺を聞いてみるには絶好の機会だ。

「三度も武蔵の国守を務めていらっしゃいますが、そのとき高麗郡には足を運んでいますか」

「うっ」

突然、福信は喉を詰まらせた。

「わしは、わしは武蔵の守といっても、遥任《ようにん》じゃった。一度も現地には行っておらん」

やはりそうかと思った。名ばかりの国守、うめき声は自責の表れか。

「しかし、武蔵国のために都では尽力した。武蔵国分寺の造営はわしの第一回目の国守時代じゃった」

「はあ、七五〇年代、天平勝宝のころですね。この時期、貴殿が武蔵の国守であったことは史書にも見えています。七五八年、天平宝字二年には高麗郡の隣に新羅郡も出来ていますが、これも貴殿のテコ入れで……？」

「新羅郡の建郡はそこが特に開発の遅れていた地域だったので、新羅人の土木技術が必要だったのじゃ。と言っても、彼らはすでに二世、三世で、日本で生まれ育った者ばかりだったがな」

「史書によると、朝廷は七十四名の新羅人をこの地に移住させていますが、そのうち半数近くの三十四人を僧尼が占めている。これは何か意図があってのことでしょうか」

「うーむ」

福信は頬に掌を当てて大きく息をついた。何か言いづらいことでもあるのだろうか。

やがて、私の視線を避けるかのように遠くを見ながら、ゆっくり言葉を手繰り寄せた。

「当時は藤原仲麻呂殿の全盛時代じゃった。橘奈良麻呂の変を鎮圧して、翌年には娘婿の淳仁《じゅんにん》天皇を即位させた。仲麻呂殿は富国強兵策により東国の発展と強化を推し進めようとした。外交的にも大唐帝國に安禄山の乱が起こり、周辺の防備と新羅への警戒が喫緊の課題じゃった」

「それと僧尼の派遣とはどう結び付くのですか」

「東国の発展には仏教の普及が有力な手段だった。仲麻呂殿もやはり時代の落とし子、聖武天皇を見習ったのでしょうな。僧尼は大事にした」

「なるほど」

「しかし、新羅侵攻のために大軍団まで調えたのに挫折した」

「はあ、その後の仲麻呂殿の悲劇は存じております。すると、新羅郡の創設は百済や高句麗といった他の渡来人たちを特に意識した軍事色の濃い政策ではなかった……？」

「むろんじゃ。大和朝廷は確かに新羅とは政治的にはうまくいってなかった。犬猿の仲のように言われてきたのも無理はない。が、新羅からの渡来人に対しては何の分け隔てもしなかった。百済や高句麗からの渡来人と同様に、平等に、丁重に、かつ敬意を持って接してきた」

何となく安心した。どうも私には建郡という政策が渡来人懐柔策に思えてならないのである。不満の解消策である。が、少なくとも多胡郡と新羅郡はそうではなかったようだ。逆に渡来人の力を目いっぱい引き出そうとした優遇策だったのかもしれない。

しかし、高麗郡は違うぞと私は信じていた。こちらは懐柔策そのものだった。土地を与えて新天地の建設を促し、併せて東国の発展をもくろんだ臣従推進策だった。高句麗移民はひと筋縄ではいかない誇り高い民族だ。彼らは韓民族ではない。北方の遊牧騎馬民族の血を受け継いだ尚武の集団だった。

「僧尼を大勢移住させたのに新羅郡には見るべき寺院があまりないですね」

少し意地悪い質問だったが、相手が高句麗系なので遠慮は無用と判断した。

「確かにそれは言える。これといった寺院仏閣はない。が、彼らが無駄に過ごしたわけではない。荘厳な仏寺を建立するより弘布《ぐぶ》に力を入れた。つまり仏心で人々を教化する道を選んだ。この効果は絶大じゃった。新羅郡には武蔵国のあまたの郡の中でも穏和で勤勉な渡来人が多い」

「なるほど。建郡草々、いくつもの壮麗な寺院を建立した高麗郡とは大違いですね」

女影廃寺や大寺廃寺、高岡廃寺のことが念頭にあった。

福信は一瞬眉をしかめた。自慢になる話ではなかったのかもしれない。

壮大な仏寺の造立は裏返せばそれを必要とするほど人心が荒《すさ》んでいたということだ。平穏な心を導き出し、建設的な精神を養うためには、目に見える象徴的なモニュメントが必要だった。荘厳な仏寺は人々に尊崇の念を起こさせ、住民の結束を強める最良の手段だった。

「高麗郡の草創期は私はまだ都に上りたての若輩じゃったが、高麗郡のために都のお偉方たちが惜しげもなく官費を投入しているのを見て驚いたものじゃ。その理由が分かったのはもう少し後になってからじゃ。ただ、東国の郷里がこれほど注目されるのは嬉しくもあったが、内心いささか不思議でもあった」

暗に新羅郡にはそのような財政援助がなされなかったことを匂わせたが、これは新羅郡にはその必要性がなかったということかもしれない。高麗郡とはここが大きく異なる。

「新羅郡は仏心から攻め、高麗郡は仏寺から攻めたということですか」

調子に乗って口から滑り出た私の皮肉を、今度は福信は黙って受け止めた。

故郷に対する福信の思いは単純ではないなと私は気付いた。一度目の武蔵国守になった時は、国分寺の造営に力を注いでいる。国守としては当然のこととはいえ、高麗郡の草創期における仏寺の威力を垣間見ているだけに、国分寺の建立にはおのずから熱心にならざるを得なかったのではないか。役人としての出世もさることながら、武蔵国に寄せる郷土愛のなせる業だった。同時期の新羅郡の創設にもこの仏教立国が生かされたようだが、福信自身に特別な思い入れがあったようには見えない。

「二度目の武蔵国守の就任は神護景雲四年。すでに従三位に昇進して光仁天皇のもとで造営卿を務めていらっしゃいます」

神護景雲四年は西暦では七七〇年。すでに六十歳である。造営卿は名誉職のようなものだろう。不思議なのは飛ぶ鳥も射落とす勢いだった藤原仲麻呂政権を支えながら、仲麻呂の失脚後も無傷で生き延びていることだ。この政治の大海を遊弋《ゆうよく》する巧みさ、変わり身の早さは特筆に値する。若光と違って、これが福信の後世の評価をあまり高からしめていない理由かもしれない。

「さよう。翌年には武蔵国は東山道から東海道に所属替えになる。武蔵の国がいかに発展したかがこれによっても分かるはずじゃ」

なるほど、遥任とはいえ、武蔵の国守であってみれば国の移管に無関係であったとは思えない。国守として何がしかの働きはしたのだろう。

東海道はこのころすでに相模から上総へ通じる海路に代わって、武蔵、下総の沿岸を巡る陸路の交通が盛んになっていた。中央の役人も東山道の上野《こうずけ》から武蔵路《むさしみち》を下って武蔵国府へ至るより、東海道の間道を相模から武蔵に北上する方が便利であることに気付いていた。武蔵国の東海道への移管に伴い、東海道も相模、武蔵、下総という陸路が正式なルートになった。

「三度目の武蔵国守になった時は七十歳を越えていますね」

奈良時代も終わりの延暦二年、西暦七八三年のことである。すでに桓武天皇の御代になっている。

「弾正尹《だんじょういん》というありがたい官職を賜った。役人を監督するのが任務じゃ」

これも名誉職だろう。が、この年になっても武蔵国守兼任を命じられるというところが普通ではない。明らかに国政の、というより桓武天皇の思惑が反映していると見るべきだろう。桓武帝も母親が渡来系だったから同じ渡来系の福信を優遇したとも考えられるが、それより桓武帝が東国の蝦夷制圧に本気で乗り出したことと関係しているのではないか。

『続日本紀』には「坂東諸国が軍旅のため」とか「坂東八国の郡司子弟から軍士に堪える者を選び」などという記事が散見する。平安時代に入ると、桓武帝は、これも渡来系の坂上田村麻呂《さかのうえのたむらまろ》を征夷大将軍に任命して蝦夷討伐に本腰を入れるようになる。この時点での福信の武蔵国守の任命はその準備段階だったと言ってよい。福信が渡来系であることは武蔵の住民を味方につけるには好都合だったのである。

「桓武天皇は蝦夷に対する備えを万全にした人ですよね」

控えめな言い方で探りを入れてみた。

「そのとおりじゃ。蝦夷を臣従させるには東国の渡来人の協力が欠かせなかった」

「前進基地ですか」

「さよう。物資や軍士の調達もさることながら、人心の掌握が第一だった」

「そのためにも貴殿の武蔵の守任命は願ってもない人事だった」

「ふふふ」

この一瞬、福信の目もとに老獪な影が走った。

政治家の顔だ。立身出世を遂げた人間に特有の巧知が垣間見えて、私は沈黙するほかなかった。

33 武蔵国分寺跡

別の日、武蔵国分寺跡に足を運んだ。

ここも武蔵国府跡と同様、私にはなじみの場所だった。ＪＲ中央線の西国分寺駅と京王線府中駅のちょうど中間。かつての勤務地都立Ｆ高校のすぐ裏手だ。立川から通勤していたころは国分寺駅で降りて歩いた。およそ十五分。大通りを避けて脇道に入り、国分寺崖線を下って「お鷹の道」を突っ切る。周囲にはまだ畑が散在していた。

今回は西国分寺駅から歩いた。国分寺駅からと大して変わらないが、「東山道武蔵路《むさしみち》」の一部が復元してあるのを知って、ぜひ見たかったからである。西国分寺駅から徒歩五分。道案内の標識はなかったが、迷わずに行けた。周りは高層ビル群、復元した「武蔵路」も高層ビルのそびえる団地の傍らにあったが、この団地が都営アパートとはびっくりした。

私がＦ高校に勤務したのは一九八〇年前後で。都営団地といえばまだ戸建ての掘立て小屋のような家が並んでいた。敷地には余裕があり、どこか牧歌的ですらあった。それがその後いつの間にかどんどん建て替えられ、高層ビルに変わった。居住面積も増え、設備も格段によくなったが、その分家賃も上がった。が、「都営」の特権で低所得者には優遇措置があるそうだから、これはこれで良策だったのかもしれない。多摩地区には至る所にあった昭和の面影を宿した戸建ての都営住宅はほとんど姿を消し、マンションと見紛う豪華な都営高層団地があちこちに出来た。

建物に気を取られているうちに広い歩道に出た。赤褐色に舗装された一直線の道路が続く。両端近くには途切れ途切れに細長い黄色いしるしが付いている。ははあ、これだな、と思った。ネットの写真で見覚えがあった。歩き出すと、途中に丁寧な案内板があった。じっくり読んだ。

国鉄の民営化に伴う中央線南沿いの中央鉄道学園跡地の整備でこの古代道路跡が発見されたという。およそ三百メートルがきれいに保存されている。七世紀の昔に役人が乗った駅馬《はゆま》が通るために造られた官道。幅は十二メートル、側溝を備え、直線を原則としたという。この国家的大プロジェクトに駆り出された民衆のことを想う。人跡稀な荒地や原野を貫いて、長い長い一本の道路が造られた。

道路の設計には渡来人の知恵と技術が存分に生かされたに違いない。田地の開発だけでなく、洪水対策や灌漑用水確保のための河川の改修、寺院の造立といった土木建築事業に渡来人は欠かせなかった。東国には特に渡来人が多かったから、道路の開削でも彼らの技術はいかんなく発揮されたはずだ。「武蔵路」は東山道から南に伸びた支道だが、武蔵国府に通じるので実質は官道扱いだった。武蔵国はこの時はまだ東海道ではなく、東山道に属していた。武蔵の国は南部は「多摩の横山」と呼ばれる起伏の多い丘陵地帯だったが、北部は雑木林と芒《すすき》や萱《かや》の生い茂る原野が広がり、さらに海辺に近い地域は一面の湿地帯だった。一部を除いて人の住めるような土地ではなかったのである。

この道を高麗若光も通ったのだ、と私は辺りを見回した。周囲は巨大なマンションや学校などの公共施設。少し離れた東側に大きな公園風の緑地が見える。案内図を見ると、「泉町公園」とある。どうやら旧国鉄の広大な敷地を国分寺市が買い取って広域避難場所を兼ねた公園にしたらしい。「武蔵路」が栄えていたころは一面の原野だったろう。案内図を見ると、北側の現在の中央線の線路あたりからは切り通しになっていたらしい。線路の向こうは現在の国分寺市「恋ヶ窪」、文字どおり窪地だったのだろう。

若光は郡司になってからこの武蔵路を何度も駅馬で往復したはずだ。郡司となれば一応役人である。郡司は国司のように中央から派遣された役人ではなく地元の豪族が任命されたが、その地の事情に詳しいので実権はこの地方役人が握っていた。若光の場合は朝廷から懇望されて東国の辺境へ移住したので、地方役人とはいっても中央とのつながりが強かった。新郡の建設だけでなく、七か国から呼び集めた高麗人の不満分子を統括するという大任を一手に担わされた。建郡はそのための手段である。朝廷としては若光の人徳と威光を借りて高麗人の融和臣従対策を実行しようとした。武蔵の国司たちも若光には一目置かざるを得なかった。当然、その移動には駅馬が使われたとみるべきだろう。官道とはいってももちろん舗装されていたわけではない。が、このゆったりとした道幅、側溝も備え、しかも直線を旨としていたとなると、版築《はんちく》のように突き固めた滑らかな路面が自然と目に浮かぶ。七十に近い老体にもさほどの難儀は感じずにすんだのではないか。

およそ三百メートル続く復元された「武蔵路」を南に進むと信号のある四つ角に出た。ここを過ぎると小学校に続いて左手に消防署があって、その脇に「国分寺公園」の標識が立っている。目をやると奥は鬱蒼とした森で、ここから国分寺跡を含んだ史跡公園が始まるらしい。道路はこの辺りから南に向かって下り坂になっている。国分寺崖線《がいせん》だなとすぐ分かった。公園もこの斜面に広がっているようだ。やや左カーブの坂道を下ると途中に左に折れる道がある。奥に目をやると、木立の中にお堂が見える。手元の案内図を見ると「武蔵国分寺」とある。怪訝《けげん》に思いながら近づいてみる。実は今度来るまで、「国分寺」という寺が今もあることを知らなかった。奈良時代に建立した国分寺の跡があるだけで、同名の寺院が存在するとは思っていなかった。が、実際にはあるのである。

案内板を見ると、これは薬師堂で、本尊の薬師如来は国の重要文化財になっている。鎌倉時代の造立である。この薬師堂とともに、現存する「武蔵国分寺」は鎌倉時代に再建されたらしい。旧国分寺が崖線下の広大な平地を境内としていたのに対して、鎌倉幕府の崩壊と同時に再建された現国分寺の堂宇は北側の斜面に位置している。やや遠慮がちに立っているが、森に包まれた薬師堂、仁王門、楼門などは古色蒼然としてやはり歴史を偲ばせる。

階段を下って平地に出る。左右に伸びた狭い道路を左に行くと「武蔵国分寺跡資料館」という案内板があったので足を延ばしたが、月曜休館で入れなかった。脇に「おたカフェ」という喫茶室があったので喉の渇きを癒やそうと思ったら、これは土日しか開いていないという。「おたかの道遊水園」というのが近くにあり、これは国分寺崖線（はけ）の豊富な湧水の代表格である。「おたか」の「たか」は「鷹狩り」の「鷹」。江戸時代、この辺りは尾張徳川家のお鷹場だった。

近くの現在の国分寺本堂のある境内には「万葉植物園」があり、ここは何十年か前に来たことがある。が、せっかくだからざっと見て、今度は住宅地を抜けて国分寺跡に向かった。

少し歩くと広大な草地に出る。ここが武蔵国分寺跡である。まず講堂跡を見る、往時の礎石が五個残り、その数倍の人工石を補充して講堂の位置を明示している。相当な広さである。基壇も整備されているが、実際はもっと高かったようだ。

講堂の南には金堂跡。こちらはあまり手を加えてなく、礎石もまばらだ。興味を惹かれたのは金堂と中門の間にある空き地である。ここには二本の柱が立ててあり、何かと思ったら幡《ばん》を立てた柱を復元したものだという。掘立柱の跡が出土したらしい。幡は仏教儀式で使われる旗の一種で、仏を荘厳《しょうごん》して悪魔を払う役目があったようだ。金堂で大きな供養がある時など、堂前のこの広場に幡を立てて、簡単な儀式をしたのだろう。

七重塔の跡は境内のはるか東南にあった。主要な堂塔のある伽藍中枢部からは遠く外れた位置になる。それほど境内が広かったということだ。いま見回してもその広大さに息を呑む。一部は住宅が侵食しているから、本来はもっと広かったのだろう。全体的に整備は遅れており、草地のままという箇所が圧倒的に多い。

七重塔は戦後になって、五十メートルほど離れたところにもう一か所塔跡が発見されて、こちらは「塔跡2」と呼ばれている。が、ここに実際にもう一つ別の塔があったのか、または平安初期に焼けた初めの塔が十年後に再建された時にここに移ったのか、まだ判明していない。いずれにせよ、七重塔というだけでもすごいことだ。奈良時代の中ごろにはこれだけの技術を日本人もすでに持ち合わせており、総国分寺の東大寺だけでなく各地の国分寺も競って七重塔を建てた。が、現存しているものは一基もない。

新興武蔵国の底力を感じさせるのはむしろ寺域の広さである。全国の国分寺の中でも屈指である。

「たいしたものだ」

七重塔の跡地に立って、大きな礎石が数個むき出しになっているのを眺めながら、私は胸につぶやいた。

「でしょうな。心血を注いだ」

呼応する声が礎石の下から響いてきた。

「やっ、福信殿ですか」

先日、武蔵国府跡で聞いたのと同じ声だ。

「今日は国分寺とは、ご熱心な……」

からかわれているような気がした。それだけに旧知に会うような心安さを感じた。

「国府と国分寺。これは一体ですから」

言い訳がましく付け加えると、

「いや、厳密に言えば違う」

姿を現した福信は即座に否定した。

「一体なのは国府と総社じゃ。ほれ、武蔵国府も大国魂神社と同じ場所にあったろう。大国魂は武蔵総社じゃ」

「そうでした。失礼しました。私が一体といったのは……」

「ふむ、分かっておる。神社と寺院の違い。神社はあくまで朝廷の分身。というより朝廷が神社の分身なのじゃ。祖先は同じじゃ。これに対して仏は異国から来た神。寺院が外から朝廷を守ってくれる」

「外から……」

「そうじゃ。聖武天皇は自らを〝三宝の奴《やっこ》〟と称されて仏への帰依を宣《の》り給うた。あの時期、神だけでは国難を避けられなかった。仏の力が必要じゃった」

「国難というと……」

「政争と打ち続く天変地異、疫病……」

心なしか声が陰りを帯びた。

確かに奈良時代は権力闘争の激しい時代だった。王族と重臣が入り乱れて陰謀を画策した。そこへ打ち続く地震と天然痘の流行。天平文化には栄光と悲惨が綯《な》い交ぜになっている。

「大仏と国分寺の造営は国家救済の悲願を託した大事業じゃった」

「武蔵の国守に任命されたのはやはり国分寺の造営が目的でしたか」

「それもあったろう、朝廷にはな。しかし、わしにとっては武蔵は郷国、少しでも貢献したいという思いが強かった。国分寺でなくても、よかったのじゃ」

やはりそうかと思った。高麗《こま》姓を名乗るからには武蔵と無縁ではいられない。先輩の高麗王若光の令名は子供のころから福信の耳に焼き付いていたはずだ。

「武蔵国分寺は全国でも有数の規模を誇っています。どちらかといえば後発の武蔵国に、よくこれだけの財力がありましたね」

「ははは。身の程知らずということか」

「いえ、そんな意味ではなく……」

「確かに大事業じゃった。武蔵国府にとっては大きなお荷物じゃった。が、ここはそれ、朝廷内部の親高句麗派の人脈がある。これに頼って特別な出費をお願いした」

ははあ、高麗郡建郡でも活躍した大神《おおみわ》、阿倍、引田の氏族たちだなと見当をつけた。奈良時代になっても彼らは議政官として中央でも枢要な地位に就いていた。

「高麗王若光の遺産ですね」

福信はじろりと私を一瞥した。

同じ高麗人でしかも王族同士とはいえ、この二人には直接の関わりがない。年代もずれている。が、福信が経歴もはっきりしているのに対して、若光は伝説の闇に包まれている。福信の若光に注ぐ眼差しにはかすかに疑念が含まれているような気がした。

「ところで、伯父さんの行文《ゆきふみ》についてですが」

私は思い切って話題を変えた。前から気になっていたことだった。

福信は怪訝そうに私を見返した。が、すぐに目元を和らげて微笑《ほほえ》みかけてきた。

「行文伯父をご存知か？」

「万葉集に歌が一首載っています。懐風藻にも漢詩が二首」

「これは驚いた。わしにはさっぱり分からんが」

「ご謙遜を。それより、この方の学者としての生涯とあなたの政治家としての栄光がすぐに結びつかなくて」

「ははは。栄光とは参った。わしを政治家としてキンピカに飾り立てるとはな。おぬしも人が悪い」

私はたたらを踏んだ。どうも話がすんなり進まない。妙な謙遜の仕方をする。地方出身で、しかも渡来系の身で従三位になった。堂々と自慢し、威張りちらしてもおかしくはない。が、どこか恥じらいを感じさせる低姿勢。自嘲とも思えない。いつぞや見せた老獪な影がまるで嘘のようだ。

「まさか伯父さんの力で出世したなど……」

「それはない。踏み出した道が違う。伯父は初めから学問志向じゃった」

「確かに幼少より学を好み、上京してからも学問ひと筋だったようですね」

「伯父にくっついて都に上ったわしはまだ子供じゃったが、力だけはおとな顔負けの暴れん坊じゃった。それが逆に幸いした。相撲が強いということで朝廷に取り立てられ、内竪所《ないじゅどころ》に入った。当時は朝廷に相撲の節会《せちえ》があり、諸国から呼び寄せられた相撲人が天覧試合を行った。やがて右衛士府《うえじふ》に移って宮中警護の任に当たるようになった」

「それが役人生活の始まり……」

「そのとおりじゃ」

「伯父さんとは没交渉で？」

「そんなことはない。進んだ道は違ったが、血の繋がった身内だからな。同じ都に住んでいたのだから、しょっちゅう行き来しておったよ」

「確か伯父さんは明経第二博士になって、養老五（七二一）年には学業優秀で朝廷から表彰されていますね。神亀四（七二七）年には従五位下を賜っています」

「よく調べたもんだ」

呆れたように斜めから私を見返した。いったい何者かといぶかるような視線だった。

「怪しいものではありませんよ。ただ渡来人に興味があって……」

「渡来人ねえ。昔は帰化人と呼ばれた」

「どっちも同じことですよ。名前を変えても中身は変わらない」

私は逃げ腰だった。

「しかし、どうしてこの国は外から来た人間を特別扱いするのかねえ」

独り言に近かったが、私には身の細る思いだった。穴があったら入りたい。福信自身もその理由は知っているはずだ。ただ慨嘆してみせるだけで私への思いやりを示したのだろう。

「貴殿のいたころはまだ日本も渡来人には一目置いていました。実際、渡来人なくして古代の日本の発展はなかった。特に東国はね」

「言ってくれるではないか。そこまで言うなら、わしも一つ恥をさらして進ぜよう」

笑っているのは余裕か。それともすでに一三〇〇年も昔のことだからと達観しているのか。

「わしは高麗から高倉《たかくら》に氏名《うじな》を変えた。宝亀一〇（七七九）年のことじゃ。なぜだと思うか」

「高倉」が「高座《たかくら》」に通じ、さらに「高麗」とも縁のあることは知っていたが、高麗をあえて高倉に変えた意図までは考えなかった。『続日本紀』には「新姓の栄、朝臣《あそん》は分に過ぐると雖も、旧俗の号、高麗は未だ除かれず」とある。だから高麗を改めて高倉にしたい、と朝廷に申し出ている。これが許可されて高倉に変わるのである。

「高麗」は「旧俗の号」として退けられている。となると、福信自らが「高麗」を蔑んでいたということか。

「ちょっと分かりませんが、高倉は日本風ですね」

「そのとおり。日本化を狙ったのじゃ。愚かなことよ」

自嘲気味に唇をゆがめた。

そうだったのか。福信といえども朝鮮風を嫌ったのか。

「高麗のことを〝旧俗の号〟と呼んでいるのは、早くもこの時期、世間では朝鮮蔑視が始まったということですか」

「うーむ」

伸びをするように首を反らせて小さく唸った。見下ろすような眼差しがパチパチと弾けた。

「そう思わせる風潮が確かに生まれつつあった。新羅には以前から敵対的だったことはおぬしもご存知だろう。民衆段階ではともかく、政治の次元では大和朝廷は長年にわたって反新羅政策を取り続けた」

「いったいこれはなぜなんでしょう」

「一つには、新羅の影響が強すぎたのじゃ。例の天日槍《あめのひぼこ》じゃ。新羅の王子天日槍が垂仁《すいにん》天皇のころ列島に渡って来て倭国をつくったという伝承。西日本の神社はみな新羅の神さまを祀っておる。名前を変えたり、祭神を入れ替えたりしているが、元はみな新羅の神さまじゃ。祖国の神を戴いて列島に移住した新羅の人々は鉄と馬を持って来た。彼らは列島に文化大革命をもたらしたのじゃ」

それまでなかった馬と鉄の文化は列島では三世紀の終わりごろから花開く。『三国志』の「魏書東夷伝倭人条」（俗称「魏志倭人伝」）には邪馬台国に牛馬はいないと記されている。鉄も伽耶系の渡来人が半島からもたらしたもので、当時の伽耶は新羅と並ぶ先進地域だった。製鉄技術の伝播と鉱脈の発見は新羅人らが列島にもたらした偉大な功績だった。

「鉄と馬だけではない。灌漑や土木、養蚕や機織り、さらに酒造りや医術まで、彼らが移植した文化や技術は列島各地を潤した。要するに、新羅は倭国の一歩も二歩も先を行く先進国じゃった。それを嫉妬し貶めようとする動きが奈良時代の中ごろから顕著になった。日本が大唐帝国を意識して、そのコンプレックスを東アジアで発散させようとして小中華思想を編み出したのじゃ」

「しかし、なぜそんなに朝鮮を蔑《さげす》む必要があったのか……」

「そこじゃよ。日本の神話がいけない。神の国を持ち出して、妙な優越意識を醸成した。中国は別格にして、東アジアでは唯我独尊を決め込んだわけだ。もっとも、こうした動きは記紀の編纂を企てた天武、持統両天皇の時期に始まった比較的新しい風潮だがね。律令制の整備と天皇絶対制という相反する思想が共存した極めてアジア的な現象だ」

「外から見るとよく分かるのではないでしょうか」

「外から、か……」

皮肉を言ったつもりはなかったが、福信は参ったなあという風に頭を掻いた。薄い白髪がきれいに波打っている。八十一歳で亡くなった時の風貌だろうか。

「高句麗も同じように嫌われたのでしょうか」

「嫌われた……？」

ゆっくり視線をはずして浮かぬ顔をした。

ちょっと調子に乗りすぎたかと私は反省した。「嫌われた」は確かに失礼だ。

「統一新羅に出来た高句麗の亡命王国が滅んだ後、旧高句麗領には靺鞨《まっかつ》族が中心となって渤海《ぼっかい》国が生まれた。かつての高句麗の遺臣たちも混じっていた。彼らの動きが列島に移住していた高麗《こま》人《びと》たちへの大和朝廷の関心を削いだことは確かだ。高麗人はお役御免となった。高麗から高倉へという出自を隠すような破廉恥な画策をしたこと、あれはその余波じゃったね、いま考えると。わしは大いに悔いておる」

苦しそうだった。老人をいじめているような自責の念にとらわれた。話題を何とかよい方向に持って行かねばならない。

「しかし、引退してからは郷国の高麗の地に戻られた。あっぱれ故郷に錦を飾られた。高麗はその氏名《うじな》のまま貴殿を温かく迎えてくれたわけでしょう？」

「それはそうじゃが……」

一応肯定はしたものの、どこか歯切れの悪さがあった。高麗へ帰ったことだけは確かなようだ。『続日本紀』には「延暦四年、表を上りて身を乞ひ、散位を以て第に帰る。薨《こう》ずる時、年八十一」とある。自ら辞職して「第」に帰ったわけだが、「第」とは屋敷の意、「帰る」とあるからにはやはりこの「第」は本貫の高麗郡を指すのだろう。薨去はその四年後、享年八十一歳だった。

不思議なのは隠居したのが高麗郡のどこなのかが不明なことである。おそらく生まれ育った実家があったか、同じ場所に家を新築して住んだと思われる。が、現在、高麗では福信については至って冷淡で、ほとんど顕彰らしきものはしていない。高麗人の出世頭で晩年は郷里の高麗で亡くなっているのに。武蔵の国守を三度も務めて少なからず郷国への貢献もしているはずだ。それなのにこの無関心ぶり。

反対に高麗王若光には過分ともいえる賛辞を惜しまない。まるで英雄扱いだ。私はここに係累を異にする高句麗王族の近親憎悪的な対立関係を想像してしまう。年代が違うので、福信自身は確かに高麗郡建郡には関わっていない。が、祖父の福徳は高句麗滅亡時に海を渡って来て、武蔵のどこかに住んだと思われる。おそらく高麗郡建郡に際してそこから移り住んだのだろう。そうなると不平不満組の一人ということになるが、これは大いにあり得ることだ。

高句麗滅亡前に来た若光と滅亡した後に渡来した福徳とでは気位に違いがあったろう。片や国家使節の一員、片や祖国を失った亡命者。年齢的には似たようなものだったろうが、日本人になる時の「なり切り方の違い」がその後の命運を分けた。立身出世という点では福徳一族の方が上だったが、民衆の敬愛と思慕という点では若光の方が勝っていた。晩年、高麗に帰って来ても、福信は〝中央のお偉いさん〟以上の存在ではなかった。体《てい》よく言えば、敬して遠ざけられたのではないか。

そういえば、高麗川にある高麗神社に福信が祀られているという話は聞かない。若光一色で、福信という「高麗氏」が別にいたことは神社もひと言も口にしない。住民と同じように、まるで福信はタブーのような扱いだ。しかし、府中国衙跡で出会ったとき、福信は「高麗神社がわしの奥津城じゃ」と言った。それだけではない。「郷里で心おきなく死んだ」とのたもうた。あれは何だったのか。そう思い込もうとしただけなのか。それとも門外漢の私に対するお愛想か。謎は深まるばかりである。

いつの間にか眼前から福信の姿は消えていた。逃げたなと思った。高麗で死ぬべく帰郷したもののの、決して満足のゆく晩年ではなかったというのが真相だろう。この時期のことは語りたくないのだ。「それはそうじゃが……」という煮え切らない口吻《こうふん》がそれを証明していた。

私は引き上げる時が来たと思った。ここでも福信に出会えるとは思わなかった。これで十分と自らを慰めた。

大きな礎石がむき出しになった七重塔跡地をひと回りした。その荒廃ぶりが逆に天平の栄華の跡を偲ばせた。「栄枯盛衰」という陳腐な語句が胸の奥から湧き出てくる。形あるものはすべて滅びる。この世に永遠なものは何一つない。跡地は木立に覆われ、傍らには大きなコンクリートの遊具らしきものが造られていて、そこに登って子供たちが元気よく遊んでいた。

疲れたが、座るところはない。ベンチもなければ水飲み場もない。いわんや自動販売機など全く見当たらない。跡地から住宅地に入って、徒歩で国分寺駅を目指すことにした。車がすれ違えないような細い道がくねくねと続く。Ｆ高校時代にはこの辺を退勤時によく通った。だいぶ宅地化されているが、ところどころまだ畑もあって、昔とあまり変わらないなと思う。

小さな公園脇にやっと自動販売機を見つけて、ベンチに腰を下ろして缶コーヒーを飲んだ。これほどうまいコーヒーは初めてだった。店はないのでおやつを買えないのが残念。持参して来ればよかったと悔やんだ。

広場でサッカーに興じる男の子たちを見ながら、ゆっくりと冷たいコーヒーをすする。至福のひと時である。国分寺崖線がすぐ前方に緑の斜面を見せている。一部は宅地化されているが斜面緑地として保存されていることが窺える。というより、けっこう急で、すべてを宅地化するのは難しいのかもしれない。

先日は府中、今日は国分寺。これで武蔵の国の主要部分は見終わったなと思った。

34 大連

五月の半ば、都内の大田区に住むTさんという未知の女性から電話があった。たまたま私が家にいて、直接受話器を取った。声から中年女性と見当をつけたが、初めに私の氏名を確認して、それから自分の名前を名乗り、突然見知らぬ私に電話したことを詫びた。私は何事かと一瞬身構えたが、「大連」という言葉が出てきて安心した。

この女性の母親が認知症で最近施設に入ったが、昔住んでいた大連の話になると記憶がよみがえって元気になるという。私の著書『大連だより』を読んで聞かせると大変懐かしがるので、失礼を顧みず電話したとのこと。

「だいぶ昔に出した本ですよ」

私は謙遜も込めて、冷静に返答した。私には懐古趣味はない。〝回顧談〟にも興味がない。この本を出したのは戦後五十年の一九九五年、平成七年である。すでに二十二年も経っている。が、わざわざ電話してきた人に礼を失するわけにはいかない。

「すでに絶版になった本ですが、よく見つけましたね」

「インターネットでたまたま……」

そうか、ネットを使えるんだ。

「どうやって私の電話番号を知りましたか」

咎める口調ではなく、好奇心から発した質問だと分かるように穏やかに言った。

「ご本の最後にあった住所は今のところと違っていたようですので、お名前から電話帳で調べました。すいません」

謝ることはない。逆にこちらから「ご苦労さま」と言いたいぐらいだ。

「それは、それは……」

「お父さまは大連のS銀行にいらしたとのことですが、私の祖父も大連のS銀行にいました」

「えっ？」

私は思わずソファーに沈めた腰を浮かせた。

「いつごろですか」

「昭和十五年に日本に戻っています」

「内地に」ではなく「日本に」と言ったところが、戦後生まれであることを物語っている。昭和十五年の大連は「日本」の植民地だった。当時、本土のことは「内地」と言い習わしていた。そういえば、この女性は初めに五十代だと自ら告げていたことを思い出した。

「ああ、それなら入れ替わりかもしれません」

私の一家が神戸から大連に渡ったのは昭和十六年七月末である。

「祖父はS銀行の上海支店にいて、大連に出張所開設を命じられて大連に行ったようです」

「えっ？　それはまた……」

意外な知らせに、またもや私は一撃を食らった。

「おっしゃるとおり大連は出張所でした。出張所が出来たのは昭和十三年ごろだったと思いますよ。私はあの本を書くまでは支店だとばかり思っていました」

「ええ。出張所だったようですね」

支店ではなく出張所だったと知った時はちょっとがっかりした。支店より明らかに格下である。そういえば同じ財閥系のM銀行は早くから大連に出店していたが、こちらも支店ではなく、出張所だった。ライバル関係にあるS財閥の方が大陸への進出は遅れていたようだ。戦後も大連ではM財閥系の企業がいち早く業務を再開している。

「おじいさんは大連出張所の開設責任者だったんですね。間違いなくエリート行員です」

「神戸高商を出てS銀行に入りました」

「やはり……」

神戸高商は東京高商と並ぶ旧制高等商業学校の双璧、前者は戦後は一橋大学、後者は神戸大学になっている。

「大連に行く前は私の一家も神戸に近い豊中に住んでいました。母の実家が川西でしたから」

この辺の事情は拙著『大連だより』を読んでいるなら、すべてご存知のはずだ。

この本が出てからかつて大連に住んでいたという見ず知らずの読者からたくさんの手紙を頂戴した。懐旧の情を述べた上で、私の知らなかったことを新たに教えてくれたり、間違いを指摘してくれたりした。

中でも圧巻は、かつてS銀行大連出張所で父の部下だったという八尾市在住の女性からの便りだった。昭和二十年一月に大連病院で私の母が病死し、その四か月後に〝根こそぎ動員〟で現地召集されたころの父の職場での様子を、彼女は詳しく手紙で知らせてくれた。これほど父の姿をリアルに想起させる資料はなかった。他にも男性行員で召集を免れた人もいて、私に丁重な手紙をくれた。S銀行大連出張所の様子がかなり詳しく分かって、私はタイムスリップしたような不思議な感覚を味わった。

が、今度は、その大連出張所を開設した当の立役者のお孫さんから連絡があったわけだ。人生は何が起こるか分からない。そうは思っていても、あの本を刊行してから二十年以上も経って、このように因縁のある読者が現れるとは。まさに青天の霹靂だった。

『大連だより』は学術論文にも引用、紹介されることが多く、私には望外の喜びだった。最近では、中国の大連外国語学院の女性教授が「日本人引揚げ体験文学論」という論文を書いているのをネットで発見し、読んでみると、何と『大連だより』を含む拙著「大連三部作」が取り上げられていてびっくりした。少々時間をかけてこれを日本語に翻訳してメールで大連在住の筆者に送ったところ、丁重な礼状が返信されて来た。『大連だより』は戦中に大連から内地の実家に送った母の手紙四十四通を編んだものだが、手紙というのは日記同様リアルタイムで書かれているので、それだけ史料としての価値が高いということらしい。

電話は長くなり、Tさん一家の事情がだいぶ分かった。おじいさんには男女二人のお子さんがいて、妹さんの方がTさんのお母さんに当たる。お兄さんは大連で虫垂炎を悪化させて病院で亡くなったとのこと。嶺前小学校六年の時で、母（Tさんの祖母）は悲嘆に暮れて、日本に帰ってからも大連のことは口にしなかったという。妹のTさんのお母さんの方は大連で暮らした少女時代が懐かしくて、折に触れて大連の話をしてくれたとのこと。お母さんは昭和四年生まれというから私よりちょうど十歳上、今年米寿のはずだ。数年前から認知症の症状が出始めて最近施設に入ったとのことだが、大連の話になると記憶が鮮明になるというところが何とも悲しい。人間にとって幼少期がいかに重要かを再認識させられた。

大連の嶺前小学校は私の母校であるが、四月に入学して八月には終戦なので、実質的には一学期間在籍しただけである。そんな母校のことを、私は拙著で〝にせの母校〟と呼んだが、この〝にせ〟は別に本物があってのことではない。この〝にせ〟こそが本物であるという逆説的な真実は、大連に対する私の思いから導き出された結論で、〝にせの母校〟という意識も〝にせの故郷〟大連から生み出されたものである。

戦後生まれのTさんが、たとえ母親の記憶から呼び起こされたものとはいえ、見ず知らずの街である大連に興味を抱いたというのは実に感動的だった。老いた母親の〝心のふるさと〟を中年に至った娘が書物を通して想像裡に再訪するという構図が頭に浮かぶ。まるで小説のなかの出来事のようだ。そうか、と私は思った。こういう形で記憶が継承されるということもあるのだ。これも歴史を構築する一つの方法だと言える。

電話で、Tさんは、大連に触れることが私を悲しませることになるのではとしきりに気遣い、詫びながら話を進めた。が、私の大連体験はとうに「悲しむ」段階は通り過ぎて、一つのロマンに結晶していたので、何ら痛痒を感じなかった。そのことを私の口からも述べたが、果たしてどれだけ先方に通じたか。こういう時ほど私が世間から孤立した〝変わり者〟であると感じることはない。これはいささかでも物を書く人間には避けられない宿命のようなものだが、ときどきはっとさせられる瞬間がある。ああ、自分は違うのだ、という一抹の寂しさに似た感覚。

数日後にTさんは、一家の来歴を記したお手紙とおじいさんの大連時代の写真を何枚も複写して送って下さった。末尾には「祖母以上に大連はおつらい思い出でいらっしゃると存じます。大きなお心でお話しをお聞きくださりましたこと、感謝申し上げます」とあった。一瞬、『大連だより』刊行直後にこれを読んだある読者から、「お母さんに冷たすぎる」という感想を送られて複雑な心境になったことを思い出した。母の手紙の一通ごとに添えた私の解説があまりに冷静、客観的で、驚いたらしい。母について論じる時、私は、自分の母親のことを書くというより、一人の女性を書くのだという心境に徹していた。意識的にではなく、自然にそうなった。それほど母との接触は希薄だった。母に死なれてすでに五十年、しかもほとんど日常生活での記憶を持たない母親は、私にとっては母というより一人の女性でしかなかった。平凡で見知らぬ女性の主婦としての生活と意見が、残された四十四通の手紙にはみごとな筆致で記されていた。

同封されていたたくさんの複写写真を見て、私は戦慄に似た思いが体内を駆け巡るのを感じた。あれと同じだ、と思った。手もとにある数少ない大連での写真である。引き揚げの時、従姉が隠すようにして持ち還ったもの。風景が写っている写真を所持しているとソ連軍からスパイ扱いされて捕まるという噂が広がって、背景のない人物写真だけをアルバムから剥がしてリュックに入れてきたという。実際はソ連軍の検問はないも同然で、これは風評でしかなかったようだ。こうして今も存在する大連時代の写真はすべてセピア色にくすんで、どれも無言のうちに一家の歴史を靄《もや》の中に閉じ込めている。

Tさんの送ってくれた複写写真もすべてセピア色だった。大小取り混ぜて数十枚はある。複写とはいえ本物と見紛うほどの鮮明さだ。複写技術が進歩したのだろう。写っているのは私とは無縁の人たちで、時代も私が大連にいた時より数年早いが、紛れもなく往時の大連がそこにあった。中流階級の知識人一家の大陸の植民地・大連における幸せな暮らし。華やかさというより、落ち着きのある気品が漂っている。昭和十三年七月一日の「S銀行大連出張所開設記念日」の写真には所員一同が顔を揃えている。十人に満たないささやかな陣容だが、中央に初代出張所長のTさんのおじいさんの上品な姿がある。もちろん私の父はいない。この仲間に父が加わるのは三年後で、所員の数も三倍に膨らんでいた。何しろ男性行員だけで野球のチームが編成できたくらいで、大連の七大銀行野球大会では私の父は投手を務めてチームを準優勝に導いたと母の手紙には誇らしげに書いてある。

手紙には、Tさんのおじいさんは大連から帰って来て次はアメリカに行く予定だったが実現しなかったとある。昭和十五年といえば、一月には日米通商航海条約が失効して日米間が「無条約時代」に突入し、日本軍の仏印進駐などもあって、次第に日米関係が険悪な様相を呈しつつある時期である。私の父も初めは郷里の山の名を冠した日本郵船の「浅間丸」に乗りたかったらしい。

この日米航路の豪華客船にはS銀行が窓口を開設していたのだろう。船上勤務を希望したのは持ち前の冒険心もあったろうが、当時身内のいざこざが解決して心機一転を期していた父にとっては、太平洋航路の豪華客船での船上勤務は願ってもない〝新天地〟に映ったのかもしれない。が、父の場合、時は昭和十六年、日米関係はますます緊迫して、〝太平洋の女王〟とうたわれた「浅間丸」も就航がままならなくなっていた。事前の策として大連への〝移住〟を考えたのだろう。これが一家の運命を大きく狂わせることになろうとは知る由もなく……。

電話で、私の一家が住んでいたのは郊外の桃源台だったと言うと、ああ、確か母もそう言ってましたとTさんは答えた。嶺前小学校の名前もそのとき口にした。が、手紙ではTさん一家の住まいは平和台だったと訂正してあった。平和台も嶺前小学校の校区に属し、桃源台からも近い。「〇〇台」という住宅地の呼称は大正時代にこの大連の郊外の宅地開発で初めて使用されたもので、ほかにも近隣に「台」の付く町名がいくつかある。いずれも低い山並みを削った傾斜地で、文字どおり高台である。これが〝内地〟にも伝わり、戦後の宅地開発ブームでも踏襲されて、丘陵地などで「台」の付く町名が続々と生まれた。「〇〇台」の持つイメージはちょっとハイカラで、どこか西洋風である。

ちなみに、大連は明治末の建設当時からすでに一般住宅にも上下水道の行き渡った近代都市だった。大連港は関税のかからない自由貿易港で、白系ロシア人を始めとする西洋人も大勢住み、中央広場から放射状に延びる街並みには西洋風のビルが立ち並んで、〝東洋のパリ〟と謳《うた》われた。が、その裏にはお決まりの植民地特有の暗部を抱えていた。

35 ディアスポラ

　コレラで命を落とす直前の父が、折に触れて脳裡に浮かんでくる。寝付けない夜などにどこからともなく忍び寄って、まるでその場に立ち会っているかのような錯覚に陥る。そうなるとますます眠気は遠ざかり、目覚めたままの夢中散歩に時間を費やす。

「昔、広開土王はこの地で倭《わ》軍を一蹴した」

　父は粗末な病床で古代朝鮮の話をやめなかった。歴史に目を転じることで今の苦境を乗り切ろうとしているのではないかと思った。コレラに伝染して体力の限界が露わになった時だけに、聞いている私はつらかった。が、たとえ逃避であっても、自分を離れた遠い世界に遊ぶ父を見ることは、私にとっては大きな救いになった。

「有名な好太王碑に書いてありますね」

　今では中国領となった高句麗の旧都集安《しゅうあん》の郊外に、その碑は立っている。G大学で巨大な拓本を目にしながら講演を聴いたことはあるが、その地を踏んでこの目で実物を見たことはない。一度は見たいと思っているが、最近では現地に乗り込むだけの元気がない。広開土王碑だけではない。目下の最大関心事の古代朝鮮三国の百済と新羅の地もまだ訪れていない。出不精になったのは明らかに老化現象で、根幹には体力の衰えがある。

一方、最近では行っても行かなくても同じだと開き直ってもいる。研究が目的なら実地踏査は避けて通れないが、私のように勝手な妄想に耽って楽しみたい人間にとっては必見の義務はない。骨格さえ押さえれば、あとは想像力の出番である。史実だけは疎かにしたくないので、文献で分かることはすべて徹底的に調べる。ただ、当時を再現するには地理や地形はものを言うので、必見は不要とは言いながら、現地を見られれば見るに越したことはない。が、最近は映像資料も豊富なので、こちらで間に合わせているのが現状だ。

「広開土王は船で黄海を北上する倭軍を叩きのめしたそうだ。碑は子の長寿王が父王の死後に刻んだものだが、顕彰碑なのでむろん誇張はある。が、倭軍が敗北したことは内外の史料から明らかだ」

この期に及んでも、父の頭脳は明晰である。

「高句麗は強かった」

私は相槌を打った。

「強かった。新羅は当時は高句麗の属国扱いだった。百済はまだ国家の体裁を整えておらず、小国が乱立していた」

「馬韓、弁韓の時代ですね」

調子を合わせたものの、私には間近に迫った父の臨終が気がかりで、心ここにあらずだった。

そうでなくても、囚われの身で父はここにいる。日本の旧軍人たちと旧陸軍病院の看護婦たちに囲まれているが、日本人全員が虜囚の身であることに変わりはない。ソ連兵の姿をあまり見かけないので、ここがソ連軍の収容所であることを忘れそうになる。とにかく、ひと冬を過ごしたシベリアとは大違いなのだ。

私はシベリア体験も聞きたかったが、なかなか言い出せなかった。平壌駅頭でこじきのような逆送者の群れを見てからというもの、あえて聞き出すこともあるまいと願望を自らに封印してしまった。恐ろしかったのかもしれない。人間が人間として扱われず、死んだら裸で廊下の奥に山積みにされた。死者は最初の冬に集中したので、積み上げられた死体は魚市場の冷凍マグロのようにカチカチに凍って、それを見ても何の感情も湧かなかったと村澤三郎さんは私に語った。三合里戦友会の慰霊祭で豊橋のホテルに同宿した折だった。同じく逆送者だった氏には『シベリア狂詩曲』という洗練されたアイロニーが奏でるみごとなシベリア抑留体験記がある。

看護婦さんが近づいてきて、父の口の中を拭った。死に水を取っているのではないか、と一瞬身構えたが、

「もう食べ物がのどを通りません」

つれないひと言に私は打ちのめされた。

続いて下の世話をした。白い水様の便がおむつを汚していた。素人目にも明らかなコレラ患者特有の便だった。

「よくお話しする元気がありますね」

不思議そうに看護婦さんは父を見て、それから私に訴えるような視線を向けた。

「肝心なことは話してくれません」

「肝心なこと？」

私は首をかしげた。

家族のことだろうか。

それともこのような運命に陥った嘆きと愚痴？

「お父様は大勢の方に呼ばれています」

「呼ばれている？　誰に？」

「戦友の方々です。皆さん、お父さんの仲間です。そして次々に旅立って行かれます」

平壌の駅頭で群れをなす父親像と出会ったことを思い出した。あそこで父を識別することはできなかった。ただ、「おう、来てくれたか」という誰かの声を聞いただけだった。父はすでにあの時点で自らを家族の一員から解き放っていたのだ。同じ運命にさらされた無辜《むこ》の日本人男性たちが妻子から引き離されて大地をさまよい始めていたのである。

ディアスポラ――。

そうか。

そうだったのか。

歴史の教訓が父を古代朝鮮にいざなった。

シベリア抑留は現代における「バビロンの捕囚《ほしゅう》」だった。古代のユダヤ人たちはこの捕囚から解き放たれてディアスポラとなった。帰るべき祖国がなかったからである。同じように、千年後の東アジアでは、百済人や高句麗人が故国を失って海を渡って列島に押し寄せた。勝者である新羅人もやって来たが、彼らは移住者であって亡国の民ではない。ディアスポラとはあくまで故国を持たない人々で、この点で難民とも違うのである。

シベリア抑留は「捕囚」自体が家族から引き離されたディアスポラだった。「捕囚」即「離散」である。大陸で二重のディアスポラを強いられた。異郷で死の床に伏すと、心はあらぬ方へさまよい出る。「肝心なこと」さえ忘れてしまう。いや、忘れ去るしかない。たとえ虜囚としての死を免れても、精神は深く病んだ。無事帰国した人々にも「解放」はあり得ず、魂はディアスポラのままだった。それほど抑留体験は苛烈だった。

父が家族のことを、郷里のことを口にしない理由がこれで分かった。

「肝心なことは誰が最期を看取るかではなく、その亡骸《なきがら》がどうなるかです」

「野垂れ死にではダメですか」

「いいえ、それも結構。しかし、誰がそれを葬るのです？　自分で自分のお葬式は出せませんよ。でも、たった一人になっても、自分を受け入れてくれる世界はあるのです」

「何ですか、それは」

「さあ……」

私はあっけにとられて看護婦さんを見据えた。が、そこにはただ小首をかしげて微笑する一人の女性の顔があるだけだった。

受け入れてくれる世界？

人ではなく「世界」？

この看護婦さんとは後に三合里戦友会の集まりで会っている。婦長を務めていたことを、このとき初めて知った。あれから五十年以上経っていた。独身を通して独り暮らしの彼女は、老い先短い我が身を部下だった年下の女性に託していた。何人か出席していた元看護婦さんたちは一様にこの元婦長を尊敬していた。

「あなたのお父様のお名前を覚えていなかったのは私の落ち度です」

元婦長は細い体の奥から絞り出すような声で言った。

それまですでに彼女はあちこちの関係者に問い合わせて、私の父の名前を記憶している人を探し出そうとしていた。報告を受けるたびに、私は恐縮した。いつもむなしい結果に終わったが、絶望感より彼女の熱意の方が勝った。もういいですと頭を下げ続けたが、できる範囲の捜索はすべてしてくれた。

「陶《すえ》さんという方が分かれば本当によかったのにね」

同じ言葉をまた彼女は繰り返した。

「陶さん」は私の父の死を厚生省に届け出てくれた人である。ただ、その名前が確かだという保証はない。「陶さん」から来た手紙を、引き揚げて来てから父親代わりに面倒を見てくれた佐久の従兄が紛失してしまったからである。「確か陶さんという山口県の人だった」というのが、残された唯一の記憶であり、情報のすべてだった。

私の探索が始まった。『大連だより』を上梓した直後で、私もまだ五十代、生気に満ちていた。

戦友会関係で埒《らち》のあかなかった私は、山口新聞社に連絡して「尋ね人」の記事を載せてもらった。写真入りの大きな記事だったが、はかばかしい反応はなかった。戦後五十年以上経っている。遅きに失したというのが私の感想だった。

おもしろいことに、「陶」という苗字が山口県に多いことを知ったのは、この時である。当時はさしたる感慨はなかったが、いま思うと、これは明らかに渡来系の姓である。「須恵器」を造る技術者集団の一員であろう。須恵器は、前にも述べが、日本製の弥生土器より高温で焼かれた硬質土器で、轆轤《ろくろ》を使って穴窯《あながま》（登り窯の一種）で焼かれる。釉薬《ゆうやく》は用いないが、色は青灰色で光沢がある。この土器を日本にもたらしたのは伽耶《かや》系の新羅または百済の才伎《てひと》たちである。須恵器は本来は「陶器」と表記されたが、その後出現した釉薬を用いる陶器《とうき》（瀬戸物）と区別して、考古学上では「須恵器」の字を当てる。

不思議な縁だなと思った。この「陶さん」と父は収容所で知り合ったのだろうか。それとも、「陶さん」にとっては父は全く知らない人ながら、偶然その死に遭遇し、患者名簿から父の出身地を探し出して記録し、帰国の際に持ち帰ったのだろうか。何らかでゆかりのあった人にしては、その後の対応が冷たすぎると思うのは私の僻目《ひがめ》かもしれない。頼まれ事だったので、厚生省への届けと遺族への手紙一本で義務は果たしたつもりだったのかもしれない。その後、「陶さん」とは全く音信不通だったと従兄は言う。その従兄もすでに故人である。

「陶さん」も、とうに鬼籍に入っているだろう。元看護婦長だった女性も亡くなった。みんな死んでいく。これが戦後七十二年の現実だ。

戦後七十年の平成二十七年にはさまざまな記念行事が行われたが、私にとっての戦後は昭和二十二年冬の引き揚げ時の記憶が最も鮮明だ。一月、九州の佐世保。〝内地〟を目の前に見て、船の甲板に集まったおとなたちはみな泣いた。冬の最中だというのに陸地は緑に覆われていた。松とミカン畑だったのだろうか。子供心にも内地の穏やかな風景が胸に沁みた。

上陸してから約二週間後、引き揚げ列車に乗るため、徒歩で「南風崎《はえのさき》」駅まで行った。この時から六十八年後の平成二十七年、私は次のような句を詠んだ。所属している俳句の会で、兼題がたまたま「南風」だった。

南風崎六十八年前のこと

戦中派の同人Kはこの句に鋭く反応した。「南風崎」とはどこかと聞かれて説明すると、絶句して沈黙。Kは私と同年齢で、お父さんはペリリュー島で戦死、留守家族は終戦の年、神楽坂で東京大空襲に遭い、狂ったように逃げ回ったという。彼にとっての「六十八年前」は焼け出されて目にした無残な神楽坂の光景だったとのこと。

この句は六十八年前に何があったかには触れず、一大変事があったことだけを暗示する手法が、逆に含蓄のある余韻をもたらしたのかもしれない。

今年（平成二十九年）の春の兼題は「蓬《よもぎ》」だった。私はあえて前書《まえがき》のある次のような句を作った。

昭和二十年五月、父、
大連にて召集、還らず
蓬《よもぎ》摘み帰りし父に赤紙来《く》

何と「天」に入り、しかもかつてない高得点の「天」だった。稚拙な句だと思っていたので、予想外の結果に驚いた。おそらく前書が功を奏したのだろう。「赤紙」の何たるかが分かる同人が何人かいたことで救われる思いがした。

この句は事実に基づいている。私自身は全く記憶にないが、同居していた従姉が覚えていた。後年、この事実を聞いて妙に頭に残った。父は一滴も酒が飲めず、大の甘党だったという。この体質を私も完全に受け継いでいる。従姉によると、仕事でのほんの猪口一杯のお付き合いにもかかわらず、父は帰宅するや否や苦しみながら寝込んでしまったとのこと。そういう従姉は結婚した相手が大酒飲みで苦労していた。

私たち幼な子三人を連れて引き揚げてきた命の恩人とも言えるこの従姉も、数年前に九十歳で亡くなった。昭和十九年、妹を出産してから体調を崩した母の代わりに父が強引に大連に呼び寄せたのだが、母は翌二十年一月に大連病院で息を引き取る。叔父である私の父も四か月後の五月に出征。彼女は大連で戦後の一年半を母の遺品の着物を売り食いして耐え抜き、二十二歳の若さで私たち兄妹三人を無事に内地に連れ帰った。「蓬摘み」と「赤紙」の記憶は従姉の胸に忘れ難い印象を刻んで、それが符牒のように私に受け継がれたのだろう。

父の出征の様子は、やはり従姉が記憶していた。リュックを背負い、普段着で、まるで出勤する時と同じように平静だったという。桃源台の我が家を出て坂の下まで見送ったが、もういいと言われて引き返したとのこと。肝臓を悪くしていて、このからだではすぐ戻されるとつぶやいていたというのが何とも哀れである。まさか四か月後にはシベリアへ連行、翌年には北朝鮮で抑留死とは、予想もしなかったろう。

若葉道　振り向かず往き　還らざり

この俳句は私の作ではない。平成九年七月二十一日の教育テレビ「NHK俳壇」で取り上げられたものだそうで、『大連だより』の読者の一人が手紙で教えてくれた。作者名は記されてなかった。まさに私の父の出征を詠んだのではないかと思わせるような光景である。同じような体験をした人が無数にいたのである。

従姉の口から、父は淡々とした様子で出征したと聞かされていたが、その後私は父が出征間際に隣家の奥さんに涙を浮かべて子供たちの将来を託したという事実を知って衝撃を受けた。が、さもありなんとも思った。このY家の奥さんの娘さんがたまたま拙著『大連だより』を読んで、私に電話をしてきた。娘さんは従姉と同年配で桃源台では隣り組だったので仲もよかった。子供だった私にも隣家の〝Yさんのおねえさん〟のことは頭にあった。五十年以上音信不通だったが、電話で「大連でお隣に住んでいたYです」と言われた時、すぐに分かった。

私は従姉に電話して、一緒に新宿で会った。実に五十数年ぶりの再会だった。この時、〝Yさんのおねえさん〟から、彼女のお母さんが私の父から涙ながらに私たち子供の後事を託されたという話を聞いたのである。やはり父は二十歳をいくらも出ない姪に母親代わりをさせて出征することに大きな不安を抱いていたのだ。戦局の不利も銀行勤めの父にはある程度分かっていたろう。あの大きな図体の父が涙を流している姿は想像できなかったが、考えてみれば当然であろう。一歳から七歳までの幼な子三人を残しての出征。まさに運命の分かれ道だった。

従姉もこの時まで、父がYさんの奥さんにこのような依頼をしたことを知らなかった。冷静に、普段と変わらぬ姿で出征したとばかり思い込んでいた。父は若い姪を心配させたくなかったのだろう。姪への思いやりである。この従姉は心理的にも物理的にも植民地崩壊の悲劇を余すところなく体験して、九死に一生を得る思いで私たち三人を連れて日本へ引き揚げてきた。が、後年、会うと必ず大連での生活を懐かしそうに口にした。つらい体験は忘れても、楽しかった思い出はいつまでも心に残るのだろう。

朝鮮は日本の領土に組み込まれていたが、敗戦と同時に〝外国〟になった。父はやはり〝異国〟で死んだのである。今わの際に父の頭に幼な子三人の姿が思い浮かんだことは容易に想像がつく。それを償うように郷里の佐久の自然が脳裡を去来したとも考えられる。しかし、父には「歴史」という時間の概念と、世界史的な広がりを持った空間があったことで、何か救われる思いがする。むろんこれは私の勝手な想像であり、現在の私自身を都合よく投影したものに過ぎないのだが。なべて死はむなしい。それを忘れようとして人は安心材料をつくり出す。家庭内は安泰、跡継ぎもいる、経済的な心配もない、等々。これら至って現実的な瑣末事（当人には瑣末事どころか重大事）に比べれば、異国で一三〇〇年前の当地の歴史に思いを馳せながら死ねるとは、何と幸福なことか。この時点で、想像上の父はニヒリズムから解放されたのではないか。悠久の時の流れに身を任せるとは、私にとってはこのような状態を指す。

「異郷こそ故郷」という哲学者の言を借りれば、人間、どこで死のうとそこが故郷になる。中国には「人間、到る所に青山あり」という詩句がある。これも「死に場所はどこにでもある」という意味で、同じことを述べている。

最近、「故郷」という概念について、さらなる発見があった。『異郷こそ故郷』の著者である徳永恂氏の『絢爛たる悲惨』の中に、同じく哲学者の木田元《きだげん》との対談「ハイデガーとアドルノ」が収められていて、そこに徳永氏の次のような言葉があった。

「故郷というのは、過去志向というだけでなく土地の占有と結びつきます。特にそれが国家と結びつくと良いことより悪いことのほうが多い」

この指摘は私には新鮮な啓示だった。「故郷」は国家主義と結びつく危険を内包している。「土地の占有」と結びつくからだという。なるほどと思う。故郷という概念は特定な〝物質〟としての土地なくしては成立しない。つまり「領土」を必要とするのである。レーヴィットはコーヘンのことを哲学者でありながら故郷を持つことに執着したと批判したそうだが（コーヘン自身はユダヤ人でありながら反シオニストで、「故郷」とはドイツを指す）、徳永氏によればこの指摘はハイデガーにも当てはまるという。イスラエルという〝約束の土地〟に固執するシオニストのユダヤ人たちに対しては、徳永氏は「ディアスポラでいいじゃないか」と開き直って諌《いさ》めている。「異郷こそ故郷」という命題は、徳永氏の専門のドイツ現代思想におけるユダヤ主義への考察からもたらされた結論である。〝故郷〟に対する私の認識の甘さに気付かされて慄然としたが、『故郷主義』が『善悪の彼岸』に優先して言いたてられるところでは、カントが期待したような『永遠の平和』は、永遠に訪れないだろう」（『現代思想の断層』）という徳永氏の言葉は、私の故郷観を一八〇度転換させるような刺激に満ちていた。端的に言えば、故郷主義は悪だということである。

しかし、ディアスポラ礼賛となれば、これは一般にはなかなか受け入れられるものではないだろう。ディアスポラは〝離散〟の意、日本流に言えば定住地を持たない漂泊（者）のことである。これはこれで日本の文芸や思想の中にも脈々と流れていて立派に位置づけられている。日本人が大好きな西行や芭蕉もそうである。彼らは定住地を持たないだけでなく、故郷も捨てた。ということは故郷はないも同然である。少なくとも故郷は「帰るところにあるまじや」として忌避される。自らディアスポラとなって流浪し、漂泊の人生を貫くことが「生きる」ということなのである。〝野垂れ死に〟は必然の帰結である。「なし得たり、風情終《つひ》に菰《こも》をかぶらんとは」（『栖去《せいきょ》の弁』）は芭蕉が俳諧に徹したおのれの境涯を自嘲的に誇示した言葉だが、「菰をかぶる」覚悟は漂泊者にとっては当たり前のことである。

風土というものを再認識する必要がある。土地に根ざした自然の景観とそこに生きる人々の生活。これは定住者がいやが上にも目と心に刻み込まれる原風景である。が、これを万古不易のものとして神聖視するところから、多くの悲劇が生まれる。生きることはこの慣れ親しんだ境涯を打ち破って外部に躍り出ることである。この地を〝故郷〟として胸に刻むか、「帰るところにあるまじや」と封印するかで、その人間の世界観は変わってくる。へその緒のように故郷とつながった目で世間を見るか、束縛するものを持たない澄んだ目で世界を見るか。

往古の渡来人たちが一様にディアスポラであったということは、いかに彼らが偏見や執着から自由であったかということを明かしている。彼らは還るべき故郷を持たなかった。それゆえ到る所すべてがおのれの住み家となり得た。どこへ移配、転住させられてもその地に根着くしかなかった。それが不可能だった唯一の例外が北武蔵に集められた一七九九人の高麗人たちだった。異国の辺土にたどり着いたものの、その地に住みあぐねて脱出の機会を窺っていた心悩ましい人たちだった。

しかし、定住出来なかったという意味で、彼らこそ真のディアスポラだったのかもしれない。彼らは土地よりも人を、自分たちのリーダーとなるべき人間を求めていた。ディアスポラは個人で生きるときは特技に救いを求め、集団で生きる時には統率者に従う。しかし、亡命先の七世紀後半の列島に「モーゼ」はいなかった。各地に離散していくしかなかった。こうして亡命高句麗人たちのディアスポラが始まった。そして、半世紀後にやっと巡り会ったのが高麗王若光だった。

高麗王若光は果たして「モーゼ」たり得たか。

36 常世

電車に乗っている。どこに向かっているのか分からない。第一、ここが日本ではないような気がする。中国らしい。外国となると、中国以外には考えられない。

知り合いの女性が何人か同乗している。中国での教え子かもしれない。が、車中では私とは没交渉で、全く口をきかない。

どこへ行くのか不安になる。が、こうした状況は初めてではない。私はどこかへ運ばれて行くのだが、目的地は分からない。いつもそうなのだ。絶えず移動している。そして同行者は私に無関心である。いや、私の方が彼らを拒んでいるのかもしれない。私は独りだけ宇宙へ放り出されたのだ。

ここで降りなければ、と停車した駅で座席から立ち上がって出口に向かう。ホームに立つと、見慣れた風景が広がっている。すぐ向こう側に別の駅がある。違う私鉄の駅だ。そこへ行くには回り道をしなければならない。都心から離れた郊外である。いつの間にか場所は日本に変わっている。電車は東京の私鉄だ。こんな郊外まで延伸しているが、通勤圏なのだ。

私はどこかへ行こうとしているが、いったん都心へ出ないとそこへは行けない。そのため乗り換えようとしているらしい。が、前の電車でも行けることは分かっていた。ただ、遠いのだ。別の電車で一度都心に出て、それから改めて別の電車に乗り換える方が早い。やはり郊外に行く電車だ。行き先が分からないのだから、早く着くも遅く着くもないのだが、それを不思議とも何とも思わない。

別の私鉄の駅に入ったが、目指す方向へ行く電車はない。大勢のセーラー服姿の女子高生が降りてきた。が、彼らの中に見知った顔はない。二十代のころ最初に勤務した都立高校の制服だ。するとここは都内のＪＲの駅なのか。

「おいおい」

私は無意識のうちに彼女らに声をかけた。が、返事はない。ないどころか、私の存在そのものを認めていない。私の姿は彼らから見えないらしい。

「ひどいもんだ」

私はあきらめて、いま彼らが降りた電車に乗る。どうやら都心から出ている私鉄で、今度は私が大学時代に入っていた寮のある駅を通過した。都心に向かっているはずだが、周囲の景色は次第に郊外っぽくなってきた。畑なども目に入るし、雑木林もある。

そうか、と私は思った。これはＪＲ八高線だ。八王子から出ている高麗川行きの電車だ。私は高麗川へ向かっているらしい。もう高麗川には用はないはずなのに、また若光に会いに行こうとしているのか。

今度は電車ではなく、頑丈な列車の中に私はいる。軍用列車のようながっしりした濃緑の車体。

ああ、中国だなと思う。二十数年前に何度か乗った中国東北部を走る長距離列車だ。私は敦化《とんか》を目指している。連れは中国人ガイドのCさんだ。車内からは韓国語の会話が聞こえてくる。Cさんは朝鮮族なので韓国語も堪能だ。

「韓国の大学生たちだ。長白山に登るためにわざわざ中国に来ている」

「長白山?」

「そう。朝鮮では白頭山。中朝国境の名山だ。しかし北朝鮮からは登れない。入国が難しい。だから大回りして中国東北部に入り、中国側から登る」

「なるほど」

ご苦労な話だ。祖国を分断されるとこういう現象が起こる。朝鮮半島は第二次大戦の爪跡が残る最後の係争地だ。これには日本も一枚噛んでいる。日本の朝鮮植民地化がなければ朝鮮の南北分断もなかったろう。

吉林省の敦化は私の父がソ連軍によって武装解除されたところである。

敦化飛行場。

ここが日本軍が集結させられた場所だ。一面にコンクリートで覆われていたが、継ぎ目には雑草が生い茂っている。管制塔は廃墟と化して、飛行機の姿は全くない。

ガイドのCさんが見張り小屋のような粗末な建物に近づいて、男と話し込んでいる。子供と犬が飛び出してきた。私はあわてて持参した日本のタバコを一本、男に差し出した。

「朝鮮戦争ではここからソ連軍の戦闘機が日夜飛び立ったそうです」

ガイドのCさんが言った。

「今は使ってないのでしょうか」

「もう役目は終えたようです」

もともとは日本軍が造った飛行場だろう。鏡泊湖《きょうはくこ》方面から退却して来た関東軍は敦化でソ連軍と一戦を交えるつもりだったが、その前に終戦になった。全員が捕虜になる。

私の父は牡丹江《ぼたんこう》で即席の新兵教育を受け、敦化に移動して塹壕掘りに従事した。が、すぐに終戦で部隊はソ連軍に投降、炎天下を飛行場まで歩かされて、そこで武装解除された。

鋭いエンジン音を響かせて発着する無数のジェット戦闘機が私の脳裡を横切る。朝鮮戦争は米ソの代理戦争だった。南朝鮮軍は「連合国軍」の名のもとに実際には米軍が主力となり、北朝鮮側は中国義勇軍が支援し、空ではソ連の戦闘機が米軍と空中戦を演じた。ソ連軍の参戦は公然の秘密だった。

荒廃した飛行場を歩きながら「つわものどもが夢の跡」という言葉がしきりに浮かんだ。大陸でも日本の俳句は充分通じる。

「あそこで死を覚悟したのですね」

私は父に話しかけた。

「あそこ」とは敦化飛行場のことだ。

いつの間にか北朝鮮の三合里収容所に舞台は移っていた。

「おいおい、それはまだ早いぞ。戦争が終わってほっとしたというのが真相だった」

「すぐ帰れる、と？」

「そう。大連にはお前たちが待っていたからね」

コレラに感染する前の父は栄養失調で痩せ細っていたが、頭はしっかりしていた。

そうか。

戦争が終わったのだから、捕虜は釈放されて家族のもとに帰れると誰もが思ったのも無理はない。しかし、大連で財閥系の銀行員だった父にソ連の野望が見抜けなかったとは思えない。

「シベリア行きのことは……？」

「これっぽっちも考えなかった」

「甘かったのでは？」

思わず意地悪い言葉が口を衝いて出た。

「今から思えばね。しかし、日本の兵隊は誰もそう信じて疑わなかった。満鉄調査部にいたSさんも同じころ一兵卒で召集されたが、インテリの彼でさえ即時帰還を口にして仲間を激励していた」

Sさんは戦後、硬派の評論家兼学者として名を成す。

「シベリア行きを知ったのはいつですか」

「貨物列車が満州里《まんしゅうり》を過ぎてソ連領に入ってからだ。東に進むはずの列車が西に向かった。これはおかしいということになった」

「シベリア送りの列車に乗っても、まだシベリア行きだとは思わなかった？」

「そう。ダモイ、ダモイと追い立てられて列車に乗せられたからね。ダモイとはロシア語で〝帰国〟の意だ」

「ああ、聞いたことはあります、その話は」

列車が夕日に向かって走り出して、初めて間違いに気付いたという。中にはバイカル湖を日本海と勘違いした人もいたという笑えない喜劇もある。

「よくシベリアでひと冬越せましたね」

思い切って残酷な問いを発した。四十歳の銀行員がよくぞ極寒のシベリアで冬を越せたものだ。奇跡と言っていい。

「労働は？」

「死ぬかと思った。現に大勢死んだ。年寄りは特にね」

〝年寄り〟という言い方が自嘲気味に響いた。まだ四十代に入ったばかりだ。が、軍隊では確かに年寄りなのだ。若者と比べて極寒はひとしお身にこたえたろう。

「秋も終わり近くになって病気で寝込んだ」

「出征前には確か肝臓の具合が悪かったとか……」

「ああ。Ｋから聞いたな」

複雑な表情を見せた。Ｋは大連で後事を託した姪、私たち兄妹の従姉だ。一瞬、大連に残した留守家族のことを思い浮かべたのだろう。

「どうせすぐ除隊になると言っていたとか」

「そこまで口にしたか」

「むろん、私がおとなになってから聞いたことですが」

この話が妙に印象に残っていたのは、その後の運命が父の予想を大きく裏切ったからだ。除隊どころかシベリア送りになる。そこで寝込んだのは、やはり肝臓の持病が悪化したからか。

「肝臓は大丈夫だった。衰弱だよ。重労働で体力が持たなかった。食べ物もろくにない」

極寒と重労働と栄養失調、これがシベリア抑留の三重苦と言われている。若者にはまだ耐えられても、四十歳の中年男には死の宣告に等しかったろう。

「冬を迎えていよいよ動けなくなり、労働も免除されて宿舎で寝ていた。宿舎といっても馬小屋よりひどいあばら家で、暖房もあってないようなものだった」

「最初の年は特にひどかったと聞いています。収容施設が間に合わないのに捕虜だけがどんどん送り込まれて来た、と」

「シベリアでもまれにみる寒波の襲来。外は零下四十度を越えた。屋内でも氷が張った。着る物は夏服だけ。それに毛布一枚。体を寄せ合って互いの体温で暖を取った」

「生きていたのが不思議です」

「毎日、死者が出た。朝起きて見ると隣りの仲間が死んでいる。身ぐるみ剝がれて担ぎ出される。それも仲間の手でね」

「どこへ運ぶのですか」

「初めのうちは仲間が凍った土を掘って埋めた。掘るのが大変で、やっと遺体が隠れるほどの深さだった。夜になれば狼や野犬が掘り返す」

「ぞっとしますね」

「あまりに数が増えて、そのうちに廊下の奥に積んでおくようになった」

「ああ、それも聞いたことがあります。屋内も氷点下なので遺体は凍ってカチカチだった、と」

話し疲れたように、父はここで黙り込んだ。板を敷いただけの簡易ベッドに白い敷布がかかっている。これだけが唯一の病院らしい備えだ。あとは日本人看護婦の白い制服。しかし、敷布も制服も真っ白というわけではない。きれいに洗濯はしてあったが、ほつれたり擦り切れたりして薄くなっているのが目に付いた。シベリアとは雲泥の差とはいえ、ここもソ連軍の収容所だ。

「太っていたから、粗食にも耐えられた」

今は骨と皮ばかりだ。おのれの肉を消費して命をつないだのだ。がっしりした体格で、大連の銀行同士の野球大会では投手を務めた。その体力もシベリアの冬にはお手上げだったのだ。

「働かないで一日中ベッドに横になって、何を考えましたか」

「何とか現実を忘れようと……」

「現実を忘れる？」

「そう。それしか救いはないではないか」

「どんなふうに？」

「初めは自然だった。自然の風景。信州の田舎や栄根《さかね》の五月山《さつきやま》」

栄根は母の実家の川西市の地名だ。結婚して豊中で所帯を持った父は幼い私たちを連れてよく栄根に来て、近くの五月山に登ったという。栄根は兵庫県だが、五月山は隣の大阪府池田市に属する。栄根から間近に見えるこぢんまりした山だ。山全体が自然公園になっていた。

「しかし、そのうちに自然が歴史に変わった。自分の運命を客観視するには自然より人間、それもとっくに死んでしまった歴史上の人物たちを思い浮かべる方が慰めになると気付いた」

父は大学で英文学を専攻し、ワーズワースを卒業論文に選んでいる。ワーズワースといえば〝自然派詩人〟というイメージだ。「初めは自然だった」という言葉と符合する。しかし、それが歴史に移行するとは。順序が逆だと思えてくる。人事より自然ではないのか、と。

私の場合は、その〝自然〟がなくて、いきなり人事、つまり歴史だった。たどり着いた地点が窮極では同じというのが悲しい。肉親ゆえの悲しさではない。〝自然〟に見捨てられたことが悲しいのだ。私は物心ついた当初から〝自然〟に見放されていたのではないか。

大連が影響していると思う。私の幼児期は大連べったりだった。東洋一を誇る自由港の大連。中央の大広場から放射状に広がる西洋風の街並み。街路を彩るアカシアの並木。ロシアパンを売る白系ロシア人の少女たち……。

大連は私の中核を決定してしまったようだ。田舎が嫌いだった。というより、田舎の風景になじみがなかった。いや、田舎ではなく、日本の風土に愛着がなかったのかもしれない。生まれて二歳まで過ごした大阪府豊中市は私の記憶にはいっさいない。私は植民地生まれと同じだった。植民地で私の骨格は養われたのだ。

父は違う。れっきとした信州という故郷があった。佐久の山川草木がある。ここで生まれ育った父には自然がたっぷりあった。四季折々の自然の変化が父の心を優しく撫でた。にもかかわらず佐久を敬遠するようになったのは、実兄の不祥事が招いた実家の破綻《はたん》のせいだったかもしれない。

父は銀行に勤めて必死で実家の再興と名誉の回復に励んだ。しかし、十年続いたこの忍苦は生身のふるさとを寄せ付けない不幸を招いた。肌で故郷を感じるのではなく、観念でしか懐かしめない場所にしてしまった。室生犀星のあの詩句がそのまま当てはまる。「ふるさとは遠きにありて思うもの」、「帰るところにあるまじや」である。

大学時代、と言っても父は信州で旧制中学を卒業してすぐS銀行に就職、東京で勤務しながらN大学の予科と本科に通い学士号を得たのだが、そのN大時代の友人Hさんは後年「お父さんはどこか屈託していた」と私に語ったことがある。母校の英文科教授になってすでに退職していたが、長らく音信不通だった私の父を訪ねてはるばる信州佐久にまで来て、父の墓を探し当て、線香まで上げてくれた。佐久の実家には私の従兄がいたのに、連絡が取れなかったという。

そのHさんを隠棲している福井県の大聖寺《だいしょうじ》に訪ねた時、大学時代の父はどんなふうでしたかという質問に、Hさんは右のように答えたのである。このひと言は私の胸に響いた。Hさんはさらに、「お父さんは故郷の信州のことを口にすることは全くなかった」とも言った。

そうだろう、と私は思った。実家の困窮はすでに始まっていた。帰るに帰れない故郷を持っていたことを誰にも告げられなかったのだ。ほとんど唯一と言っていい親友のHさんにもこの事実は伏せていた。「ただの一度も佐久に招かれたことはなかった」とも。

父は銀行勤めで夜学に通い、本科を卒業する直前に大阪に転勤になり、卒論を仕上げるためにHさんは代筆まがいのことまでしたらしい。当時は珍しい飛行機で上京した父が疲れて眠りこけている傍らで、Hさんは父の卒論を何とか仕上げたという。それが「ワーズワース」だったのである。父は卒業と同時に中学校と高等女学校（ともに旧制）の教員免許状も取得している。これは今でも私の手元にある。

話し疲れたのか、急に寝入ってしまった父を私はしんみり眺めた。が、ややあって、パッチリ目をあけたのを見て、ここぞとばかりまた話しかけた。

「歴史には前から興味があったのですか」

「あった。若いころからね」

父はちょっとはにかんだような笑みを浮かべた。頬骨の浮き出た顔が苦痛でゆがんだように見えたが、間違いなくほほ笑んでいた。

「いつか高句麗の好太王のことを話されましたね。驚きましたよ」

ワーズワースとどこで結び付くのかと思った。

自然から歴史への転換。

しかし、英文科を出ながら、なぜ西洋史ではなく東洋史なのか。しかも自分が今いるところが高句麗の故地と知っている……。

「シベリアの大地は満州と地続きだ。その東の果てに満州があり、さらに南下すれば朝鮮だ。朝鮮が日本領とはおかしいぞと思っていた。日本こそが朝鮮の一部ではないのか」

「待ってください」

私はあわてて父を制した。今が戦時中のような錯覚を覚えた。これでは父は〝非国民〟になる。次の瞬間、これは容易ならざる指摘だと思った。病床の父が、しかも間もなく死んでいく父が、昭和二十一年の時点で、このような歴史観を口にするとは……。

衝撃的だったのは、これが歴史上の真実を言い当てた言葉ではないかと思ったからだ。今でも、――平成二十九年、西暦二〇一七年の今でも、これを口にするのは憚られる。

それほど我が国は度量が狭く、内弁慶で、いわれのない優越意識が仲間内でははびこる。

小中華思想は今でも健在なのだ。

「気にすることはない。神国日本は滅びたのだ」

「しかし、この収容所でもまだ軍国青年はいるでしょう？」

「むろんいる。が、ソ連嫌いとはいえ、かつての軍国日本を賛美する者はいない。日本は失敗したと素直に認めている」

「失敗ですか。間違ったということですか。間違いではなく、道を過《あやま》ったのではないですか」

誤りではなく、過ち。

しかし、これをこの時点で父に分からせることは不遜であるというより、気の毒かもしれなかった。父が進んで大連に渡ったということは、父が日本の現状に異議を差し挟まなかったということだ。植民地を容認していたのだ。

「まあ、そうムキになるな。ソ連の言いたいことをこちらから先取りすることはない」

おやっと思った。抑留一年目に洗脳教育を行う余裕はソ連軍にはなかったはずだ。父はどこからこの〝知識〟を得たのだろう。「ソ連の言いたいこと」とは戦時中の〝危険思想〟のことだ。ソ連の宣伝を私が先取りしているというのか。

「ここで、こんな異国で、野垂れ死に同様に死んでいくことが不幸とは思えないのですか」

「異国か。異国ねえ……」

父は一瞬天井を見つめた。

私ははっとした。「異国」とは何か。「異郷」と同じく、これは人間が勝手につくり上げた幻想ではないのか。日本が朝鮮の一部なら、朝鮮もまた日本の一部ではないのか。

「帰りたくないのですか、日本へ」

私は残酷な質問をぶつけた。父を悲しませることで、父を現実に引き戻したかった。今の父はどう見ても正気の父ではない。〝抑留ボケ〟で事態を正確に受け止めていない。

しかし、日ごろ憧れている〝野垂れ死に〟を悲惨なもののように口にする私の方こそ、よほど気が動転していたのかもしれない。

「日本か。日本へ帰る……。私の帰る場所は日本ではない」

「えっ？」

痛撃を食らって心身が硬直した。

本心ではないと思いたかった。極度の栄養失調で頭をやられているのではないか。

「日本でなければ、いったいどこへ帰るのですか」

「常世《とこよ》だ」

「常世？」

ああ、そうだったのか。

父はもう現世を見限っている。

死んでいく者にとってはこの世はどこであろうと同じなのだ。

どこにあろうとも人は等しくあの世に行く。日々を煩い、苦渋を嘆いても、それはせんなきこと。あの世とこの世は朝鮮と日本をつなぐ海のように一本の線で結ばれているのだ。人はその間を自由に行き来できる。古代がそうであったように。

「分かりました。ゆっくり休んでください。私は決して悲しみません」

父を失う悲しさは、実は私自身を失う悲しさであることにようやく気付いた。

辺りは静寂に包まれていた。曙光を導く暁闇はまだ遠い。


（了）

〈著者紹介〉

岩下　壽之（いわした　としゆき）

1939（昭和 14）年、大阪府豊中市生まれ。
幼年期を中国・大連市で、少年期を長野県佐久市で送る。
東京教育大学（現・筑波大学）文学部卒。都立高校教員を経て、
2000（平成 12）年から5年間、中国の大学で日本語教師を務める。
東京都八王子市在住。

著書
ノンフィクション
『大連だより――昭和十六～十八年・母の手紙』（1995 年、新風舎）
『大連・桃源台の家――昭和十九～二十年』（1997 年、新風舎）
『大連を遠く離れて――昭和二十一～二十三年』（1998 年、新風舎）
以上の〈大連三部作〉で「第 17 回山室静 佐久文化賞」を受賞。
小説〈遣唐使三部作〉
『井真成、長安に死す』（2010 年、鳥影社）
『円載、海に没す』（2013 年、鳥影社）
『定恵、百済人に毒殺さる』（2015 年、鳥影社）

ディアスポラ、高麗への道

定価（本体1800円+税）

2018年　9月 13日初版第1刷印刷
2018年　9月 19日初版第1刷発行
著　者　岩下壽之
発行者　百瀬精一
発行所　鳥影社（www.choeisha.com）
〒160-0023　東京都新宿区西新宿3-5-12トーカン新宿7F
電話　03（5948）6470, FAX 03（5948）6471
〒392-0012　長野県諏訪市四賀 229-1（本社・編集室）
電話 0266（53）2903,　FAX 0266（58）6771
印刷・製本　モリモト印刷・高地製本

ISBN978-4-86265-696-4　C0093